U0729599

納蘭性德全集

納兰文

霞蔚

纳兰性德◎著　冯其庸◎特邀顾问　尹小林◎主编

国际文化出版公司
·北京·

图书在版编目(CIP)数据

纳兰文·霞蔚/(清)纳兰性德著;尹小林主编. —北京:国际文化出版公司,2016.9

(纳兰性德全集)

ISBN 978-7-5125-0872-9

Ⅰ.①纳… Ⅱ.①纳… ②尹… Ⅲ.①杂文集-中国-清代 Ⅳ.①I264.9

中国版本图书馆 CIP 数据核字(2016)第 196582 号

纳兰文·霞蔚

作　　者　纳兰性德
特邀顾问　冯其庸
主　　编　尹小林
执行主编　张小米
总 策 划　葛宏峰
特约策划　刘子菲
责任编辑　韦尔立
策划编辑　闫翠翠　周书霞
特约编辑　尹稚宁　帖慧祯
美术编辑　李晓东
出版发行　国际文化出版公司
经　　销　国文润华文化传媒(北京)有限责任公司
印　　刷　北京天正元印务有限公司
开　　本　880 毫米×1230 毫米　32 开
　　12.25 印张　250 千字
版　　次　2016 年 9 月第 1 版
　　2016 年 9 月第 1 次印刷
书　　号　ISBN 978-7-5125-0872-9
定　　价　58.00 元

国际文化出版公司
北京朝阳区东土城路乙 9 号　邮编:100013
总编室:(010)64271551　传真:(010)64271578
销售热线:(010)64271187
传真:(010)64271187-800
E-mail:icpc@95777.sina.net
http://www.sinoread.com

目　录

卷十　经解序一

经解总序 …… 2
子夏易传序 …… 6
三衢刘氏易数钩隐图序 …… 9
同州王氏易学序 …… 12
朱氏汉上易传并易图丛说序 …… 14
周易义海撮要序 …… 18
赵氏复斋易说序 …… 21
谷水林氏易裨传序 …… 23
吴氏易图说序 …… 25
周易启蒙通释序 …… 27
周易玩辞序 …… 29
东谷郑先生易翼传序 …… 32
三易备遗序 …… 35
丙子学易编节本序 …… 39
赵氏易叙丛书序 …… 41

水村易镜序 …… 43
文公易说序 …… 45
王巽卿大易缉说序 …… 47
崇仁吴氏易璇玑序 …… 49
合订大易集义粹言序 …… 51

卷十一　经解序二

董氏周易程朱氏说序 …… 56
题读易私言 …… 59
石涧俞氏大易集说序 …… 61
胡一桂易本义附录纂注启蒙翼传合序 …… 63
周易本义集成附录序 …… 66
鄱阳董氏周易会通序 …… 68
雷思齐二种易序 …… 70
周易参义序 …… 72
程泰之禹贡图论序 …… 75
新昌黄氏尚书说序 …… 78
时氏增修东莱书说序 …… 81
书集传或问序 …… 83
王鲁斋书疑序 …… 85
杏溪傅氏禹贡集解序 …… 88
梅浦王氏尚书纂传序 …… 89
今文尚书纂言序 …… 91
尚书通考序 …… 94

王鲁斋诗疑序 …… 96
诗传遗说序 …… 98
毛诗名物解序 …… 103
朱孟章诗疑问序 …… 105
雪山王氏诗总闻序 …… 108

卷十二　经解序三

孙泰山春秋尊王发微序 …… 112
春秋皇纲论序 …… 115
刘公是春秋序 …… 118
龙学孙公春秋经解序 …… 120
涪陵崔氏春秋本例序 …… 123
春秋经筌序 …… 126
叶石林春秋传序 …… 128
清江张氏春秋集注序 …… 130
春秋五论序 …… 133
春秋经传类对赋题辞 …… 136
程积斋春秋序 …… 138
赵氏春秋集传序 …… 140
清全斋读春秋编序 …… 144
张翠屏春秋春王正月考序 …… 146
春秋集传释义大成序 …… 149
河南聂氏三礼图序 …… 152
卫氏礼记集说序 …… 155

东岩周礼订义序 …… 158
仪礼集说序 …… 161
永嘉蔡氏论语集说序 …… 163
建安蔡氏孟子集疏序 …… 165
经解书后 …… 167
书成氏毛诗指说后 …… 167
书张文潜诗说后 …… 168
吕氏春秋集解序 …… 169
赵氏四书纂疏序 …… 171

卷十三　序、记、书、书简

序 …… 174
名家绝句钞序 …… 174
渌水亭宴集诗序 …… 190
贺人婚序 …… 196
记 …… 203
石鼓记 …… 203
曹司空手植楝树记 …… 208
书 …… 212
书上座主徐健菴先生书 …… 212
与顾梁汾书 …… 216
与韩元少书 …… 227
与梁药亭书 …… 234
与某上人书 …… 238

书简(附) …… 241
致张纯修简 …… 241
与顾贞观 …… 273
与严绳孙 …… 274
与阙名 …… 282
与颜光敏　成容若二月廿九日手奏 …… 283
与高士奇 …… 284
与孟公 …… 286

卷十四　杂文

万年一统颂　有序 …… 288
忠孝二箴　有序 …… 305
易九六爻大衍数辨 …… 311
诗名物驺虞辨 …… 314
赋　论 …… 317
原　诗 …… 323
原　书 …… 328
拟设东宫官属谢表 …… 331
拟御制大德景福颂贺表 …… 342
书昌谷集后 …… 351
题米元章方圆庵碑 …… 353
题董文敏秋林书屋图 …… 355
题文与可墨竹 …… 357
元旦帖子 …… 359

端午帖子 …… 365
祭吴汉槎文 …… 371
募建普同塔引 …… 376

卷十　经解序一

经解总序

经之有解，自汉儒始，故《戴礼》著《经解》之篇[1]。于时分门讲授，曰《易》有某家，《诗》《书》《三礼》有某家，《春秋》有某家者，某宗师大儒也。传其说者，谓之受某氏学，则终身守其说不敢变。党同抵异，更废迭兴。虽其持论互有得失，要其渊源皆自圣门，诸弟子流分派别，各尊所闻，无敢私创一说者，盖其慎也。东汉之初，颇杂谶纬[2]，然明、章之世，天子留意经学，宣阐大义，诸儒林立，仍各专一家。今谱系之列于《儒林传》者[3]，可考而知也。自唐太宗命诸儒删取诸说为《正义》[4]，由是专家之学渐废[5]，而其书亦鲜有存矣。至宋二程、朱子出[6]，始刊落群言[7]，覃心阐发[8]，皆圣人之微言奥旨。当时如临川、眉山、象山、龙川、东莱、永嘉、夹漈诸公[9]，其说虽微有不同，然无有各名一家如汉氏者。逮宋末元初，学者尤知尊朱子，理义愈明，讲贯愈熟。其终身研求于是者，各随所得以立言。要其归趋[10]，无非发明先儒之精蕴以羽卫圣经[11]。斯固后世学者之所宜取衷也。惜乎其书流传日久，十不存一二。余向属友人秦对岩、朱竹垞购诸藏书之家[12]，间有所得，雕版既漫漶断阙不可卒读[13]，钞本讹谬尤多。其间完善无讹者，又十不得一二。间以启于座主徐先生[14]，先生乃尽出其藏本示余小子曰："是吾三十年心力所择取而校定者。"余且喜且愕，求之先生，钞得一百四十种，自《子夏易传》外，唐人之书仅二三种，其余皆宋元诸儒所撰述。而明人所著，间存一二。请捐赀经始[15]，与同志雕版行世。先生喜曰："是吾志也。"遂略叙作者大意于各卷之首，而复述其雕刻之意如此。

【笺注】

①《戴礼》：指《大戴礼记》和《小戴礼记》。《大戴礼

记》，亦名《大戴礼》《大戴记》，秦汉以前各种礼仪论著的选集。相传为西汉戴德（世称大戴）编纂。原有八十五篇，今本残缺，存三十九篇。《小戴礼记》，即流传至今天的《礼记》，亦称《小戴记》。儒家经典之一，秦汉以前各种礼仪论著的选集。相传为西汉戴圣（为戴德的侄子，世称小戴）编纂，共四十九篇，大都为孔子弟子及其再传、三传弟子等所记，是研究中国古代社会状况、文物制度和儒家学说的参考书。现《礼记》第二十六篇为《经解》。

②谶纬：汉代流行的神学迷信学说，谶书和纬书的合称。“谶”是巫师或方士制作的一种隐语或预言，作为吉凶的符验或征兆；“纬”指方士化的儒生编集起来附会儒家经典的各种著作。

③《儒林传》：《后汉书·儒林传》，在卷七十九上、下。

④《正义》：《五经正义》。唐代颁布的官书。孔颖达等奉唐太宗命编定，用于科举取士，共一百八十卷。

⑤专家：指学术上固守一家，讲求师承家法。

⑥二程：指宋理学家程颢、程颐兄弟。程颢，北宋哲学家、教育家，字伯淳，学者称明道先生。曾和弟程颐学于周敦颐，同为北宋理学的奠基者，世称“二程”。程颢、程颐的思想学说后来为朱熹所继承和发展，世称程朱学派。程颐，字正叔，学者称伊川先生。朱子：朱熹。南宋哲学家、教育家，字元晦，一字仲晦，号晦庵，别称紫阳。师事李侗，为二程四传弟子。博极群书，广注典籍，对经学、史学、文学、乐律以及自然科学有不同程度贡献。

⑦刊落：删除。

⑧覃（tán）心：犹潜心，深思。《宋史·綦崇礼传》卷三百七十八：“廉俭寡欲，独覃心辞章，洞晓音律。”

⑨临川：北宋政治家、文学家、思想家王安石，字介甫，号半山，抚州临川（今江西抚州）人，封荆国公，世称荆公。眉山：北宋文学家、书画家苏轼，字子瞻，眉州眉山（今属四川）人。象山：南宋哲学家、教育家陆九渊，字子静，自号存斋，抚州金溪（今属江西）人。曾结茅讲学于象山（在今江西贵溪西南），学者称象山先生。龙川：南宋文学家、思想家陈亮，字字甫，学者称龙川先生，婺州永康（今属浙江）人。东莱：南宋哲学家、文学家吕祖谦，字伯恭，学者称东莱先生，婺州（今浙江金华）人，金华学派主要代表。永嘉：南宋哲学家叶适，字正则，温州永嘉人，学者称水心先生。夹漈（jì）：南宋史学家郑樵，字渔仲，自号溪西逸民，学者称夹漈先生，兴化军莆田（今福建）人。不应科举，居夹漈山上，为学三十年。学识渊博，广涉礼乐、文字、天文、地理、草木、虫鱼之学。

⑩归趋：趋向。

⑪圣经：指儒家经典。《新唐书·艺文志一》："自孔子在时，方修明圣经，以绌缪异。"

⑫秦对岩：纳兰友人秦松陵。朱竹垞：清代文学家、学者朱彝尊，字锡鬯，号竹垞，晚号小长芦钓鱼师，秀水（今属浙江嘉兴市）人。

⑬漫漶（huàn）：模糊不可辨别。卒读：尽读，读完。

⑭座主：唐宋时进士称主试官为座主。至明清，举人、进士亦称其本科主考官或总裁官为座主，或称师座。唐李肇《唐国史补》卷下："（进士）互相推敬谓之先辈。俱捷谓之同年。有司谓之座主。"徐先生：这里指徐乾学。

⑮捐赀：私人或团体出资金办理或资助公共事业。

子夏易传序

汉《艺文志》：《易》十三家，无所谓《子夏传》者。隋、唐志始有《卜夏传》二卷，云已残缺。今书十一卷，首尾完具。盖后人之书，托言卜商者也[1]。案古《易》上、下二篇，惟文、周之彖、爻，而孔子所系之辞，则别名曰《传》，谓之《十翼》[2]，各自为书，不相联属。今本彖、爻之下即系以孔子之传，如今所行王弼本[3]，其非古《易》也明矣。陈氏谓李鼎祚、陆德明所引用皆不见是书[4]，则亦岂隋唐所载之旧哉！《崇文总目》虽疑之而未能确指为何人[5]，晁景迂始以为唐张弧作。弧尝著《易王道小疏》[6]，或即此书未可知也。唐人经解存于世者，于《易》，惟李鼎祚之《集解》；《诗》，成伯瑜之《指说》[7]；《春秋》，陆淳之《纂例》

《辨疑》《微旨》三数种[8]。若长孙无忌之《要义》[9]，则约《正义》而为之者。其他未见也。然则是书虽近而不笃，又岂可使无传也哉！弧尝官试大理评事，别有《素履子》三卷[10]，见道家。

【笺注】

①子夏：姓卜，名高，字子夏，孔子后期的著名弟子，才思敏捷，以文学著称。

②《十翼》：《易》的《上彖》《下彖》《上象》《下象》《上系》《下系》《文言》《说卦》《序卦》《杂卦》十篇，相传为孔子所作，总称“十翼”。翼，辅助。

③王弼：三国时期魏玄学家，字辅嗣，注《易》偏重哲理阐发，一扫汉代经学烦琐之风，著有《周易注》《周易略例》。

④李鼎祚：唐朝中后期人，生平不详，官至殿中御史。代宗登基后，献《周易集解》。陆德明：唐朝经学家、训诂学家，名元朗，以字行，撰《经典释文》，是研究中国文字、音韵及经籍版本、经学源流等的重要参考书。

⑤《崇文总目》：北宋景祐中王尧臣等编辑。“崇文”指崇文院，为当时官廷藏书处。全书六十六卷，著录藏书三万零六百六十九卷。原本已佚。清代纂修《四库全书》时，据天一阁所藏不完整抄本及《永乐大典》引文辑为十二卷。后经钱东垣、钱侗等续辑并考释，编成五卷，补遗一卷，为今通行本。

⑥《易王道小疏》：《周易上经王道小疏》，共五卷。

⑦《指说》:《毛诗指说》，共一卷。

⑧《纂例》《辨疑》《微旨》：分别指《春秋集传纂例》《春秋集传辨疑》《春秋微旨》，唐经学家陆淳撰。陆淳，字伯冲，后改名质，吴郡（今江苏苏州）人，开启宋儒怀疑经传的风气。

⑨长孙无忌：唐初大臣，字辅机，河南洛阳人。奉命与律学之士对唐律逐条解释，成《唐律疏议》三十卷，另有《周易要义》十八卷。

⑩《素履子》：唐张弧撰，以《履道》《履德》《履忠》《履孝》等名分目，凡十四篇。

三衢刘氏易数钩隐图序

三衢刘氏《易解》，晁氏《读书志》一十五卷，《崇文书目》载《新注》十一卷。今之存者，《易数钩隐图》三卷及《遗论九事》一卷而已[1]。刘氏之易，传于范谔昌。谔昌自谓其学出于李处约、许坚，二子实本于种放者也。其为图采摭天地奇耦之数成之[2]，释其义于下，凡五十有五。李觏删之[3]，止存其三，以为彼五十二皆疣赘[4]，穿凿破碎，鲜可信用。然当庆历初吴秘献之于朝[5]，有诏优奖。当其时，田况序其书，秘之《通神》[6]。黄黎献之《略例》《隐诀》[7]，徐庸之《易缊》，皆本刘氏。逮鲜于侁稍辨其非[8]，其后论易者交攻之。而以九为《河图》[9]，十为《洛书》[10]，宋之群儒恒主其说，自蔡元定之论出[11]，朱子取之，于是人不敢异议。然朱子之言曰："安知图之不可为书，书之不可为图?”朱子盖未尝胶执已见也[12]。然则刘氏之书，固宜并存焉而不可废者已。

【笺注】

①晁氏《读书志》：晁氏，晁公武，南朝藏书家，字子止，巨野（今属山东）人。家藏书共有二万四千五百多卷，校雠异同，论述大旨，编成《郡斋读书志》，为宋代著名的提要目录。《崇文书目》：《崇文总目》，北宋景祐中王尧臣等编辑。崇文，即崇文书院，为北宋官廷藏书处。全书六十六卷，著录藏书三万零六百六十九卷。原本已佚，后经钱东垣、钱侗等续辑并考释，编成五卷，补遗一卷，为今天的通行本。《易数钩隐图》《遗论九事》：北宋刘牧撰。

②采摭（zhí）：采集摘录。

③李覯：北宋思想家，字泰伯，南城（今属江西）人。南城在盱江边，学者称盱江先生。

④疣赘：皮肤上生的瘊子。比喻多余的、无用的东西。

⑤吴秘：北宋人，著有《周易通解》五卷，经太玄参政孙忭推荐，上奏皇室，列为珍贵藏书。

⑥《通神》：《周易通神》。

⑦《隐诀》：《室中记师隐诀》。

⑧鲜于侁：北宋人。著有《诗传》《易断》。

⑨《河图》：儒家关于《周易》卦形来源的传说。《书·顾命》：“大玉、夷玉、天球、河图，在东序。”孔传：“伏牺王天下，龙马出河，遂则其文以画八卦，谓之‘河图’。”

⑩《洛书》：儒家关于《尚书·洪范》“九畴”创作过程的传说。《书范》：“天乃锡禹洪范九畴，彝伦攸叙。”孔传：“天与禹，洛出书。神龟负文而出，列于背，有数至于九。禹遂因而第之以成九类常道。”

⑪蔡元定：南宋理学家、律学家，字季通，学者称西山先生，朱熹弟子。

⑫胶执：固执，坚持。

同州王氏易学序

王氏湜《易学》一卷，《文献通考》载其名，又述晁氏之论，称湜为同州人，而不言生于何世。考书中语，约略在南渡前[1]。其自为之序曰："予平生喜易，晚得邵康节易学[2]，喜不自禁。昼夜覃思[3]，未尝暂舍。"又曰："愚于《观物篇》之所得[4]，既推其所不疑，又存其所可疑，不敢轻其去取故也。"绎其辞，盖研精邵子之学而不欲自异者矣。西山蔡氏以十为《河图》[5]，九为《洛书》，称系邵子之说。然邵子第言："圆者《河图》之数，方者《洛书》之文。"以数之体言之，则奇为圆而偶为方也。今王氏之学，一本邵子而主《河图》九数。又魏华父论精通邵学者数朱子发[6]，亦以九为图而十为书。予未能阐图书之奥义也，序其端以见昔人所以说邵易者如此。

【笺注】

①南渡：南迁。宋高宗在徽、钦二帝被俘后在南京（今河南商丘）即位，随后南迁扬州，继而渡长江，迁于南方建都临安（今浙江杭州），史称南渡。《宋史·孝宗纪赞》："高宗以公天下之心，择太祖之后而主之，乃得孝宗之贤，聪明英毅，卓然为南渡诸帝之称首，可谓难矣哉。"

②邵康节：北宋哲学家邵雍，字尧夫，谥康节。隐居苏门山百源之上，后人称为百源先生。理学象数学派的创立者。根据《易传》关于八卦形成的解释，掺杂道教思想，制定宇宙构造图式和学说体系，以推衍解说自然和人事变化。

③覃思：深思。

④《观物篇》：邵雍的《观物内篇解》二卷和《观物外篇》六卷。

⑤西山蔡氏：南宋理学家蔡元定。

⑥朱子发：北宋、南宋之际的学者朱震，字子发。

朱氏汉上易传并易图丛说序

荆门朱子发以赵元镇之荐[1]，入论易殿中，称帝意，除祠部员外郎[2]。及迁秘书少监，告词敷以否泰之义[3]。其后以起居郎兼资善堂替读[4]，则申以山下出泉为喻。集传之作，命尚方给纸札[5]。而林儵上所著《易说》，有诏俾其详问。当时学易之醇深[6]，莫有远过之者，故其告词多以易为喻。受知于主，不可谓不遇矣。书成日，表上于朝，自言由政和迄绍兴十有八年，造次不舍。上采汉、魏、吴、晋，下逮有唐及今，包括异同，补苴罅漏[7]，盖若是其勤且博也。

【笺注】

①朱子发：南宋学者朱震，字子发，荆门军（今湖北荆门）人，一说邵武（今属福建）人。徽宗政和进士，曾任秘

书少监兼侍讲、左朝奉大夫等，世称汉上先生。以象数学为《易》学正统，提出宋代《易》学传授系统，把程颐、程颢、张载列入传系，以华山道士陈抟为传系创始人。赵元镇：南宋初大臣赵鼎，字符镇、元镇。

②祠部：三国魏尚书有祠部曹，掌礼制，历代因之。北周始改为礼部。隋唐别置祠部曹，属于礼部，掌祠祀、天文、漏刻、国忌、庙讳、卜祝、医药等，及僧尼簿籍。宋元迭有变革，明改为祠祭司。祠部郎中是祠部长官，员外郎为副长官。

③告词：告身文辞。宋赵升《朝野类要·余纪》："告词：有四六句者有直文者，并书于告轴。然侍从以上，须是四六句行词。"否泰：《易》的两个卦名。天地交，万物通谓之"泰"；不交闭塞谓之"否"。后常以指世事的盛衰，命运的顺逆。

④资善堂：宋皇子读书处。宋大中祥符八年（1015），仁宗为皇子时始置。

⑤纸札：纸张。

⑥醇深：淳厚，精深。

⑦补苴（jū）：补缀，缝补。汉刘向《新序·刺奢》："今民衣敝不补，履决不苴。"引申为弥补缺陷。罅（xià）漏：疏漏，遗漏，漏洞。

元袁学士伯长谓："易以辞象变占为主[1]，王辅嗣出，一切理喻，汉学几于绝熄。尧夫、子发始申言之，后八百年而始兴者也。"所以推崇子发者，亦至矣乎！今则罕有刊其书以行者，可慨已！高宗之告词曰："朕惟否、泰二卦论君子、小人消长之理甚明。或谓消长系乎时数，此大不然。上下交而志同，于时为泰，故君子以其汇征[2]。上下不交而天下无邦，于时为否，故君子以俭德避难而已。”观其幸学，讲泰卦，张魏公入朝则书否、泰二卦赐焉[3]，未尝不审于阴阳消长、君子小人进退之机[4]，而反覆绀绎[5]，顾卒退元镇，俾小人得进，何欤？善乎魏公之言曰：“否、泰之理，起于人君一心之微。一念之正，其画为阳，泰自是而起。一念之不正，其画为阴，否自是而起矣。”子发之传亦云：“时已泰矣，苟轻人才、忽远事、植朋党、好恶不中，不足厌服人心，天下复入于否。”又云：“天地反复之际，小人必因君子有危惧之心，乘隙而动。”皆切中南渡君臣之病者，吾故表而著之，书以为序。

【笺注】

①袁伯长：元文学家袁桷，字伯长，少从戴表元、王应麟、舒岳祥游，博览典籍，熟习掌故，长于考据。

②汇征：《易·泰》：“初九：拔茅茹，以其汇，征吉。”

孔颖达疏："汇，类也，以类相从……征，行也。"后谓连类而进。

③张魏公：南宋大臣张浚，字德远，汉州绵竹（今属四川）人，力主抗金，反对议和，封魏国公，著有《中兴备览》等。

④阴阳消长：指对立的阴阳双方的量和比例不是一成不变的，而是处于不断的增长或消减的运动变化之中。《国语·越语》："阳至而阴，阴至而阳，日困而还，月盈而匡。"

⑤绀绎：引出端绪，引申为阐述。《汉书·谷永传》："燕见绀绎，以求咎愆。"颜师古注："绀绎者，引其端绪也。"

周易义海撮要序

宋熙宁间，蜀人房审权集汉郑康成以下至王介甫易说凡百家[1]，择取专明人事者，编为百卷，曰《周易义海》。至绍兴中，江都李衡删其重叠冗琐，又益以伊川、东坡、汉上易传为《撮要》十卷，而以群儒杂论附焉。自汉以来，说经者惟易义最多。隋《经籍志》凡六十九部，唐志增至八十八部，宋志则二百一十三部，然今之传者盖罕矣。唐李鼎祚合三十五家易说为《集解》，遗文坠简[2]，藉之得见指归。而《义海》一编，克能表章百家之说，惜乎全书之不可复睹也。衡，字彦平，宣和末入辟雍[3]，乾道中官秘阁修撰[4]，寻除侍御史，改起居郎。时张说以外戚为节度使，给事中莫济不书敕，翰林周必大不草制，衡与右正言王希吕相继论奏[5]，同时去国，士子为《四贤诗》以纪之。其后徙昆山，聚书万卷，号所居曰乐庵。其为学以《论语》为本，盖有得于洛人赵孝孙之说。孝孙之父，受业于伊川者也。李氏《集解》一刻于明宗正灌甫，再刻于海盐胡氏，三刻于常熟毛氏，而是编未有刊行者，乃勘其舛误而镂诸版。

【笺注】

①郑康成：东汉经学家郑玄，字康成，以古文经说为主，兼采今文经说，遍注群经，为汉代经学的集大成者，世称“郑学”。王介甫：王安石，字介甫，号半山。

②遗文坠简：同“遗编断简”。指散佚而残缺不全的典籍。宋吕大临《〈考古图〉后记》：“虽遗编断简，仅存二三，然世移俗革，人亡书残，不复想见先王之绪余。”

③宣和：宋徽宗年号（1119—1125）。辟雍：辟，通“璧”。本为西周天子所设大学，校址圆形，围以水池，前门外有便桥。东汉以后，历代皆有辟雍，除北宋末年为太学之预备学校外，均为行乡饮、大射或祭祀之礼的地方。汉班固《白虎通·辟雍》：“天子立辟雍何？所以行礼乐宣德化也。辟者，璧也，象璧圆，又以法天，于雍水侧，象教化流行也。”

④乾道：宋孝宗年号（1165—1173）。

⑤衡与右正言王希吕相继论奏：《宋史·张说传》卷四百七十：“张说，开封人……说受父任为右职，娶寿圣皇后女弟，

由是累迁知阁门事。……八年（1172）二月，复自安远军节度使提举万寿观，签书枢密院事。侍御史李衡、右正言王希吕交章论之，起居郎莫济不书录黄，直院周必大不草答诏，于是命权给事中姚宪书读行下，命翰林学士王晔草答诏，未几，晔升学士承旨，宪赠出身，为谏议大夫。”此事亦载《宋史·李衡传》卷三百九十。

赵氏复斋易说序

严陵赵子钦，宋宗室子，仕为宁海军节度推官，当时目为复斋先生者也。《易说》六卷，朱子寓书嘉其用意精密[1]，而门人喻仲可传之，郡守许兴裔刊之。兴裔谓其体察也精，推研也审，深窥爻象之变。仲可称其师则曰："探赜钩深[2]，简严精切，他人千百言不能该者，约以数语。"盖卓然可传者也。子钦尝著《广杂学辨》，朱子每语学者，以为近世未有。至士冠礼昏礼馈食图，朱子见而作通解。及先生之殁，朱子哭之，恸曰："赵丈为人，今岂易得?"当日荐先生于朝者，彭忠肃龟年、薛文节叔似、孙献简逢吉；而其平生交最契者，赵忠定汝愚、吕忠公祖俭。观其友，可以信先生之为人。诵其友之言，可以证先生之学术。虽其论易间与朱子不同，然可云笃志于道者已。

【笺注】

①寓书：寄信，传递书信。

②探赜（zé）：探索奥秘。《易·系辞上》："探赜索隐，钩深致远，以定天下之吉凶，成天下之亹亹者，莫大乎蓍龟。"孔颖达疏："探谓窥探求取，赜谓幽深难见。卜筮则能窥探幽昧之理，故云探赜也。索谓求索，隐谓隐藏。"钩深：探索深奥的意义。

谷水林氏易裨传序

朱子门人易义有成书者，瓜山潘氏，槃涧董氏，谷水林氏。潘之《集义》，董之《师训》，予皆未之见。所见者，林之《裨传》三篇而已。其言曰："易之道，变通不穷。得其一端，皆足以为说。"是亦善易者之言也。独怪鄱阳董季真会通经传[1]，集诸家易义，从游朱子者凡七十五人，而林氏顾不与焉，盖有不可解者。迨元至正间，嘉兴路总管刘贞、教授陈泰始刊之于郡学，而曩之雕本今又不可得矣。乃复镂板，以广其传焉。林氏名至，字德久，淳熙中以太学上舍释褐，官秘书省。潘氏名柄，字谦之。董氏名铢，字叔重。

【笺注】

①会通：《新元史·董真卿传》卷二百三十五："董真卿，字季真，江西鄱阳人。父鼎，字季亨，私淑朱子门人黄幹……家学，复受业于胡一桂、熊禾。著《周易会通》十四卷。"

吴氏易图说序

《古易》一册，附以《易图说》三卷，宋河南吴仁杰斗南父著。易上、下二篇，盖伏羲所画之卦，文王所演之彖，周公所系之爻辞而已。孔子《十翼》本自为书，后人欲便学者习读，始分附彖、象传于各卦、爻之下，而古初之经遂乱而不可识。宋之吕微仲、晁以道、吕伯恭及睢阳王氏、九江周氏咸有所更定，亦人各不同。仁杰则以为，易上、下经而外，孔子之传卦象者，当曰《彖传》；传大象者，当曰《象传》；传爻辞者，当曰《系辞传》。而今之《系辞》二篇，当总名《说卦》，即汉河内女子所献三篇也。故析为《彖传》《象传》各一篇，《系辞传》上、下二篇，《说卦》上、中、下三篇，《文言》《序卦》《杂卦》各一篇，凡十篇，而《古易》复完。又以卦必有变，极其变，则每卦可为六十四爻之动者，则占对卦；爻之不动者，则占覆卦。对卦亦谓之变卦。变者用九、六，不变者用七、八。又言伏羲所画之☰，☰即乾字，☷，☷即坤字，他卦皆然，不必更著卦名。与所论乾坤用九、用六之义最精详，具于所订《古易》之后。而《易图说》者，则演之为图以明其旨者也。是二书固相辅而行者与！仁杰古易本十二卷，今本止举其略而集诸家所订于后。考张昶《吴中人物志》，仁杰有《集古易》，盖此书也。仁杰本昆山人，其称河南者，举其郡望。登淳熙进士，累官国子学录，尝讲学朱子之门。他所著如《乐舞新书》《盐石新论》《两汉刊误补遗》《离骚草木虫鱼疏》，世多有存者。

周易启蒙通释序

《周易启蒙通释》二卷，宋婺源梅里胡方平著。方平，字师鲁，世所称玉斋先生，而双湖胡一桂庭芳父也。朱子之为启蒙，盖发明象数，为读本义者设。玉斋之《通释》，则因启蒙以发明本义者也。其言曰："本义阐象数理义之原，示开物成务之教[①]。象非卦不立，数非蓍不行[②]。象出于图书而形于卦画，则上足以演太极，而易非沦于无体。数衍于蓍策而达于变占，则下足以济生人之事，而易非荒于无用。易之要领，孰大于是？明乎此，则本义一书如指诸掌也。"盖其沉潜反覆研精易旨者二十余年，始成是书，故其见之精卓若此。其生平易学本于介轩董梦程[③]，复师毅斋沈贵瑶。二君皆饶之德兴人，介轩故受易于勉斋黄榦[④]，又为槃涧董铢之犹子，宜其渊源有自来也。是书新安旧有椠本[5]，今已不可得。此本为元建阳刘泾所梓，有泾及熊禾去非序。泾字楫之，云庄文简公爚后人[6]。

【笺注】

①开物成务：指通晓万物的道理并依循这道理行事而得到成功。《易·系辞上》："夫《易》，开物成务，冒天下之道，如斯而已者也。"孔颖达疏："言《易》能开通万物之志，成就天下之务。"

②蓍（shī）：草名。多年生草本植物，一本多茎，可入药，古代常用它的茎占卜。《诗·曹风·下泉》："洌彼下泉，浸彼苞蓍。"朱熹集传："蓍，筮草也。"

③董梦程：南宋理学家董铢之子，字万里，号介轩，学者称介轩先生。传承朱子学说的徽系学者，开创介轩学派，对宋元学风影响颇大。

④黄榦：南宋理学家，字直卿，号勉斋，朱熹弟子。

⑤椠（qiàn）本：刻本。

⑥云庄文简公爚：南宋大臣、理学家刘爚，字晦伯，学者称云庄先生。

周易玩辞序

宋江陵项平甫先生，光、宁两朝以直谏著声。庆元中，坐党籍罢官[1]，杜门著书，为《周易玩辞》十六卷，发挥卦爻，抉摘精蕴[2]。其意以为，辞者，象之疏也；玩辞者，读易之法也。不玩其辞而知其象，不知其象而能观变玩占以尽人合天者，未有也。其言苞举天人[3]，兼该理数学者，探索之不尽。其书盛行于宋季，迨元大德中，淮西廉访佥事干玉伦徒常刻于齐安，而马贵与、虞伯生为之序[4]。数百年来，传本渐稀。近得善本于吾师东海先生，因重校而梓之。古今言易者，奚啻数百家[5]，然自注疏外，惟程朱传义为世所传习。平甫自言读程三十年，而又尝问学于朱子，与之往复辩论，故其书独得理要。陈直斋谓程传一于言理，尽略象数，而此书未尝偏废。程氏于小象颇欠发明，而此书爻象尤贯通。又谓其遍考诸家，断以己意，诚精博，不其然哉！吴草庐为学得力于《易》[6]，自注疏、程、朱外，惟取是书及蔡节斋训解[7]，则是书之宜辅传义而行也审矣，可不急为传之乎！干玉伦徒者，北庭人。虞伯生称其好古博雅，学道爱人，其人可想见。于以见有元一代缙绅士大夫通经慕古[8]，宋世之风规未尝坠也。

【笺注】

①党籍：指党人的名籍。宋哲宗元祐元年至七年（1086—1092），高太后临朝听政，起用反对王安石变法的守旧派官僚，恢复旧制，这批人被称为元祐党。元祐八年（1093），哲宗亲政，重行新法；徽宗崇宁元年（1102），新派人物蔡京为相，籍元祐反新法诸臣自司马光、文彦博而下一百二十人，等其罪状，立碑于端礼门，后增至三百零九人，又立碑于朝堂。

②抉摘：抉择，择取。

③苞（bāo）举：统括，全部占有。苞，通“包”。

④马贵与：宋元之际史学家马端临，字贵与，著有《文献通考》。虞伯生：元文学家虞集，字伯生，号邵庵、道园，著作宏富，为有元一代之冠。

⑤啻：仅，止。常用在表示疑问或否定的字后，在句中起

连接或比况作用。

⑥吴草庐：宋元之际学者吴澄，字幼清，因所居草屋，程钜夫题曰“草庐”，故学者称草庐先生。

⑦蔡节斋：南宋理学家蔡渊，号节斋，著有《周易训解》。

⑧缙绅：插笏于绅带间，旧时官宦的装束。这里借指官员。《汉书·郊祀志上》：“其语不经见，缙绅者弗道。”颜师古注：“李奇曰：‘缙，插也，插笏于绅。’……字本作搢，插笏于大带与革带之间。”

东谷郑先生易翼传序

《易》之教失而为卜筮之书，以流于阴阳占验之术[1]。王辅嗣曰[2]："互犹不足，遂及卦变。变又不足，推致五行。一失其原，巧愈弥甚。"故其注《易》，端务明理，自谓有得于言象之表。然其失也，祖述老庄，谓有从无出，理寓于无，易以垂教，本备于有，是知有无之截然为两。而不知体用一源，显微无间之原无二致也，于是心迹始判，学术、事功纷然驳杂矣。或者不安于浅近，而徒索之于无。其弊也，不至糟粕诗书，土苴仁义[3]不止。程氏有忧之作为易传，一以玩辞为主[4]。其言曰："得于辞，不达其意者有矣，未有不得于辞而能通其意者也。故不涉于象数，象与占在其中矣。不落于有无，性命幽明之理著，事物情尽，而开物成务之道备矣。"朱子谓其用意精密，道理平正，尚疑其举三百八十四爻尽属之于人身，于作易之意有所未尽。且其间义理多伊川所自发[5]，与经文隔膜，所以读者难于贯穿。而程子亦自云："成书旋复修补，期于七十，其书始出。"又曰："吾于此书，止说得七分，后人更须自体究。"其不敢自信如此。此东谷郑氏舜举翼传之所以作也[6]。舜举自序其所得于伊川者，由体用显微之旨，而于其中犹不能以无疑。疑斯辨，辨斯明，凡伊川之隐而未发者，莫不尝其窾綮[7]，尽其节目，融会贯通而出之，然后确乎其有以自得也。夫明经者，必博观众家之说，折衷其是，以定一宗，故其理可明而异说不得以惑。则是书之作，虽不足以尽易，其有功于易也多矣，况于程氏之书也哉！予故特梓之以广其传。

【笺注】

①占验：逐一查对检验。

②王辅嗣：三国魏玄学家王弼，字辅嗣，少年即享高名，好谈儒道，辞才逸辩，与何晏、夏侯玄等同开玄学清谈风气。其注《易》偏重哲理，扫除汉代经学烦琐之风。

③土苴：渣滓，糟粕。比喻微贱的东西。犹土芥。《庄子·让王》："道之真以治身，其绪余以为国家，其土苴以治天下。"陆德明释文："司马云：土苴，如粪草也。李云：土苴，糟魄也，皆不真物也。"

④玩辞：玩味词义。《易·系辞上》："是故君子居则观其象而玩其辞，动则观其变而玩其占。"

⑤伊川：程颐，字正叔，学者称伊川先生，洛阳（今属于河南）人。和兄程颢学于周敦颐，并同为北宋理学的奠基者，世称"二程"。著作有《易传》《颜子所好何学论》等。

⑥东谷郑氏：郑汝谐，字舜举，号东谷居士。

⑦窾（kuǎn）綮（qǐ）：筋骨结合处，比喻要害或关键。

三易备遗序

《周礼》：太卜掌三易之法，一曰《连山》[1]，二曰《归藏》[2]，三曰《周易》。其经卦皆八，其别皆六十有四。杜子春注曰[3]："连山，虙戏，归藏[4]，黄帝。"合周易为三代之书。《连山》首艮，夏用之；《归藏》首坤，商用之；《周易》首乾，周用之。孔子叹杞宋无征[5]，于杞得夏时，于宋得坤乾，康成注以夏时为夏四时之书[6]，其存者有《小正》[7]，《坤乾》，商阴阳之书，其存者有《归藏》。考班固《艺文志》，《归藏》不著于录，康成何从得之？毋亦张霸古文尚书之流乎[8]？隋志有薛贞注《归藏》十三卷，至唐已亡。别有司马应注。又有《连山》十卷。宋《崇文总目》独存《归藏》，《初经》《齐母》《本蓍》三篇，间见诸书所引，颇类诸子百氏之语。愚窃以为太卜之所掌者，三易之筮法，鍼人掌三易以辨九鍼之名，但有端龟命蓍、吉凶悔吝之兆[9]，原无彖、爻所系之辞。孔子所得，或出献老口授，非有成书，故后世无传。否则秦政禁书，二易当以卜筮得存，不应不见于西汉也。宋东嘉朱日华氏精心象数之学，以为天下有亡书，无亡言。因夏时坤乾之言，即河洛先、后天之图，推五行生成，以明五十五图之为洛书，述连山象数图以备夏易之遗；推五行纳音以明四十五数之为河图[10]，述归藏象数图以备商易之遗；因先天、后天之体用即象数之合，以证羲文之合[11]；以繇爻彖象之辞证互体[12]，演反对互体图例，以备周易之遗。而首之以河图洛书之辩，凡为书十卷。日华中嘉定辛未武科，官承节郎，差处州、龙泉、遂昌、庆元及建宁、松溪，政和巡检。家则堂提刑两浙，见其书，异之。因进于朝，请收之冗散之役，处以校雠之任。时为咸淳八年之夏。未三年，纪元德祐，不及收用，徒录其书于后省，而宋社屋矣[13]。其子士可、士立先后补成，乞序于同邑林千之以传之。父子用心于是书，可谓勤矣。日华名元升，温之平阳人。士可登开庆己未武科。千之字能一，举宝祐癸丑进士，官编修。林霁山赠之以诗[14]，有“大雅凋零尚此翁”句，盖宋之遗老也。

【笺注】

①《连山》：古《易》名。《周礼·春官·大卜》：“掌三易之法，一曰《连山》，二曰《归藏》，三曰《周易》。”贾公彦疏：“其卦以纯艮为首，艮为山，山上山下是名连山，云气出内于山，故名《易》为《连山》。”

②《归藏》：三《易》之一，相传为黄帝所作。《周礼·春官·大卜》：“掌三《易》之法，一曰《连山》，二曰《归藏》，三曰《周易》。”贾公彦疏：“此《归藏易》，以纯坤为首，坤为地，故万物莫不归而藏于中，故名为《归藏》也。”

③杜子春：东汉经学家。西汉末从刘歆受《周礼》。

④虙（fú）戏：伏羲。《诗·陈风序》“陈谱”毛传：“陈者，太暐虙戏氏之墟。”孔颖达疏：“虙戏即伏牺，字异音义同也。”

⑤杞宋无征：资料不足，不能证明。《论语·八佾》：“夏礼吾能之，杞不足征也；殷礼吾能言之，宋不足征也。文献不足故也。足，则吾能征之矣。”

⑥康成：郑玄。东汉末年经学大师，字康成。

⑦《小正》：《夏小正》，中国最早的物候专著。原为《大戴礼记》第四十七篇，后为单行本。出自先秦，共包括动植物

物候现象六十八条、气象现象七条、农事和畜牧十一条，除二月和十二月外，每月均有定季节的星象。

⑧张霸：东汉大臣。师从樊儵。博通五经。

⑨悔吝：灾祸。《易·系辞上》："悔吝者，忧虞之象也。"

⑩纳音：古以五音（宫、商、角、徵、羽）十二律（黄钟、太簇、姑洗、蕤宾、夷则、无射、大吕、夹钟、仲吕、林钟、南吕、应钟）相合为六十音，与六十甲子相配合，按金、火、木、水、土五行之序旋相为宫，称为纳音。参阅宋沈括《梦溪笔谈·乐律一》、清钱大昕《纳音说》。

⑪羲文：伏羲氏和周文王的并称。《后汉书·班固传下》："今论者但知诵虞夏之《书》，咏殷周之《诗》，讲羲文之《易》。"李贤注："伏羲画八卦，文王作卦辞。"

⑫繇（zhòu）：通"籀"。古时占卜的文辞。《左传·闵公二年》："成风闻成季之繇，乃事之而属僖公焉。"杜预注："繇，卦兆之占辞。"互体：《易》卦上下两体相互交错取象而成之新卦，又叫"互卦"。

⑬社屋：犹社庙。社与宗庙。《宋书·武帝纪论》："晋自社庙南迁，禄去王室，朝权国命，递归台辅。"

⑭林霁山：南宋诗人林景熙，字德阳，号霁山，入元不仕。其诗感怀故旧，追念宋室，风格凄怆。

丙子学易编节本序

《丙子学易编》，宋陵阳李心传微之著。本十五卷，此仅一卷，盖元俞琰石涧节本也[1]。微之之父舜臣常著《易本传》三十三卷，洪景卢为之序[2]。微之本父书，并采王弼、张载、程颐、邵雍、朱熹诸家而成是编。阅其序目，大抵以象占为主，尽扫虚无穿凿之缪。盖有功于易道者，惜不得见其全也。其书之成，仅二百八十日，是为宋嘉定九年，岁在丙子，故曰《丙子学易编》。石涧借全编于书肆而手钞之，自云寒天短晷[3]，老目昏霿[4]，并日而录其可取者。盖时年已七十余，可谓老而好学也矣。

【笺注】

①俞琰：宋末元初道教学者，号石涧道人，刻苦研《易》

三十余年。

②洪景卢：南宋文学家、学者洪迈，字景卢，别号野处。

③短晷：日影短。谓白昼不长或将尽。晷，日影。《文选·潘岳〈秋兴赋〉》：“何微阳之短晷，觉凉夜之方永。”张铣注：“短晷，谓日景已短，觉其夜长。”

④霿（méng）：晦暗。

赵氏易叙丛书序

《周易辑闻》六卷、《易雅》一卷、《筮宗》三卷，合名之曰《易叙丛书》，宋户部侍郎赵汝梅所著。汝梅者，商恭靖王元份七世孙，资政殿大学士、天水郡公善湘之子也。善湘于群经皆有撰述，而于《易》则有《约说》八卷、《或问》四卷、《指要》四卷、《学易读问》八卷、《学易补过》六卷。汝梅自序其书，谓受《易》于父，盖六易稿而传之者。惜乎丛书在而善湘之经义无存，父子著书则同，而传不传，信有幸不幸也。汝梅以宗室子为宰相史弥远女婿，顾能谦抑自修，研精易象，又以余暇引致黄问、黄中、吴仲孚诸人诗篇唱和，其风流儒雅，犹可想见。至晚岁用理财进，虽历膴仕而失士誉[1]。然则善《易》者，必明乎进退得丧之理而审择焉，庶几可以动而无悔也矣！

【笺注】

①膴（wǔ）仕：高官厚禄。《诗经·小雅·节南山》：“琐琐姻亚，则无膴仕。”

水村易镜序

《水村易镜》一卷，宋莆田林光世著。光世，字逢圣，敕令所删定林霆曾孙[1]。靖康初，霆叔冲之被命使金，是时霆为乌江丞，三上书请代往，不报，冲之竟执节死，事具《宋史》本传。霆博学，深象数，与郑樵为金石交[2]。光世渊源家学，遍览藏书，因《易》十三卦取法乾象者，著为图说，以明圣人仰观之义，名曰《易镜》。淮东漕黄汉章上其书于朝，理宗览而惊异，以为先儒所未发，命有司以礼津遣赴阙[3]，由布衣授史馆检阅，迁校勘，历将作丞，知潮州。数迁，得提举浙东常平茶盐。进嘉言二十篇，赐进士出身，召拜司农少卿兼史职。俄而去食祠，复起，知隆兴府。以言者寝新命，遂用朝请大夫，知秘阁归老。林氏世多忠节，冲之子郁官福建茶司，遇乱，骂贼死。霆兄震知镇江府，力攻蔡京、卞兄弟，有声崇宁、大观间，霆与秦桧同登进士，不附和议，常责桧曰："公何忍置二帝万里外博一宰相?"故莆人谓之忠义林氏。光世之擢官也，以趣贾似道进师还朝被劾而去[④]。岂亦为似道所恶，故不安其位邪？今不得而考矣。所进嘉言，理宗比之杨万里《千虑策》，手书"水村"二字赐之。光世因作亭于莆之崞山，以彰其宠。吁！岂非布衣稽古之至荣欤！

【笺注】

①敕令所删定：宋代官名，八品。敕令所为编纂整理各种行政命令的机构。删定官即校对员。

②金石交：比喻坚贞不渝的友情。

③津遣：资助遣送。

④贾似道：南宋台州天台（今属浙江）人，字师宪。少时游博无行，因姐为理宗宠妃，遂得进用。度宗时封太师、平章军国重事。专权多年，大政出于其在西湖畔的私宅中。德祐元年（1275）被迫出兵抗东下之元军，兵败，被革职放逐，为监送人杀死。

文公易说序

自文公《本义》出[1]，而《易》道大明，久为天下学士所服习[2]。然而公论《易》之精义微言，见于同时之论难与及门弟子之辨说者，不一而足。又或著为文章，发之歌咏，间有可以阐羲文之秘，抉周孔之奥者[3]，虽文集语录各有成编，然以简帙重大[4]，学者或未能周览。且丛见杂出，非汇而归于一，亦无由得其要领也。公孙子明绍承家学[5]，取文集语类汇而葺之，首之以河洛、太极、两仪、四象、八卦、重卦与乾坤之要指，次取论上、下二篇之策与《十翼》之言，而终之以卜筮与蓍卦考误，正郭子和之失者。及凡注疏，欧、苏参同及麻衣心法之类[6]，靡不着其得失，明其归趣，使学者知所从违而不惑于群言之淆乱。信如杨东里所云[7]："学《易》之士，不可无之书也。"其后董正叔、胡庭芳、董真卿亦缘子明之意而各为附录，纂注诸书，然或不专取朱子之言。若自为一书，且采之博而择之精，惟是书为优。子明名鉴，文公长子塾之子，以荫补迪功郎，官至奉直大夫、湖广总领，居建安紫霞洲。文公子孙居建安者，自子明始。

【笺注】

①文公《本义》：朱熹所著《周易本义》。朱熹卒后，追谥文公。朱熹的著述后世编纂有《朱文公文集》。

②服习：犹习惯，适应。

③羲文、周孔：分别为伏羲和周文王，周公和孔子的并称。

④简帙：书卷，书页。

⑤绍承：继承。

⑥麻衣：麻衣相法。相书、相术名，后人假托传说中的麻衣道者作。

⑦杨东里：杨士奇，明江西泰和人，名寓，字士奇，以字行，号东里，历永乐、洪熙、宣德、正统四朝内阁，长期辅政。著有《东里文集》《历代名臣奏议》等。

王巽卿大易缉说序

《易》之为书，广大悉备，不可以一端尽也。故自汉以至宋，言《易》者凡七百家。有宋而后，为书益夥。朱氏《授经图》、焦氏《经籍志》所载[1]，几备矣，乃巽卿是书，独遗而不录。文渊阁书目中亦失之。近始得于藏书之家。其书前为《图说论辩》二卷，后为《解说》八卷，而总名之曰《大易缉说》。大旨则分纬河图以溯伏羲画卦之由，错综河洛以定文王位卦之次。而义之最精者，则每卦必论成卦之主。以为："圣人观象设卦，咸自乾、坤而出。乾、坤二体之变，即成卦之主。文王主之以成卦体，周公主之以取爻义，夫子主之以为彖传。故圣人所系之辞，无不因六画而来，则昔贤所谓假象以设辞者，非矣。"其言至当。吴草庐称其书平正稳审[2]，盖谓是乎！其于有宋诸儒，独右濂溪之《太极图说》，等之羲、文、周、孔，尊为六易。而于康节、晦庵，少有所轻。虽未免或过，要皆出于心解理会，非因仍蹈袭者比也。是书元常德路推官田泽尝请于朝，为之刊行。申子出处详于泽所为续刊缉说始末中，兹不赘。泽者，居延人，后官海南海北道廉访司副使，著有《洪范洛书辨》一卷，见《授经图》中。

【笺注】

①朱氏《授经图》、焦氏《经籍志》：明朱睦㮮著有《授经图》二十卷，明焦竑撰有《国史经籍者》六卷。

②吴草庐：宋元之际学者吴澄，字幼清，抚州崇仁（今属江西）人，因所居草屋，程钜夫题曰“草庐”。故学者称草庐先生。入元，曾任国子司业、翰林仕郎、编修、集贤直学士等。

崇仁吴氏易璇玑序

《易璇玑》三卷，绍兴中崇仁布衣吴沆所进[1]，当时目为环溪先生者也。先生幼孤，事母孝。政和间[2]，尝献书于朝，不报，乃归隐环溪。其言《易》自象而求之卦，次求之象，次求之爻，为论二十七篇。其文简奥，间以韵语行之，类古繇辞，卓尔成一家之言者也。当其时，高宗留意学易，书乾卦，赐侍讲秦梓；书否、泰卦，赐右相张浚，于是以易义进者，朱氏震、林氏儵、李氏授之、刘氏翔、郭氏伸、彭氏与、宋氏大明、都氏絜、吴氏适，或令秘省看详，或令有司给札，或与堂除，或补上州文学。先生独高尚不仕，没而祀于郡县学宫。读其书，思其人，镂版传之，益信立言之必本乎德。

【笺注】

①绍兴：宋高宗年号（1131—1162）。

②政和：宋徽宗年号（1111—1117）

合订大易集义粹言序

宋陈隆山《大易集义》六十四卷，曾穜《大易粹言》七十卷。二书摭集宋儒论说凡十八家，而粹言所采二程、横渠、龟山、定夫、兼山、白云父子七家[1]，其康节、濂溪、上蔡、和靖、南轩、蓝田、五峰、屏山、汉上、紫阳、东莱十一家之说[2]，皆集义上下经所引，粹言则未之及也。《粹言》有《系辞》《说卦》《序卦》《杂卦》，《集义》止上、下经。余窃病其未备，因于十一家书中，将讲论系辞以下相发明者，一一采集，与粹言合而订之，间以臆见，考其源委，定其体例，芟其繁芿[3]，补其脱漏，成八十卷。庶使二书之发凡起例，互相吻合，而十八家之精义奥旨，无不网罗毕具。繇是而上求三圣之心于千载之下，和合诸儒之言于一堂之中，虽人自为说，有彼此浅深详略之不同，而会而归之，罔所乖剌[4]。测度摹拟，无有不备。从衡变化[5]，无有不通。理象之粲然者，莫是过矣。自揣固陋，未必有当，于《集义》《粹言》所以为书之宗要，或亦陈、曾两公之所不废也。书成请正于座主徐先生，先生曰："善。"命梓之附诸经解之末。

【笺注】

①横渠：北宋哲学家张载，理学创始人之一，字子厚，世称横渠先生。讲学关中，故其学派被称为"关学"。龟山：北宋学者杨时，字中立，晚年隐居龟山，学者称龟山先生。先后学于程颢、程颐。定夫：北宋学者游酢，字定夫，一字子通，学者称廌山先生。兼山：郭忠孝，号兼山，程颐晚年弟子，开创兼山学派，为程门支流。白云：易学家、医学家郭雍，号白云，兼山学派代表人物，以平生之力精研易学及医学。

②上蔡：北宋学者谢良佐，字显道，蔡州上蔡（今属河南）人，学者称上蔡先生，与游酢、吕大临、杨时并称程门四大弟子。和靖：北宋诗人林逋，字君复，钱塘人。性恬淡，隐居西湖孤山，种梅养鹤，终身不仕，也不婚娶，故有"梅妻鹤子"之称。卒谥和靖先生。南轩：南宋学者张栻，字敬夫，一字钦夫，又字乐斋，号南轩，世称南轩先生。与朱熹、吕祖谦齐名，时称"东南三贤"。蓝田："蓝田四吕"，活跃于北宋时期的吕大忠、吕大防、吕大钧、吕大临兄弟四人。吕大忠、吕

大钧、吕大临先后从学于张载、二程，与关学、洛学都有密切关系。五峰：南宋学者胡宏，字仁仲，号五峰，学者称五峰先生，张栻曾从之问学。屏山：南宋学者、文学家刘子翚，字彦冲，号病翁，后退居屏山讲学，学者称为屏山先生。朱熹少时从其受学。汉上：朱震。紫阳：朱熹。朱熹父朱松曾在紫阳山读书。朱熹后居福建崇安，题厅事曰紫阳书室，以示不忘，后人因以“紫阳”为朱熹别称。东莱：吕祖谦。

③芟（shān）：除草。《诗·周颂·载芟》：“载芟载柞，其耕泽泽。”毛传：“除草曰芟，除木曰柞。”引申为刈除，除去。繁芿（réng）：繁复杂乱。

④乖剌：悖谬失当。

⑤从衡：亦作“从横”，交错纷乱貌。

卷十一　经解序二

董氏周易程朱氏说序

宋哲宗元符己卯，程伊川先生序《易传》十卷。后七十九年，为孝宗淳熙丁酉，晦庵先生《本义》成。自有两书，而四圣人之精义微旨益著。又八十九年，为咸淳丙寅，实度宗即位之二年，天台董正叔取二先生之书合而一之，为《周易程朱氏说》，盖始终百七十年矣。尝观程先生之《传》主于言理，而朱子《本义》则推本圣人因卜筮教人之意，第明其为卦象、卦变、卦体、卦德而不费于辞说。夫以二先生学之渊源有本，而论《易》若是不同，何也？盖尝征之程先生之言曰："有理而后有气，有气而后有数，易因象以知数，得其义则象在其中。"又曰："理无形也，因象以明理。理见乎辞者也，则可由辞以观象。"是程先生虽专言理，实兼包乎象数也。朱子曰："《易》只是卜筮之书，今人说得来太精了，然却入粗不得。某之说虽粗，然却入得精，精义皆在。其中良以卜筮象数原未尝外于义理，盖有此理则有此象、有此数，即卜筮所谓趣吉避凶、惠迪吉、从逆凶者[①]，未尝外义理而得，是理与数岂岐而二之物乎！"正叔有见于此，故辑为成书，依程传之文，而录本义于后。凡程之遗书、朱之文集、语类有裨于传义者，咸取而附之。系辞以后，程子无传，则取程子平日论说补之，而《附录》如上、下经之例，于以明两夫子之同有功于四圣而非有所异也。其后董真卿之《辑录纂注》，与明永乐之《大全》，实权舆于此。正叔之有功于两夫子不亦大乎！正叔名楷，台之临海人。中文天祥榜进士，知洪州，有惠政。后官吏部郎中，从潜室陈器之游[②]，得朱子再传之学者也。

【笺注】

①迪吉：《书·大禹谟》："惠迪吉，从逆凶。"孔传："迪

道也。顺道吉，从逆凶。”后以“迪吉”表示吉祥，安好。

②陈器之：陈埴，字器之，号潜室，永嘉（今浙江温州）人，著有《木钟集》十一卷。

题读易私言

许文正公以正大之学[1]，当草昧之世，辅翊世祖[2]，建学明伦，其有功于斯道甚大。所著书不多，见行于世者，《鲁斋遗书》而已。《读易私言》者，统论六画大义[3]，简括精当，足以见公学之纯而养之邃也。金源以来[4]，苏、黄之学行于中州。公从江汉先生得闻伊洛之旨[5]，与柳城共倡明之[6]。元儒学之醇，惟公上接有宋。惜世祖用之未尽，终惑于桑哥、王文统之徒[7]，使斯民不获被其泽，岂不惜哉！公又有《大学要略》一卷，盖领成均时以教胄子者[8]。直述常语，俾使通晓，可与并行者也。

【笺注】

①许文正公：宋元之际学者许衡，字仲平，号鲁斋，谥文

正。与姚枢、窦默等讲程朱理学。正大：雅正弘大。

②辅翊：辅佐，辅助。世祖：元世祖忽必烈。

③六画：以《易》之每卦为六画，故名。《易·说卦》："兼三才而两之，故《易》六画而成卦；分阴分阳，迭用柔刚，故《易》六位而成章。"《易·干》"元亨利贞"唐孔颖达疏："初有三画，虽有万物之象，于万物变通之理犹有未尽，故更重之而有六画，备万物之形象，穷天下之能事，故六画成卦也。"

④金源：金国的别称。《金史·地理志上》："上京路即海古之地，金之旧土也。国言'金'曰'按出虎'，以按出虎水源于此，故名金源。建国之号，盖取诸此。"

⑤江汉：宋元之际理学家赵复，字仁甫，世称江汉先生。选取二程、朱熹等遗书八千余卷，广为传播，由是北方始知有程朱之学。

⑥柳城：元初理学家、政治家姚枢，字公茂，号雪斋、敬斋，祖籍营州柳城（今辽宁朝阳）。姚枢遇赵复后，始见程朱之书，遂为理学信徒。在忽必烈为亲王时，请他教授世子经书，并备顾问；世祖时授昭文馆大学士，评定礼仪，官至翰林学士承旨。

⑦桑哥：元畏吾儿人，元朝宰相，以贪赃枉法处死。王文统：元益都人好权谋，入李璮幕府，以女妻璮。后李璮起兵反，他以同谋被杀。

⑧成均：古之大学。《周礼·春官·大司乐》："大司乐掌成均之法，以治建国之学政，而合国之子弟焉。"《礼记·文王世子》："三而一有焉，乃进其等，以其序，谓之郊人，远之，于成均，以及取爵于上尊也。"郑玄注："董仲舒曰：五帝名大学曰成均。"

石涧俞氏大易集说序

《大易上下经说》二卷、《象辞说》一卷、《彖传说》二卷、《爻传说》二卷、《文言传说》一卷、《系辞传说》二卷、《说卦说》一卷、《序卦说》一卷、《杂卦说》一卷，合一十三卷，各冠以序，统名曰《大易集说》。而《易图纂要》一卷、《易外别传》一卷附焉。吴人俞琰玉吾叟所著也。叟于宝祐间以词赋称[1]，宋亡隐居不仕，自号石涧道人，又称林屋洞天真逸。其书草创于至元甲申[2]，断手于至大辛亥[3]，用力可谓勤矣。世之言图书者，类以马毛之旋、龟文之坼[4]。独叟之持论谓："《尚书·顾命》：'天球、河图在东序'，河图与天球并列，则河图亦玉也，玉之有文者尔。昆仑产玉，河源出昆仑，故河亦有玉。洛水至今有白石，洛书盖石而白有文者。"其立说颇异。至其集众说之善，以朱子《本义》为宗，而邵子、程子之学，义理、象数一以贯之，诚有功于《易》者也。考叟之说《易》，尚有《经传考证》《读易须知》《六十四卦图古占法》《卦爻象占分类》《易图合璧连珠》诸书，咸附于《集说》之后，而今已无存。当日共讲《易》者，则有西蜀苟在川、新安王太古、括苍叶西庄、鄱阳齐节初，其名字官阀亦不复可考矣。呜呼，惜哉！

【笺注】

①宝祐：宋理宗年号（1253—1258）。

②至元：元世祖年号（1264—1294）。至元甲申为1284年。

③断手：完毕，完成。

④马毛之旋、龟文之坼：元初理学家吴澄在《易纂言外翼》中列“马毛之旋如星点指圆圈”的《河图》，以及“龟背之甲其坼有如字画”的《洛书》。至大：元武宗年号（1308—1311）。至大辛亥为1311年。

胡一桂易本义附录纂注启蒙翼传合序

考亭之学一再传后[1]，惟新安尤盛，父兄、师友各自名家。若玉斋、双湖父子，其最著也。双湖名一桂，字庭芳，领宋景定甲子乡荐，入元，隐居著书。以闽为文公讲学之地，过其乡，访求绪论，复从建安熊禾勿轩游[2]，与之上下讲议者十余年。归则裒集诸家之说[3]，疏朱子之言为《易本义附录纂疏》及《启蒙翼传》二书，论者谓其得朱子源委之正[4]。勿轩尝谓之曰："更得《诗》《书》《春秋》《周礼》《仪礼》一如《易》书，以复六经之旧，岂非文公所望于吾辈者乎！"惜先生仅成此二书及《书说诗传附录纂疏》，而他书竟未及为也。尝观汉人经学各有师法，此韦表微有《九经师授谱》、刘餗有《授经图》、李焘亦有《五经传授》，著其流派，咸有条理。近代经学至朱子而得其归，若节斋蔡氏、槃涧董氏之于《易》[5]，九峰蔡氏之于《书》[6]，传贻辅氏之于《诗》[7]，清江张氏之于《春秋》[8]，勉斋黄氏、信斋杨氏之于礼[9]，皆朱子嫡嗣也。再传而后，怀孟、金华、新安、鄱阳，其传益著，其派益广。苟能为之稽其授受，别其源流，使后之学者知渊源之有自，岂不为明经者之一助乎？今世通经学古之士，必有继而为之者，尤予所望也。

【笺注】

①考亭：在今福建建阳西南。相传五代南唐时黄子棱筑以望其父（考）墓，因名望考亭，简称考亭。南宋朱熹晚年居此，建沧洲精舍。宋理宗为崇祀朱熹，于淳祐四年赐名考亭书院。后因以称朱熹。

②熊禾：号勿轩，志于濂、洛、关、闽之学。访朱熹门人辅广，拜其为师。

③裒（póu）集：辑集。

④源委：《礼记·学记》："三王之祭川也，皆先河而后海，或源或委也，此之谓务本。"郑玄注："源，泉所出也；委，流所聚也。"指水的发源和归宿。引申为事情的本末和底细。

⑤节斋蔡氏：蔡渊。著有《周易训解》《易象意言》。槃

涧董氏：南宋学者、经师董铢，学者称盘涧先生，朱熹学生。著有《性理注解》《易书注》。

⑥九峰蔡氏：南宋学者蔡沈，字仲默，隐居九峰，世称九峰先生。曾师朱熹，专习《尚书》历数十年，成《书集传》，其书参考众说，融会贯通，为元代以后试士所用标准注本。

⑦传贻辅氏：辅广，字汉卿，号潜庵。专攻周敦颐和二程学说，先后师事吕祖谦和朱熹。嘉泰年间归里，在崇德县筑传贻堂，后改为传贻书院，教授学生，学者称传贻先生。有《诗童子问》。

⑧清江张氏：南宋理学家张洽，清江县人。从小师事朱熹，资质颖异。专治《春秋》。后回家乡，创办了清江书院。

⑨勉斋黄氏：黄榦，字直卿，号勉斋。信斋杨氏：杨复，号信斋，受业于朱熹。

周易本义集成附录序

朱子《易本义》一书，疏明其义者，有董楷之《正书》、蔡渊之《训解》、胡炳文之《通释》、胡一桂之《附录纂注》、董真卿之《会通》。而熊良辅之《集成》，亦其一也。良辅，字季重，别号梅边，南昌人。举元延祐丁巳乡试[1]。早师遥溪熊凯学《易》，复得《易传》于凯之友泉峰龚焕。试礼部不第，归，训徒乡塾，研究《易》旨，乃为是书。采摭诸家之说，与《本义》合者录之，即不合而有得于经旨者，亦备录以相发，末则折衷以己意。盖本朱子之书而不泥焉者也。始朱子《本义》，一遵吕成公所订古文为主[2]，以六十四卦彖、爻之辞为上、下经，而孔子所释彖、象、文言及上下系、说卦、序卦、杂卦为“十翼”。明永乐时编次《大全》，乃以朱子《本义》附《程传》以行，而初本遂淆。良辅是书，犹仍旧本上下经二卷，谓之《集成》；《十翼》十卷，谓之《附录》，总为十二卷，统名之曰《周易本义集成附录》。《授经图》但录《集成》二卷，盖未见全书也。嗟乎！自《周易传义大全》行，而世无知朱子易之为古文也久矣。故科试者往往合周公、孔子之辞以命题，割裂纰缪，良可怪叹。得是书，庶可一正之乎！良辅所采摭，自唐迄元凡八十四家中姓氏多不著者，于以见易书之多，后世不可得尽见，犹赖是书以传，亦可尚也。

【笺注】

①延祐：元仁宗年号（1314—1320）。元延祐丁巳为1317年。

②吕成公：吕祖谦，字伯恭，学者东莱先生，婺州（今浙江金华）人。宋宁宗嘉定九年（1216），谥吕祖谦为“成公”。

鄱阳董氏周易会通序

《周易会通》一十四卷，题曰《经传》，集程朱解，附录纂注，冠以凡例十条，《经传历代因革》一卷，而以启蒙五赞筮仪附录纂注终焉，鄱阳董真卿季真父所编集也。金华吴正传驳之，谓朱子之义自与程传体制不同，不当强求其通。而季真自序则云："自包牺氏作易[1]，至于文王、周公，不知几年而后有卦、爻之辞。由文王、周公至于孔子，五百余年而后有十翼。由孔子至程、朱子，千五百余年而后有传义。今距程朱子百有余年，乃敢析合经传，集四圣二贤及历代诸儒之说以备一书。"其亦勇于自任者矣。季真为深山先生之子，槃涧先生之从子，受学于双湖胡氏、勿轩熊氏。胡之学本于其父玉斋，玉斋师毅斋沈氏，沈学于介轩董氏，董学于勉斋黄氏。熊之学本于进斋徐氏，徐学于节斋蔡氏，蔡又为勉斋之友。当时师弟子授受，渊源可考，皆本于程、朱子者也。其曰："程子主理义，朱子主象占。求朱子象数之易得其旨，因朱子以求程子理义之易，又于诸家之易，理之所聚而不可遗，理之所行而无所碍者，相与发明之。"故虽林黄中、袁机仲之说[②]，双湖诋为惑世诬民者[③]，季真或有取焉。其亦善于言易者矣。

【笺注】

①包牺氏：伏羲氏。《易·系辞下》："古者包牺氏之王天下也，仰则观象于天，俯则观法于地……于是始作八卦。"陆德明释文："包，本又作'庖'。"

②林黄中：林栗，字黄中，福清（今属福建）人。袁机仲：袁枢，南宋史学家，字机仲。

③双湖：胡一桂，字庭芳，元徽州婺源（今江西婺源）人。南宋景定五年（1264），乡荐礼部不第，退而于乡里讲学，远近师之，号"双湖先生"。以朱学为宗，"得朱熹氏源委之正"，尤精于易学。惑世诬民：指蛊惑世人。

雷思齐二种易序

《易图通变》五卷、《易筮通变》三卷，元临川道士雷思齐著。《易图》世有传本，《易筮》则得之《道藏》中。二书固相为表里，宜并行者也。思齐，字齐贤，别号空山，居钟湖观，授玄教讲师，乐与士大夫游。吴文正赠以诗有“钩深十翼象外易，罗络三苍篇内文”句[①]，“十翼”即指二书，三苍者，岂思齐于六书之学亦有撰著欤？思齐虽羽流[②]，实当时高士。其游于黄冠[③]，盖亦有托而逃，若梁隆吉、邓牧心辈[④]，非寻常道流比。其所撰，宜吾儒所不摈也。世所传二氏之藏，惟道家最多牵合。举夫名、法、兵、形、医、卜诸家，咸以为出于黄老，遂援而取之，以增广其类。而《易》为三圣人之书，凡言图书象数者亦入焉，至与其所谓符箓、科仪荒谬诞妄者[5]，同汇而藏之。然前人之遗书或借以传，则亦未可尽罪也。嗟乎！彼二氏虽为吾儒所不道，然为其徒者，犹能世守其所传于琳宫梵宇之中[6]，而儒家者流举所谓淹中、柱下之藏[7]，盖无有也。岂不重可慨也欤！

【笺注】

①三苍篇：秦李斯《仓颉篇》、赵高《爰历篇》、胡毋敬《博学篇》，以统一后的秦篆编写。汉初合为一书，统称《仓颉篇》，并改写成隶书，又称《三苍》。

②羽流：谓道人，道士。

③黄冠：道士之冠，借指道士。

④梁隆吉：梁栋，字隆吉，湘州（今属湖北）人，迁镇江，咸淳四年进士。宋亡，归武林，后卜居建康，时往来茅山中。邓牧心：邓牧，字牧心，钱塘（今浙江杭州）人，宋元之际学者。宋亡，隐居于余杭大涤山洞霄宫，终身不仕、不娶，自称“三教外人”，又号九鉴山人，世称文行先生。

⑤符箓：道教所传秘密文书符和箓的统称。科仪：科式。

⑥琳宫：仙宫。这里指道观。梵宇：佛寺。

⑦淹中：春秋鲁国里名。在今山东省曲阜市。古文《礼经》所出之处。《汉书·艺文志》：“《礼古经》者，出于鲁淹中。”颜师古注引苏林曰：“里名也。”借指儒家学术中心。柱下：借指藏书之所。

周易参义序

新喻梁孟敬先生[1]，元季用荐为集庆路儒学训导。居二载，念亲老，谢归。入明，郡守刘真辟教授临江府。明太祖既定天下，稽古礼文，召名儒修述，定一代之制，于是先生征诣金陵[2]，年已六十矣。时分礼、律、制三局，先生在礼局中，讨论精审，诸儒皆推伏之[3]。书成，不受官，赐金还乡里，筑室蒙山，为书庄以藏所著书，《周易参义》其一也。是书盖分教集庆时所作，以程、朱传义，学者所宗，然程主于玩辞，而朱主于观象，一本于理，一尚其占，其说遂殊。《参义》者，融会二家之旨合而一之也。先生于六籍咸有述，当时目为“梁五经”。《春秋》曰《考义》，《书》曰《纂义》，《礼》与《周官》曰《类礼》、曰《考注》，《诗》

曰《演义》。《易》《春秋》作于元季，他皆蒙峰退隐后所成。其卒也，在建文二年，年八十有七。嗟乎！当时被召诸儒，如青田、金华、新安、义乌[4]，身非不显，名非不著，而或以谗死，或以身殉，或遭迁谪，或不享年，求如先生优游终老，著作垂于后世，岂非幸哉！先生之论，以言忠信、行笃敬为天德，不伤财、不害民为王道。其言纯以正，记称“好学不倦，好礼不变，耄期称道不乱”者[5]，其殆斯人也欤！

【笺注】

①梁孟敬：明代著名学者梁寅，字孟敬，号石门，新喻县（今新余市）人。“淹贯五经百氏”，科举屡次落榜，于是弃功名。元末，征召为集庆路（治今南京）儒学训导，两年之后辞官归乡，隐居讲学。邻居之子初入仕途，问天德、王道之要，梁寅笑言：“言忠信，行笃敬，天德也；不伤财，不害民，王道也。”

②征诣：召往。

③推伏：推许佩服。

④青田：明初大臣刘基，字伯温，浙江青田南田武阳村人。洪武四年（1371）为胡惟庸所谮，被免职，忧愤而死。金

华：明初文学家宋濂，浙江浦江（今属浙江金华）人，官至学士承旨知制诰。致仕后因长孙宋慎牵涉胡惟庸案，全家谪茂州，中途病死于夔州。新安：朱升，字允升，明徽州休宁（徽州，古称新安）人。洪武元年（1368）任翰林学士，后请老归山，不久病死。义乌：明初学者王祎，字子充，浙江义乌人。洪武初，修《元史》，与宋濂同为总裁。受命招抚云南，遇害而死。

⑤耄期：高年。《书·大禹谟》："朕宅帝位，三十有三载，耄期倦于勤。"孔传："八十、九十曰耄，百年曰期颐。言已年老，厌倦万机。"

程泰之禹贡图论序

宋新安程泰之尚书，以该洽直谅见知于孝宗[1]。尝侍光宗潜邸讲读。及即位，以吏部尚书进龙图阁学士致仕。公老而得谢于家，著书立言，尽发所蕴。今所传《演繁露》《考古编》《雍录》诸书，辨证古今之讹谬，订正书传之得失，多卓然可观者。《禹贡论》五十二篇，亦公所著，辩江、河、淮、汉、济、黑水、弱水七大川甚悉。凡诸儒舍经泥传注者，一一正之。又专论河、汴二水之患，为《后论》八篇。又为《山川地理图》，因《禹贡》而备论历代山川、郡县名称改易。以唐世地书为正，总为四卷[2]。汪端明应辰见而叹为不可及。淳熙四年，公为刑部侍郎，因进讲黑水，陈其素所辩论，孝宗嘉赏，命进其全书，付秘阁。其后公出知泉州，同年舶使彭椿年始命教授陈应行校而刊之。图本三十有一，今仅存《序说》，兼有所缺。考归熙甫为跋时[3]，图已不及见，况又百余年乎！夫古今之宇宙，疆域大矣，自非身所亲历，安必其无讹？经所纪皆禹随山刊木所身历也[4]，后世为传注者，乃欲以一己见闻举而核之，诚不能无误。公之为是书也，尽屏训传，独取经文而熟复之，于一言一字间有意指可以总括后先者，则主以为据，而后采历世载籍以证之。其用志可谓勤矣。虽其谓鸟鼠同穴为二山[5]，亦拘于一隅之见，然而弘肆淹雅[6]，不诡随传注，固经说之杰也。尝考南宋诸儒称博洽者凡三人，一为鄱阳洪景卢迈，一为四明王伯厚应麟，其一则公。洪之《容斋随笔》博矣而未核，王之《困学纪闻》精且核矣，而援经证史，解驳尽致[7]，则于公是书见之。公复尝考究《书》之历代地理，为谱二十卷，取五十八篇互相发明，篇为一论。周益公称其抉隐正讹[8]，有功学者。嗟乎！安得并传之为快欤！

【笺注】

①该洽：博通。直谅：正直诚信。《论语·季氏》："益者三友……友直，友谅，友多闻，益矣。"

②淳熙：宋孝宗年号（1174—1189），淳熙四年为1177年。

③归熙甫：明代文学家归有光，字熙甫，号震川，又号项脊生。

④刊木：砍伐树木。《书·禹贡》："禹敷土，随山刊木，奠高山大川。"孔颖达疏："随行山林，斩木通道。"

⑤鸟鼠同穴：古山名。在甘肃省渭源县西。《书·禹贡》："导渭自鸟鼠同穴。"孔传："鸟鼠共为雌雄，同穴处此山，遂名山曰鸟鼠，渭水出焉。"明焦竑《焦氏笔乘续集·鸟鼠同穴》："'导渭自鸟鼠同穴。'孔传谓'鸟鼠共为雌雄，同穴而处'。蔡氏以为怪诞不取。按《甘肃志》：'凉州之地有兀儿鼠者，形状似鼠，尾若赘疣。有鸟曰本周儿者，形似雀，色灰白，常与兀儿鼠同穴而处。所谓鸟鼠同穴也。'凉州唐属陇右道，然则孔说非诞。"

⑥弘肆：弘大恣肆。多用以形容学问文章等。唐韩愈《进学解》："先生之于文，可谓闳其中而肆其外矣。"淹雅：高雅。

⑦解驳：解释辩正。

⑧抉隐：挖掘隐秘。

新昌黄氏尚书说序

宋新昌黄宣献公经学博通[1]，著《诗说》三十卷、《周礼说》五卷，其易传未成而殁，今惟《尚书说》七卷仅存。吴兴陈氏谓公晚年制阃江淮[2]，著述不辍，时得新意，则晨夜叩书塾为友朋道之，盖其穷经老而不倦若是。夫说《书》亦难矣，九峰之传[3]，程直方辨之[4]，余芑舒疑之[5]，袁仁砭之[6]，明太祖集诸儒更定之。公之说，诸儒未有议之者，由其义之纯而辞之约也。惟于《书》终《秦誓》[7]，公以为夫子知其终必得志于天下，推其效，自穆公垂创之为可继，故录其书使与《费誓》自为后先[8]，窃以为不然。周公、鲁公皆周卿士，周公之《诰》录于《书》，鲁公之《誓》亦录于《书》，无以异也。夏之书终以《胤征》，周之书终以《秦誓》，无以异也。而谓夫子序《书》，以秦承周，以《殽誓》继《典》《谟》《命》，其旨则微，毋乃近于讖纬之说，不若九峰比于《诗》之录《鲁颂》《商颂》，犹未害于义也。

【笺注】

①黄宣献公：黄度，字文初，号遂初，南宋绍兴新昌（今属浙江）人。

②制阃（kǔn）：统领一方军事。

③九峰：南宋学者蔡沈，字仲默，号九峰，南宋建州建阳（今属福建）人。少从朱熹游，后隐居九峰山下，注《尚书》，撰《书集传》。

④程直方：元新安婺源人，字道大，作《蔡传辨疑》。

⑤余芑舒：作《读蔡传疑》。《书传会选》卷六载："蔡沈《书传》虽源出朱子，而自用己意者多。当其初行，已多异论。宋末元初，张葆舒作《尚书蔡传订误》，黄景昌作《尚书蔡氏传正误》，程直方作《蔡传辨疑》，余芑舒作《读蔡传疑》，递相诘难。及元仁宗延祐二年，议复贡举，定《尚书》义用蔡氏，于是葆舒等之书尽佚不传。"

⑥袁仁：明袁仁，字良贵，号蔓波，苏州人。撰《尚书砭蔡编》，纠蔡沈之误。

⑦《秦誓》：《尚书》篇名。《书序》："秦穆公伐郑，晋襄公率师败诸崤。还归，做《秦誓》。"是秦文献流传下来较早的一篇。

⑧《费（bì）誓》：《尚书》篇名。费，地名，在今山东省费县西北。鲁侯伯禽受封于鲁国，徐、夷等部落不服从命令，相继作乱，鲁侯伯禽前往征讨，作《费誓》。

时氏增修东莱书说序

宋乾淳中[1]，东莱吕成公讲道金华[2]，四方从游者千人。公同年进士时铸寿卿与其弟铁长卿，率其家子弟曰沄、曰澜、曰泾悉从公学。公尝辑《书说》，先之《秦誓》《费誓》，上至《洛诰》[3]，凡一十三卷。阅再岁而公殁，澜增修之，成二十二卷，合为三十五卷，于是《书说》乃全。予考成公实受业于林少颖之门[4]，少颖有《拙斋书集解》五十八卷。朱子谓《洛诰》以后非其所解，则亦门人续成之者。夫林氏之书既以《召诰》终[5]，公之书因以《洛诰》始，是公之用意，本以续其师说。而门人莫喻厥旨，怿其书之未就，辄补其余，其用心则勤，而公之意未免因之反晦矣。虽然，澜，公之高弟子也，其所补缀，一本师说，学者取林氏之书暨先生讲论，与澜所增修合而观之，匪独见今古文正摄义蕴之全[6]，而丽泽书院师友之渊源[7]，亦可睹矣。

【笺注】

①乾淳：宋孝宗的两个年号乾道（1165—1173）、淳熙（1174—1189）的合称。

②东莱吕成公：南宋理学大家吕祖谦，字伯恭，南宋婺州（今浙江金华）人。人称东莱先生，与朱熹、张栻齐名，同被尊为“东南三贤”。卒谥曰成，后世复以“吕成公”称之。

③《洛诰》：公既相宅，周公往营成周，使来告卜，作《洛诰》。

④林少颖：宋代林之奇，字少颖，号拙斋，福州侯官人。绍兴二十一年（1151）进士，召为秘书省校书郎。朝廷欲令学者参用王安石三经义说，之奇以为邪说异端，不可训。因患痹疾，乞祠家居，授徒著述，自号拙斋，人称拙斋先生。吕祖谦慕其名，远道来闽从其学。

⑤《召诰》：《书经》周书之篇名。《尚书·召诰》记载：“成王在丰欲宅洛邑，使召公先相宅，作《召诰》。”

⑥匪独：犹言不单是，不只是。

⑦丽泽书院：南宋四大书院之一，吕祖谦讲学会友之所。

书集传或问序

宋东阳陈大猷作《尚书集传》，用朱子释经，法吕氏读诗记例，采辑群言，附以己意成编。宋季其书盛行，学者多宗之。《集传》而外，复成《或问》二卷，明《集传》去取之意，亦犹紫阳《论孟集说》别为《或问》之旨也。《集传》未及见，而《或问》偶有传本。尝取而读之，其中变难往说[1]，著其从违，使治经者有所依归，无岐途之惑，其便于学者甚巨。惜全编不可得见。然因此以推则其搜辑之博，持择之精，信乎可传也矣。大猷登绍定二年进士[2]，由从仕郎历六部架阁，官不甚显，故《宋史》无传。同时有都昌陈大猷者，号东斋，常师饶双峰，仕为黄州军州判官，亦著《书传会通》，实元陈浩之父，与东阳别为一人，世人往往混而一之。故举而并著之，使校雠四库者有所考焉[3]。

【笺注】

①变难：变乱。

②绍定：南宋理宗的年号（1228—1233）。绍定二年为1229年。

③四库：犹四部。中国古代图书分类名称。将群书分为甲、乙、丙、丁或经、史、子、集四类，称四部。《新唐书·艺文志一》："两都各聚书四部，以甲、乙、丙、丁为次，列经、史、子、集四库。"

王鲁斋书疑序

《书疑》九卷，宋金华王文宪公柏所著[1]。《书》自伏、孔二家传出，于是有今文、古文之别。由唐以前未有疑之者，有宋诸儒始疑古文后出，非尽孔壁之旧[2]，然于今文，固未有拟议也[3]。其并今文而疑之，则自公始。公高明绝识[4]，于群经穿穴钻研，不狃于训诂之旧[5]，故虽以二千年相传口授、壁藏之书，汉唐诸儒所服习者，犹有缺佚脱误之疑。至谓《大诰》："宁王遗我大宝龟，西土有大艰，人亦不靖"之语，无异于唐德宗奉天之难[6]，委之于定数。圣如姬公，宁肯为此语？《洛诰》复辟之事，谓成王幼，周公代王为政，成王长，周公归政于王，苏氏所谓归政初无害义，何所嫌而避此名乎？其不苟为同如此。元吴礼部师道言公初见何北山[7]，北山谦抑不敢以弟子视之，公宏论英辩，质疑往复，一事或十数过。公之为此书也，岂有得于北山与？是书之最善者，如订正皇极之经传，谓《论语》“咨尔舜”二十二言、《孟子》“劳来匡直”数语，宜补《尧典》缺文，《禹贡》叙一事之终始，《尧典》叙一代之终始，《禹贡》当继《尧典》之后，居《三谟》之前，皆卓然伟论。即以补伏、孔所未逮，可也。

【笺注】

①宋金华王文宪公：南宋藏书家、书画家王柏，字会之，婺州金华人。少慕诸葛亮，自号长啸，30岁后以为“长啸非圣门持敬之道”，改号鲁斋，金华（今属浙江）人。

②孔壁：孔子故宅的墙壁。据传古文经出于壁中，故著称。《汉书·鲁恭王余传》：“恭王初好宫室，坏孔子旧宅以广其宫，闻钟磬琴瑟之声，遂不敢复坏。于其壁中得古文经传。”

③拟议：揣度议论。多指事前的考虑。《易·系辞上》：“拟之而后言，议之而后动，拟议以成其变化。”

④绝识：卓越见识。

⑤狃（niǔ）：囿，局限。

⑥奉天之难：四镇之乱及泾原兵变的合称。因在这次战争中，有四人称王，两人称帝，即朱滔称冀王，王武俊称赵王，

田悦称魏王，李纳称齐王，朱泚称秦帝，李希烈称楚帝，又名“二帝四王之乱”。由削藩而引发的叛乱，晚唐败落的标志性事件。唐德宗因藩镇叛乱，被迫逃往奉天（今陕西乾县）。

⑦何北山：何基，字子恭，号北山。金华罗店后溪河人。对金华学派贡献充实甚多，有“中兴”金华学派之誉。

杏溪傅氏禹贡集解序

义乌傅寅同叔徙居东阳之杏溪，著《禹贡集解》二卷，乔文惠行简序之。其书先以山川总会之图，次九河、三江、九江之图，次及诸家说。断其言谓：禹之治水，皆自下而上。曰："治水者，必使其下能容而有余，易泄而无碍，然后可以安受上流，而不至于冲激以生怒。"又曰："治其最下而速其行，通其傍流而使其中无停积之患，则河之大体无足忧矣。吾于其言，默有取焉。"惜乎是编流传者寡，不见采于董氏之《纂注》，而焦氏《经籍志》、西亭王孙《授经图》，或以为说，或以为论，盖未尝见此书而著于录者。是本为吴人王止仲藏书，其后归于都少卿穆。其第一卷阙三十有七版，第二卷又阙其四版。验少卿前后私印，则知当日已非足本。亟刊行之，俟求其完者嗣补入焉。

梅浦王氏尚书纂传序

梅浦王氏《尚书纂传》四十六卷，先引汉、唐二孔氏之说[1]，次收诸家传注，而一以晦庵朱子、西山真氏为归[2]，与其乡先生彭翼夫往复考正十五年而后成。大德中，鄞人臧梦解为宪使，以其书上于朝，得授临江路儒学教授。其子振板行之，予所见者，即至大锓本也[3]。吉安自宋季文信公谋兴复不遂，被执以死，其门人宾客咸以忠义自奋，乡曲之士多知自好[4]，恒绝意仕进，潜心经义。于《易》则有龙仁夫之《集传》、刘霖之《太极图解》《易本义童子说》，于《诗》则有刘瑾之《通释》，于《礼》则有彭丝之《集说》，于《春秋》则有丝之《辨疑》、李廉之《会通》。《书》自梅浦而外，则耕野王氏，其撰述多有得者。梅浦是书，其钞撮也博[5]，而甄综也简[6]。其心似薄蔡氏而不攻其非，间亦采摭其说，择焉可谓精矣。彭翼夫者，尝仕于宋，为江陵府教授，即丝之父也。

【笺注】

①汉、唐二孔氏：西汉经学家孔安国，字子国。孔子后裔，武帝时任谏大夫。唐代经学家孔颖达，字冲远，冀州衡水（今属河北）人，奉唐太宗之命编《五经正义》，形成唐代义疏派。

②西山真氏：南宋大臣、学者真德秀，字景元，后改希元，世称西山先生。学术继承朱熹，与魏了翁齐名。

③锓（qǐn）本：刻本。

④乡曲：谓居里或籍贯相同。

⑤钞撮：抄摘。

⑥甄综：综合分析，鉴定品评。

今文尚书纂言序

《今文尚书纂言》四卷，元草庐先生吴澄所辑。《尚书》既遭秦火，汉初济南伏生以所忆二十八篇教授齐鲁间，即今书是也。其后孔壁书出[1]，增多二十五篇，谓之《古文尚书》，而目伏生所授者为今文[2]。自东汉及魏世，所行者惟伏生之书而已。古文旧藏于官，人不及见，迄东晋始复出。唐孔颖达因安国《传》而作《正义》，书以盛行，于是伏生之书遂为其所乱。有宋诸儒始疑其文体不协，朱子亦曰："孔书至东晋方出，前此诸儒皆未见，可疑之甚。"又曰："孔传及序不类西京文字。"则疑古文者，非一人矣。至先生序录群经，始分而出之，取伏生之二十八篇序于前，以还其旧，而以孔壁所出之古文别序于后。至为纂言，则独有今文。古文置而不释，其见可谓卓矣。而说者或谓先生果于自信，轻于非圣经，余以为非也。孔氏壁书已不可见，至东晋所上之书，出于梅赜一手[3]，其非安国原本明甚。至重华之名[4]，虽见于太史公本纪，彼姚方兴者，岂遂不能援以自实其所撰耶？固未可知也。呜呼！圣人之经，灿若日星。甲是乙非，未能遽定。而先生是编考据详博，厘正错简，咸皆确当。学者将以明经祛惑，其于是书必有取尔矣。

【笺注】

①孔壁书：相传在孔子故宅的壁中发现了古文经书。据《汉书》记载，武帝末，鲁恭王刘余坏孔子宅，得《古文尚书》《礼》《论语》和《孝经》等，凡数十篇，都用汉以前的文字书写。

②伏生：西汉经学者，字子贱，济南人，曾为秦博士。秦时焚书，于壁中藏《尚书》，汉初，仅存二十九篇。西汉今文《尚书》学者，皆出其门。后人评伏生传书之功曰："汉无伏生，则《尚书》不传；传而无伏生，亦不明其义。"

③梅赜：东晋人，字仲真，东晋汝南（今湖北武汉）人。曾任豫章内史，献《古文尚书》及伪《尚书孔氏传》，东晋君臣信以为真，立于官学。

④重华：虞舜的美称。《书·舜典》："曰若稽古帝舜，曰

重华，协于帝。”孔传：“华，谓文德。言其光文重合于尧，俱圣明。”《楚辞·九章·涉江》：“驾青虬兮骖白螭，吾与重华游兮瑶之圃。”一说，舜目重瞳，故名。《史记·五帝本纪》：“虞舜者，名曰重华。”

尚书通考序

宋元之际，闽之樵川儒学蔚起，若严粲明卿之于《诗》[1]，黄清老子肃之于《春秋》[2]，黄镇成元镇之于《易》、于《书》，易有《通义》，书有《通考》，各十卷。予所见者，惟严氏之《诗缉》、黄氏之《尚书通考》而已。《通考》纪《尚书》名物度数，举夫七政、九畴、六宗、五礼、方州之贡赋水土、律吕之长短忽微，皆著其说。说有未尽，复系以图。汇集诸家而衷以己意，详且备矣。夫书以载道[3]，二帝三王之大经大法存焉[4]。度数名物，靡非经法之所寓，稍有未晰，则无以措诸事而施于用，何以免不学墙面之讥乎[5]！是编由器而寓夫道，由数以达其义，学者能详考精察，于以定礼乐、设制度有裕如者矣。元镇书成，执政因荐为江西路儒学提举。命下，禄不及而卒，集贤议谥曰“贞文”，处士以旌之。当时如元好问、安熙亦皆以下僚布衣得与易名之典⑥，于以见元节惠之锡，不视爵位为予夺，亦可录也。

【笺注】

①严粲：字明卿，精通《毛诗》。

②黄清老：字子肃，有《春秋经旨》。

③书以载道：经书（此处尤其指《尚书》）是用来表达一定的思想、道理的。这里的“道”多指儒家思想。

④二帝三王：二帝，唐尧、虞舜；三王，夏禹、商汤、周文王和周武王。大经大法：根本的原则和法规。明刘若愚《酌中志·大内规制纪略》：“后殿匾曰：‘学二帝三王，治天下大经大法。’”

⑤墙面：墙面而立。面对墙壁，目无所见。比喻不学无术。《书·周官》：“不学墙面。”孔传：“人而不学，其犹正墙面而立。”《论语·阳货》：“人面不为《周南》《召南》，其犹正墙面而立也与！”刘宝楠正义：“向墙面之而立，言不可行也。”

⑥下僚：职位低微的官吏。易名：指古时帝王、公卿、大夫死后朝廷为之立谥号。

王鲁斋诗疑序

金华王文宪公于六经、四子之书，论说最富。《诗》则有《读诗纪》十卷，《诗可言》二十卷，《诗辨说》二卷，见吴礼部正传节录《行实》中[1]。今所传《诗疑》，则《行实》未载，卷帙不分。绎其辞，殆即《诗辨说》。因公于《书》有《书疑》，遂比而同之也。古之说《诗》者，率本大、小《序》。自晦庵朱子去《序》言《诗》，遂以列国之风，多指为男女期会赠答之作。公师事何文定[2]，文定学于黄文肃[3]，文肃受业朱子之门，宜其以郑卫诸诗信为淫奔者所作[4]，且疑三百五篇岂尽夫子之旧，容或有删去之诗[5]，存于闾巷之口，汉初诸儒各出所记以补其缺佚者。又以《二南》各十有一篇，两两相配，于是削去《野有死麕》一篇，退《何彼秾矣》《甘棠》于《王风》[6]，其自信之坚，过于朱子。此则汉唐以来群儒莫之敢为者也。文定尝语公矣：诸经既经朱子订定，且当谨守，不必又多起疑论，有欲为后学言者，谨之又谨可也。昔贤之善，诲人盖如此。

【笺注】

①吴礼部正传：元人吴师道，字正传，婺州兰溪（今属浙江）人。至治三年（1323）进士，官至礼部郎中。

②何文定：明人何瑭，字粹夫，号柏斋，怀庆府（今河南焦作沁阳）人，谥“文定”。登弘治壬戌进士第，改庶吉士，历编修修撰。

③黄文肃：黄榦，赐谥“文肃”。

④淫奔：旧谓男女未经父母循序，私相奔就，自行结合。多指女方往就男方。《诗·王风·大车序》：“礼义陵迟，男女淫奔。”孔颖达疏：“男女淫奔，谓男淫而女奔之也。”

⑤容或：或许；也许。

⑥《何彼秾矣》：出自《诗经·国风·召南》。秾，繁盛。

诗传遗说序

子明于《易说》外，复取文集语录论诗者为书六卷，一、二卷纲领及序辩，三卷六义与思无邪问答，四、五、六卷论四诗之旨，末附以逸诗、诗乐谱、叶韵，皆集传所不载者，名曰《诗传遗说》。时为端平乙未[①]，子明官承议郎权知兴国军事所成也。按公凡三子，长曰塾，字受之，以荫补将仕郎，为子明之父，与弟野皆受业于吕东莱[②]，先文公十年卒，公请陈同父志其墓者也[③]。

【笺注】

①端平：宋理宗年号（1234—1236）。端平乙未为1235年。

②吕东莱：南宋学者、思想家吕祖谦，字伯恭，婺州（今

浙江金华）人，金华学派主要代表。后世学者称“东莱先生”。

③陈同父：南宋思想家、文学家陈亮，字同甫（父），学者称龙川先生，婺州永康（今属浙江）人。

仲即野，字文之，淳祐间荫补迪功郎[①]，差监德清县户部赡军酒库，后公十一年卒，黄直卿诔之[②]，称其在家之贤。季曰在，字敬之，一字叔敬，亦以荫补官，累至焕章阁待制，知袁州。野之子钜，南康丞，铨知登闻鼓院。在之子铉，两浙转运判官。名皆见黄直卿所为行状中[③]。再传曰溥者，浙西提举；湜，知丹徒县，淮，泉州路推官；沂，考亭书院山长。行状不载。盖皆后公卒而生者。若泉州于宋为军州，至元始改为路，岂淮与沂又已入元欤？若鉴之子浚，行状亦不载其名，尝尚宋理宗公主，官两浙转运使兼吏部侍郎。元兵入建宁，浚与公主走福州，知府王刚中以城降于阿剌罕，浚谓公主曰：“君帝室王姬，吾大儒世胄，不可辱人手。”夫妇仰药死[④]，其事尤烈。浚之子林，官甘肃提举。林之子炯，延平路照磨；焰，武平簿；耿，邵武路照磨。林弟彬之子炜，济宁路同知。林之孙堂，建宁路照磨；壑，屏山书院山长。壑之子鋈，鋈之子淞，淞之子梃。明景泰壬申[5]，诏录文公后，得世袭五经博士，主建宁祠祀。其在婺源者，曰稳，于公为十世孙，举明天顺丁丑进士[6]，官福建盐运使，以廉称。弟懋，永年丞；桢，本县训导。正德中[7]，给事中戴铣等请朱氏比孔氏，衢州例增一博士以主婺源祀事，以十一世孙墅为之。

【笺注】

①淳祐：宋理宗年号（1241—1252）。

②黄直卿：黄榦，字直卿，世称免斋先生，福州闽县（今福建福州）人。学尊朱熹，力倡道统之说。

③行状：文体名。专指记述死者世系、籍贯、生卒年月和生平概略的文章。也称状、行述。唐李翱《百官行状奏》："凡人之事迹，非大善大恶，则众人无由知之，故旧例皆访问于人，又取行状谥议，以为一据。"

④仰药：服毒药。

⑤景泰：明代宗年号（1450—1456）。景泰壬申为

1452 年。

⑥天顺：明英宗年号（1457—1464）。天顺丁丑为1457 年。

⑦正德：明武宗年号（1506—1521）。

嗟乎！我徽国文公著书明道[1]，上继二程、周、张诸子之后，而集其大成。盖孔子后一人也，故其垂裕之泽长且久者如此[2]。而子若孙如鉴者，能采葺公之所著以开示来学。其子浚能执节守义，不愧乃祖。他小说或讥其作书与贾似道称“万拜”，诚诬诋不足道也。鉴父塾之卒，公贻书同父及题其诗卷，有深痛焉。在当理宗朝，请进鲁子为公，崇祀二程及横渠[3]，而黜扬雄、王雱之祀，数者皆有关于人伦世教之大，咸出于公之子若孙，何其多贤哲欤！噫！斯又周、程、张、邵所不逮也夫！

【笺注】

①徽国文公：朱熹。宋理宗于绍定三年（1230）追封朱熹为“徽国公”。

②垂裕：谓为后人留下业绩或名声。《书·仲虺之诰》：

“王懋昭大德，建中于民，以义制事，以礼制心，垂裕后昆。”孔传：“垂优足之道示后世。”

③横渠：张载，北宋凤翔郿县（今陕西眉县）横渠镇人，人称“横渠先生”，因称其所创学派为“横渠学派”。

毛诗名物解序

六经名物之多，无逾于《诗》者。自天文、地理、宫室、器用、山川、草木、鸟兽、鱼虫，靡一不具。学者非多识博闻，则无以通诗人之旨意，而得其比兴之所在。自《尔雅》释《诗》，而后如《博雅》《埤雅》《尔雅翼》诸书，虽主于训诂，要以名物为重。此外复有疏草木鱼虫及门类物性，钞集传名物者，若蔡卞之《毛诗名物解》亦其一也。卞为王介甫婿[1]，其学一以王氏为宗。其书自释天至杂释，类凡十。卞为人固不足道，然为是书，贯穿经义，会通物理，颇有思致。盖熙丰以来之小人如吕惠卿、章惇、曾布及卞兄弟[2]，咸能以文采自见，而亦或博致经义以文其邪说，斯所以能惑世听而自结于人主也。嗟乎！当其诬罔宣仁，窜逐众正之时[3]，吾不知其于兴观美刺之义何居[4]？斯其人所谓投畀豺虎不食[5]，投畀有北不受者，而吾之犹录其书存之者，殆所谓不以人废言之意也欤。

【笺注】

①王介甫：北宋政治家、文学家、思想家王安石，字介甫，号半山，抚州临川（今江西抚州）人。

②熙丰：宋神宗两个年号熙宁（1068—1077）、元丰（1078—1085）的简称。

③窜逐：放逐，流放。

④美刺：称美与讽恶，多用于诗文。《诗·召南·甘棠序》："美召伯也。"唐孔颖达疏："至于变诗美刺，各于其时，故善者言美，恶者言刺。"

⑤投畀（bì）豺虎：将坏人投饲豺虎，表示深恶痛绝。《诗·小雅·巷伯》："彼谮人，投畀豺虎。"南朝梁刘勰《文心雕龙·奏启》："《诗》刺谗人，'投畀豺虎'。"

朱孟章诗疑问序

《诗疑问》七卷，元进士朱倬孟章著。朱氏《授经图》、焦氏《经籍志》皆作六卷，今本七卷，末附南昌赵德《诗辨说》一卷。始予得是书，称盱黎进士朱倬，莫知为何如人。考之《汉书·地理志》，豫章郡下有南城县，注云："县有盱水。"《图经》云："在县东二百一十步，一名建昌江，亦名盱江。"《名胜志》云："县之东境有新城县，立于宋绍兴八年，就黎滩镇置县，因号黎川。"然后知倬为建昌新城人。及考近所为《建昌志》，仅于科第中有倬姓名，载其为遂昌尹而已，他无所见也。暇读《新安文献志》，载明初歙人汪叡仲鲁所为《七哀辞》，盖录元季守节服义者七人，而倬与焉。因得据其《辞》而考定之。《辞》言倬以辛巳领江西乡荐，登壬午第。考龚艮《历代甲子编年》，辛巳为顺帝至正元年，壬午其二年。而《志》载倬以至顺元年登第，考至顺为文宗纪元，岁在庚午。仲鲁之交倬，当辛卯、壬辰间。倬自言登第十年，壬午至辛卯恰如其数。则《志》所云至顺者，误也。岂以顺帝至正二年，遂讹而为至顺邪？《辞》言初授某州同知，以忧家居，服阕，授文林郎、遂安县尹，则已为官矣。而倬之言于仲鲁者，曰“登科十年，未沾寸禄”，仲鲁哀辞亦有“十年未禄，奚命之屯”语，殊不可解。岂两任皆试职，故不授禄邪？《哀辞》言壬辰秋，寇由开化趋遂安，吏卒逃散，倬大书于座，有“生为元臣，死为元鬼”语，遂坐公所以待尽，寇焚廨舍，乃赴水死。遂安为严州属邑，壬辰为至正十二年。考《元史》，是年七月，饶、徽贼犯昱岭关，陷杭州路，当是其时。盖蕲、黄余党由衢而至严者也。《哀辞》言后竟无传其事者，岂非以邑小职卑，时方大乱，省臣以失陷郡邑，自饰不遑，遂掩其事而不鸣于朝邪？《哀辞》又称其下车兴学诵诗[1]，民熙化洽。盖倬固当时良吏，不仅以一死自了者。而《元史》既不为之立传，郡人亦不载其行事于《志》，苟非仲鲁是《辞》，不几与荒磷野蔓同尽哉[2]？诚可哀也矣！《辞》称岁庚寅，倬同考江浙乡试，始识仲鲁于葛元哲家，因见仲鲁《诗义》而惜其不遇。盖倬以同经阅卷[3]，则其著是书无疑。其为是书也，当在未为县尹之前。其论经义，大抵发朱子集传之蕴，往往微启其端而不竟其说。盖欲使学者心思自得，不欲遽告以微辞妙义也。赵德者，故宋宗室，举进士。入元不仕，隐居豫章东湖，于诸经皆有辩说，诗其一耳。嗟嗟，倬以义烈著，德以高隐称，虽无经学，皆可表见，况著述章章若是乎？是不可以无传也已。

【笺注】

①下车：官吏到任。

②荒磷：人或动物尸体腐烂分解出磷化氢，可自燃。夜间荒野之地有出现白色带蓝绿色的火焰，即磷火。

③同经：同试一经，同治一经。经，指儒家经典。

雪山王氏诗总闻序

雪山王氏《诗总闻》二十卷，每章说其大义，复有闻音、闻训、闻章、闻句、闻字、闻物、闻用、闻迹、闻事、闻人凡十门。每篇为总闻，又有闻风、闻雅、闻颂冠于“四始”之首[1]。自汉以来说《诗》者，率依小序，莫之敢违。废序言诗，实自王氏始。既而朱子集传出，尽删诗序，后之儒者咸宗之，而王氏之书晦而未显。其自诩谓研精覃思几三十年，而吴兴陈日强称其自成一家，能寤寐诗人之意于千载之上。要之虽近穿凿，而可以解人颐者多矣。王氏名质，字景文，汶阳人，过江侨居兴国，中绍兴庚辰进士[2]。

【笺注】

①四始：指“风”“小雅”“大雅”“颂”的首篇。《史记·孔子世家》：“《关雎》之乱以为‘风’始，《鹿鸣》为‘小雅’始，《文王》为‘大雅’始，《清庙》为‘颂’始。”

②绍兴：宋高宗年号（1131—1162）。绍兴庚辰为1160年。

卷十二　经解序三

孙泰山春秋尊王发微序

宋晋州孙明复先生庆历间隐居泰山[1]，学《春秋》，著《尊王发微》十二篇，以教授弟子。范文正、富文忠两公言先生道德经术宜在朝廷[2]，召拜校书郎、国子监直讲，后官至殿中丞而卒。方先生卧病时，天子从韩忠献之言[3]，命其门人祖无择就家录其书，藏于秘阁。案唐以前诸为《春秋》说者，多本三传，至陆淳始别出新义[4]。柳子厚所谓明章大中[5]，发露公器者也[6]。先生之书，因淳意而多与先儒异。故当时杨安国谓其说戾先儒，而常秩亦言其失之刻。石林叶氏谓其不达经例，又不深礼学，议者殊纷纭。虽然群言异同，必质诸大儒而论定。欧阳子言："先生治《春秋》，不惑传注，不为曲说以乱经。其言简易，明于诸侯大夫功罪，以考时之盛衰，而推见王道之治乱，得经之义为多[7]”。而朱子亦谓：“近时言《春秋》者，如陆淳、孙明复，推言治道，凛凛可畏，终是得圣人意。”绎二子之言以读先生是书，则《春秋》大义，诸家所不及者，先生独得之，又岂可以说之异同而妄议之也哉！

【笺注】

①孙明复：北宋初学者孙复，字明复，晋州平阳（今山西临汾）人，因曾隐居泰山，世称泰山先生。在经学领域注重探寻本义，不惑传注，开宋代以义解经的风气。

②范文正：北宋思想家、政治家、军事家、文学家范仲淹，字希文。谥号文正，世称范文正公。富文忠：宋时名相富弼，字彦国，洛阳（今河南洛阳东）人。曾封郑国公，故称富郑公。元丰六年卒，谥文忠。

③韩忠献：北宋政治家、名将韩琦，字稚圭，自号赣叟，相州安阳（今河南安阳）人，谥忠献。

④别出新义：唐代经学家陆淳以为《左传》长于叙事，但宣扬《春秋》“大义”，则不如《公羊传》和《谷梁传》，开宋儒怀疑经传的风气。

⑤柳子厚：唐文学家、哲学家柳宗元，字子厚，世称柳河东。明章：表明。大中：《易·大有》：“《大有》，柔得尊位大中，而上下应之，曰《大有》。”王弼注：“处尊以柔，居中以

大。”高亨注：“象大臣处于尊贵之位，守大正之道。”后以“大中”指无过与不及的中正之道。

⑥发露：显示。公器：共用之器，这里指醇正之学术。

⑦欧阳子：宋代文学家欧阳修在《秋声赋》一文中曾自称“欧阳子方夜读书”。此段文字出自《欧阳修集》卷三十《孙明复先生墓志铭》，与原文略有差异。

春秋皇纲论序

《宋·艺文志》：《春秋》之书凡二百四十部、二千七百九十九卷。余所见者，仅三十余部，为卷数百。王皙《皇纲论》其一也。皙不知何如人，自称为太原王皙，陈直斋《书录解题》亦但言其官太常博士[1]，至和间人而已[2]，不能详其生平也。直斋《解题》于著书之人，往往举其立身大概，使后世读其书者，虽不获亲见其人，犹稍稍得其本末，以为论世知人之据。乃于皙独否，岂其人在直斋当时已不可得而论定邪？然直斋所录，《皇纲论》外尚有《明例隐括图》，又云：馆阁目有《通义》十二卷[3]。而王伯厚又云[4]：《通义》之外，别有《异义》十二卷。《通义》据《三传》《注》《疏》及啖、赵之学[5]，其说通者附经文之下，缺者以己意释之。则皙所著二义者，正其解经之本书，兹论则总括立言大旨以成编者也。论特弘伟卓荦[6]，则二义亦必有足观，惜乎不得而见也。嗟乎！古人辛勤著书将以求知于后世，而世顾不得而知之，即其书幸而传矣，又不能尽传也，岂不重可叹也欤！论凡五卷，二十有三篇。

【笺注】

①陈直斋《书录解题》：陈直斋，宋代藏书家陈振孙，字伯玉，号直斋，浙江吉安人。积书至五万一千余卷，仿晁公式《郡斋读书志》编成《直斋书录解题》一书，为宋代著名的提要目录。原本已佚，清人自《永乐大典》辑为二十二卷。

②至和：宋仁宗年号（1054—1055）。

③馆阁：北宋有昭文馆、史馆、集贤院三馆和秘阁、龙图阁等掌图书经籍和编修国史等事务，通称“馆阁”。明代将其职掌移归翰林院，故翰林院亦称“馆阁”。清代沿之。

④王伯厚：南宋学者王应麟，字伯厚，号深宁居士。在经史领域长于考证，撰有《困学纪闻》《玉海》《诗考》《深宁集》等。

⑤啖、赵：啖助、赵匡。啖助，唐经学家。长于《春秋》学，考核“三传”，以为《左传》叙事虽多，而解释“大义”则多有误。赵匡，唐代经学家。字伯循。师从啖助，补啖助所撰《春秋集传》和《春秋统例》。以为《春秋》文字隐晦，不

易明了，乃举例阐释，发挥“微言”；又怀疑《春秋》经文有缺误，开宋代学者怀疑经传的风气。

⑥卓荦（luò）：超绝出众。《后汉书·班固传》：“卓荦乎方州，羡溢乎要荒。”李贤注：“卓荦，殊绝也。”

刘公是春秋序

石林叶氏谓："庆历间欧阳文忠公以文章擅天下[1]，世莫敢抗衡。刘原父虽出其后，以通经博学自许，文忠亦以是推之，作《五代史》《新唐书》凡例，多问《春秋》于原父。"又曰："原父为《春秋》，知经而不废传，亦不尽泥传，据义考例以折衷之，经传更相发明。虽间有未然，而渊源已正。今学者治经不精，而苏、孙之学近而易明，故皆信之。而刘以难入，或诋以为用意太过，出于穿凿。彼盖不知经，无怪其然也。"石林所谓苏、孙，盖指子由、莘老也[2]。晁公武谓刘氏传如桓无王、季友卒、胥命用郊之类，皆古人所未言。诸公之推伏原父者若此。今观权衡之作，折衷三家，傍引曲证以析经义，真有权之无失轻重，衡之得其平者。传十五卷，集众说而断以己见，文类

《公》《谷》[3]。独《意林》一编，元吴莱谓多遗缺，疑未脱稿之书。然究而论之，皆经学名书也。宋四明史有之刊《权衡》《意林》于清江，其本犹有传者。传则出于录本，人或以为非真。观其文义与二书合，疑非赝鼎[4]，故并刊之以传示学者。

【笺注】

①石林叶氏：南宋文学家、学者叶梦得，字少蕴，号肖翁、石林居士，学问博洽，精熟掌故。词风近苏轼，亦能诗，勤于著述。庆历：宋仁宗年号（1041—1048）。欧阳文忠：北宋文学家、史学家欧阳修，字永叔，号醉翁，六一居士，吉州吉水（今属江西）人。天圣进士，官至翰林学士、枢密副使，参知政事情。谥文忠。

②子由：北宋散文家苏辙，字子由，号颍滨遗老。孙莘老：孙觉，字复明，号莘老。

③《公》：指春秋《公羊传》。《谷》：指春秋《谷梁传》。两者与《左传》并称“春秋三传”。

④赝鼎：《韩非子·说林下》：“齐伐鲁，索谗鼎，鲁以其雁往，齐人曰：‘雁也。’鲁人曰：‘真也。’”后指仿造或伪托之物。

龙学孙公春秋经解序

宋熙宁以前[1]，荆舒未用[2]，《春秋》犹立于学官。以是经名者，有两孙先生，一为泰山孙明复，一为甓社孙莘老[3]。两人俱有著书传世。明复以师道与胡安定并称[4]，石介辈至尊之如孔子[5]。然石林叶氏谓其书不尽达于经例，又不深礼学，故其言多自牴忤，有甚害于经者。莘老则早从安定游，有声经社中。患诸儒解经之凿，蠹蚀遗经[6]，乃摭其所得而为之解。谓《谷梁》最饶精义，故多从之。而参以《左氏》《公羊》及汉唐诸家之说。义有未安，则补以所闻于安定者。晁公武称其论议精严[7]，良然也。王介甫甚其不能胜之也，因举圣人笔削之经[8]，而废之且为断烂朝报[9]。其始不过忮刻[10]，而终于无忌惮若此。龟山乃言当时三传异同无所是正[11]，于他经为难知，故不列于学官，非废而不用。殆曲护之而为是言欤[12]？是书宋南渡已不常见，故海陵周之麟有学士大夫罕知之叹。至绍熙癸丑[13]，阳美邵辑始得之而刊于甓社；其后庆元乙卯檇李张祯、嘉定丙子新安汪纲皆增为序跋[14]。三君皆官于其地，争与表章先贤经术，可谓知所先务矣。先生别有《春秋经社》六卷，晁氏言其亦本啖、赵，凡四十门，惜乎不可复得而并行于世也。

【笺注】

①熙宁：宋神宗年号（1068—1077）。

②荆舒：指王安石。抚州临川（今江西抚州）人。熙宁二年（1069）为参知政事，次年拜相，后封舒国公，改封荆国公，故称荆舒。

③甓社：甓社湖，在江苏高邮县西北。湖东西长七十里，南北宽五十里。因孙莘老，即孙觉为高邮人，故称甓社孙莘老。

④胡安定：北宋初学者，教育家胡瑗，世居陕西路的安定堡，学者称安定先生。和孙复、石介提倡“以仁义礼乐为学”，并称“宋初三先生”。

⑤石介：北宋初学者，文学家，字守道，孙复弟子。因曾隐居徂徕，世称徂徕先生。

⑥蠹（dù）蚀：侵蚀；逐渐侵害，使之变坏。

⑦晁公武：南宋目录学家、藏书家，字子止，澶州清丰（今山东巨野）人。

⑧笔削：特指《春秋》。隋无名氏《李元暨妻邓氏墓志》："素王笔削，黄石兵书，莫不悬穷显晦，暗鉴胜负。"

⑨断烂朝报：王安石对《春秋》经的贬称。以《春秋》多残缺，而解经者每遇疑难之处，即指为阙文，故云。断烂，残缺不全。朝报，政府的公告。《宋史·王安石传》："先儒传注，一切废不用。黜《春秋》之书，不使列于学官，至戏目为断烂朝报。"

⑩忮（zhì）刻：褊狭刻薄。

⑪龟山：北宋学者杨时，字中立，南剑州将乐（今属福建）人。晚年隐居龟山，学者称龟山先生。

⑫曲护：曲意袒护。

⑬绍熙：宋光宗年号（1190—1194）。绍熙癸丑为1193年。

⑭庆元：宋宁宗年号（1195—1200）。庆元乙卯为1195年。嘉定：宋宁宗年号（1208—1224）。嘉定丙子为1216年。

涪陵崔氏春秋本例序

以例说《春秋》，著于录者，郑众、刘寔之《牒例》，何休之《谥例》，颍容、杜预之《释例》，荀爽、刘陶、崔灵恩之《条例》，方范之《经例》，范宁之《传例》，吴略之《诡例》，刘献之之《略例》，韩滉、陆希声、胡安国之《通例》，啖助、丁副之《统例》，陆淳之《纂例》，韦表微、成玄、孙明复、叶梦得、吴澂之《总例》，李瑾之《凡例》，刘敞之《说例》，冯正符之《志例》，刘熙之《演例》，赵瞻之《义例》，张思伯之《刊例》，王皙之《明例》，陈德宁之《新例》，王炫之《门例》，李氏之《异同例》，程迥之《显微例》，石公孺之《类例》，家铉翁之《序例》。而梁之简文帝、齐晋安王子懋皆有《例苑》，刁氏有《例序》，张大亨有《例宗》。杜氏之言曰：

“为例之情有五，推此以寻经传，王道之正、人伦之纪备矣。”而说《公羊》者则有五始、三科、九旨、七等、六辅、二类、七缺之义[①]，毋乃过于纷纶欤[②]？涪陵崔彦直尝与苏、黄诸君子游，知滁州日，曾子开曾为作记，刻石醉翁亭侧。其说《春秋》有《经解》十二卷，《本例》二十卷。建炎中[③]，江端友请下湖州，取彦直所著《春秋传》藏秘书省，于是其孙若上之于朝。今其《经解》不可得见，而《本例》独存。其说以为圣人之书，编年以为体，举时以为名，著日月以为例，《春秋》固有例也，而日月之例盖其本。乃列一十六门，而皆以日月时例之，其义约而该，其辞简而要，可谓善学《春秋》者也。题曰西畴居士者，殆书成于晚年罢官之日欤？

【笺注】

①五始：《春秋》纪事，始以元年、春、王、正月、公即位等五事，谓之“五始”。三科九旨：汉代《公羊》学家谓《春秋》书法有三科九旨，于三段中寓九种旨意。何休依胡母

生条例为《公羊传》定三科九旨凡例，新周、故宋，以《春秋》当新王，此为一科三旨；所见异词，所闻异词，所传闻异词，此为二科六旨；内其国而外诸夏，内诸夏而外四夷，此为三科，统而并之，则是三科九旨。宋衷注《春秋说》，三科者：一曰张三世，二曰存三统，三曰异外内，是三科也；九旨者，一曰时，二曰月，三曰日，四曰王，五曰天王，六曰天子，七曰讥，八曰贬，九曰绝。七等：公羊家谓孔子作《春秋》寓褒贬的七个等级，即州、国、氏、人、名、字、子。六辅：公辅天子、卿辅公、大夫辅卿、士辅大夫、京是辅君、诸夏辅京师。二类：人事与灾异。七缺：汉何休称夫道缺、妇道缺、君道缺、臣道缺、父道缺、子道缺、周公之礼缺为“七缺”。

②纷纶：指杂乱；众多。

③建炎：宋高宗年号（1127—1130）。

春秋经筌序

《春秋》之传五，邹氏无师，夹氏未有书，列于学官者三焉。《汉志》二十三家，《隋志》九十七部，《唐志》六十六家，未有舍三传而别自为传者。自啖助、赵匡稍有去取折衷，至宋诸儒各自为传，或不取传注，专以经解经，或以传为案，以经为断，或以传有乖谬则弃而信经，往往用意太过，不能得是非之公。呜呼！圣人之志不明于后世久矣。盖尝读黄氏《日钞》[1]，见所采木讷赵氏之说，恒有契于心焉。既得《经筌》定本，乃镂版传之。善哉！木讷子之言乎！善学《春秋》者，当先平吾心，以经明经，而无惑于异端，则褒贬自见。盖《春秋》公天下之书，学者当以公天下之心求之。斯言也，庶几得是非之公，而圣人之志可以勿晦焉已。

【笺注】

①《日钞》：《东发日钞》。宋代学者、思想家黄震所撰。黄震，字东发，浙江慈溪人，学者称于越先生。曾任史馆检阅、提点刑狱等官职，宋亡后不仕，隐居宝幢山。

叶石林春秋传序

宋吴郡叶少蕴当绍兴中著《春秋传》《考》《谳》三书凡七十卷，又为《指要》《总例》二卷，《例论》五十九篇。开熙中，公孙筠守延平，刊于郡斋。历世既久，其书不可尽见。所见者，传二十卷而已。

少蕴之言曰："《春秋》非为当世而作，为天下后世而作也。后世言《春秋》者，不外三家，左氏传事不传义，是以详于史而事未必实，以其不知经也。公、穀传义不传事，是以详于经而义未必当，以其不知史也。"乃酌三家，求史与经其不得于事者，则考于义；不得于义者，则考于事，更相发明[1]，以作是传，辩定考究，最称精详。直斋陈振孙言其学视诸儒为精，则是书岂非有志《春秋》者所当研究者欤！其为《谳》也，即啖、赵《辩疑》、刘氏《权衡》而正其误，补其疏略。自序《春秋考》曰：“自吾所为《谳》推之，知吾之所正为不妄也，而后可以观吾考。自其考推之，知吾之所择为不诬也，而后可以观吾传。”是三书者，阙一则无以见少蕴之用心，而惜乎今之不得见其全也。虽然，即传所取之义以求其所舍择，纵全书未能尽窥，亦可得其大概矣。况四海之大，好事之儒、藏书之老，宁无秘而传之者？安知不因是书之行而亟出欤？少蕴名梦得，官至参知政事，生平具见《宋史》，居吴兴弁山，为园亭，奇石森列，故用《楚辞·天问》语自号云。

【笺注】

①更相：交互，互相。发明：印证。

清江张氏春秋集注序

清江张元德游朱子之门，为白鹿书院长，终著作佐郎。迨除直宝章阁，而元德已殁矣。其于《春秋》，有《集传》《集注》《地理沿革表》三书，端平中进于朝，宣付秘阁。朱子尝报元德书矣，曰："春秋某所未学，不敢强为之说。"而于《尚书》则谓有老师宿儒所未晓者。夫学至朱子，智足以知圣人矣，而于《尚书》《春秋》无传，非不暇为，亦慎之至也。明洪武初颁"五经""四书"于学官，传注多宗朱子，惟《易》则兼用程、朱传义，《春秋》则胡氏传、张氏注并存。久之，习《易》者舍程传而专宗朱子，习《春秋》者，胡传单行，而《集注》流传日鲜矣。余诵其书，集诸家之长而折衷归于至当[1]，无胡氏牵合之弊[2]，允宜颁之学官者也[3]。昔明太祖不主蔡仲默七政左旋之说[4]，乃命学士刘三吾率儒臣二十六人更定书传，曰《书传会选》，今其书渐废而仍行蔡传。顾元德是书，昔之所颁行者，反不得与蔡氏并书之，取舍兴废盖亦有幸不幸焉，可感也已！

【笺注】

①至当：最恰当。

②牵合：牵强凑合。

③允宜：合宜。

④七政：太阳、太阴、木星、火星、土星、金星、水星。明祝允明《野记》："高皇（明太祖）圣孝超杰，以《尚书》'咨义和'，'惟天阴骘下民'二简蔡沈注误，尝问群臣：'七政左旋，然乎？'答禄与权仍以朱熹新说对。上曰：'朕自起兵迄今，未尝少置步览，焉可徇儒生腐谈？'因命礼部试右侍郎张智与学士刘三吾等改正，为《书传会选》，札示天下学子曰：凡前元科举，《尚书》专以蔡传为主，考其天文一节，已自差缪。谓日月随天而左旋。今仰观乾象，甚为不然。夫日月五星之丽天也，除太阳人目不能见其行于列宿之间，其太阴与五星昭然右旋。何以见之？当天清气爽之时，指一宿为主，使太阴居列宿之西一文许，尽一夜，则太阴过而东矣。盖列宿附天，舍次而不动者，太阴过东，则其右旋明矣。夫左旋者，随

天体也，右旋者，附天体也。必如五星右旋为顺行，左旋为逆行。其顺行之日常多，逆行之日常少。若如蔡氏之说，则逆行多而顺行少。岂理也哉？若不革正，有误方来。”

春秋五论序

《春秋论》五篇，共一卷。一曰《论夫子作春秋》，二曰《辩日月褒贬之例》，三曰《特笔》，四曰《论三传所长所短》，五曰《世变》，宋吏部侍郎知兴化军武荣吕大圭圭叔所著也。五论闳肆而严正[1]，《春秋》大旨具是矣。

圭叔登淳祐七年进士[2]，授潮州教授，改赣州提举司幹官，秩满调袁州、福州通判，升朝散大夫，行尚书吏部员外郎，兼国子编修、实录检讨官，兼崇政殿说书，出知兴化军。常以俸钱代中下户输税。德祐初元[3]，转知漳州军，节制左翼屯戍军马。未行，属元兵至沿海，都制置蒲寿庚举全州降，令圭叔署降笺。圭叔不肯，将杀之。会圭叔门弟子有为管军总管者，掖之出[4]。圭叔变服遁岛上[5]。寿庚将逼以官，遣追之，问其姓名，不答，被害。先是圭叔缄其著书于一室，至是毁焉。《五论》与《读易管见》《论语孟子解》以传在学者得存。然《管见》诸书皆不可见，见者又仅此而已。惜哉！

圭叔少嗜学，师事乡先生潜轩王昭。昭为北溪陈淳弟子，淳受业晦菴称高足。渊源之来，人称温陵截派。呜呼！当时诋訾道学者[6]，往往谓其迂疏无济[7]。然宋社既屋[8]，人争北向，圭叔独不为诡随[9]，甘走海岛，不惮以身膏斧钺[10]，大节何凛凛也。以是观之，道学又何负于人国乎？良可叹也矣！武荣即今泉郡之南安县，唐嗣圣中尝以县为武荣州，故名。圭叔居县之朴兜乡大丰山下，学者因号为朴乡先生。

【笺注】

①闳肆：宏伟恣肆。

②淳祐七年：1247 年。淳祐，宋理宗年号。

③德祐：宋恭帝赵隰（xiǎn）年号（1275—1276）。初元：帝王登位之后，按例改元，谓改元之初为“初元”。德祐初元即为 1275 年。

④掖（yè）：扶持，搀扶。

⑤变服：改变服饰。遁：隐匿。《楚辞·离骚》："初既与余成言兮，后悔遁而有他。"王逸注："遁，隐也。"

⑥诋訾：毁谤，非议。《史记·老子韩非列传》："故其著书十余万言，大抵率寓言也。作《渔父》《盗跖》《胠箧》，以诋訿孔子之徒，以明老子之术。"司马贞索隐："诋，讦也……谓诋讦毁訾孔子也。"

⑦迂疏：迂远疏阔。

⑧屋：《礼记·郊特牲》："是故丧国之社屋之，不受天阳也。"孔颖达疏："丧国社者，谓周立殷社也。立以为戒……屋隔之，令不受天阳也。"后遂以"屋"谓国家覆亡。

⑨诡随：妄随他人。

⑩膏（gào）：犹沾溉。借指赴死或受死。斧钺：斧与钺。泛指兵器。亦泛指刑罚、杀戮。《左传·昭公四年》："王弗听，负之斧钺，以徇于诸侯。"

春秋经传类对赋题辞

《春秋》，其事二百四十年，其文一万八千言尔，视诸经为最简。左氏作传，而事与文详矣，学者不能殚记也[1]。宋皇祐中[2]，徐秘书以韵语包括之，计一万五千言，而其义大备。记曰："属辞比事[3]，《春秋》教也。"属辞比事而不乱，则深于《春秋》者也。诵秘书之赋，其比事之切，非深于《春秋》者能然欤？《〈春秋〉赋》见《宋·艺文志》，有崔升、裴光辅、尹玉羽、李象诸家，而晁氏《读书志》又有杨筠《分门属类赋》十篇，独不载是书。朱氏《授经图》、焦氏《国史经籍志》亦无之。则诸君子皆未之见者。古人之书往往不尽传于后世，或并其姓氏失之。若秘书赋寥寥数简，以藏书家所未及见者，幸得传于今日，此予所为辗然而喜也[4]。

【笺注】

①殚记：详尽记述。

②皇祐：宋仁宗年号（1049—1053）。

③属辞比事：连缀文辞，排比史事。后亦泛指撰文记事。《礼记·经解》有云："属辞比事，《春秋》教也。"

④㒳（chǎn）然：笑貌。《文选·左思〈吴都赋〉》："东吴王孙㒳然而咍。"刘逵注："㒳，大笑貌。"

程积斋春秋序

元四明程积斋先生，尝慨《春秋》在诸经中独未有归一之说，遍索前代说《春秋》者凡百三十家，沉潜绀绎者二十余年[1]，著《春秋本义》三十卷、《三传辩疑》二十卷、《或问》十卷，经筵申请，下有司锓板于集庆路儒学。南海黄佐南雍志录其书，而别有《纲领》一卷，明著书大义。大旨以程、朱二氏之论，考正三传及胡氏之得失，作《本义》以发圣人之经旨，《辩疑》以订三传之疑似，《或问》以校诸儒之异同。其书世有传本，然余所见，则《本义》《或问》而已，《辩疑》缺佚不完。今刻二书，而《辩疑》姑俟焉。始四明之学多宗象山[2]，惟黄震、史蒙卿实为朱子之学。先生与其兄畏斋师事蒙卿，尽得朱子明体达用之指。二难自为师友，方严刚正，时人以二程目之。畏斋发明朱子读书之法，作《读书工程》，国子监尝取其书颁示校官，以式学者。先生为是书，一本伊川、晦菴之意，遍览传说，折衷同异，欧阳圭斋言其精神心术萃在是书[3]，朝夕改订，寝食为废。盖二先生学本紫阳[4]，故其道问学之功，精专若是也。先生名端学，字时叔，举进士第二人，为国子助教，改翰林、国史院编修官，出为筠州幕，有循良称。畏斋名端礼，字敬叔，以荐为台州路儒学教授，《元史》有传。今著其略，俾读是书者，有以论其世焉。

【笺注】

①绸（chōu）绎：引出端绪，引申为阐述。

②四明之学：四明，山名，在浙江宁波西南。宋时期以传陆九渊心学为宗旨，以尊德性为目的的学术派别。陆九渊：南宋哲学家、教育家，字子静，自号存斋，曾结茅讲学于象山（今江西贵溪西南），学者称象山先生。

③欧阳圭斋：元代史学家、文学家欧阳玄，字元功，号圭斋，祖籍庐陵（今江西吉安），欧阳修之后裔。

④紫阳：朱熹，字元晦，一字仲晦，号晦庵，别称紫阳。

赵氏春秋集传序

东山赵子常先生，元季师事九江黄楚望，传《春秋》之学，著《属辞》《补注》《师说》三书。为三传之学者尊称之。先生复有《集传》十五卷，则先《属辞》而成者。自序言："策书之例十有五[1]，而笔削之义有八。"迨后《属辞》成，以《集传》义例微有未合，更须讨论。至正壬寅[2]，先生再著其书，至昭公二十七年以病辍笔。门人倪尚谊援先生之义续成之，即今书也。先生常谓《属辞》特推笔削之权，而《集传》大明经世之志，必二书相表里，而后《春秋》之旨方完。则是书宜与《属辞》并行也，明矣。

予得千顷堂藏本[3]，因论次焉。窃观宋元之际，新安沐浴紫阳之泽[4]，老师宿儒，多出其间。若云峰、双湖两胡氏[5]，定宇陈氏[6]，仲弘倪氏[7]，见心程氏，皆能著书推明朱子之学。其与先生同时，又有环谷、蓉峰两汪氏[8]，风林朱氏，与先生辅翊开代，修明礼乐，为世儒宗。其纂辑群言，羽翼往说[9]，如环谷之纂疏者，亦有其人。然未有迥然特出，能得知我罪我之义如先生者。先生蚤见楚望[10]，即告以穷经之要在乎致思，于是深悟夫《鲁史》有一定之书法，圣经有笔削之大旨，《鲁史》亡而圣人所书遂莫能辨，独幸左氏《传》尚存遗法。杜预注《左》，于史例推之颇详。公、谷二氏多举书不书见义。其后止斋陈氏因公、谷所举之书法，以考正《左传》笔削大义，最为有征。故先生为《集传》，本之二家，而兼采众说，要使学者即策书之例[11]，以求笔削之旨，则知圣经不可以虚词立异，破碎牵合以为说，而后圣人之经明矣。故朱风林一见其书辄曰前无古人，其推服之如此，岂同时诸儒所可及哉！先生卒后，门人辑成藏弆[12]，故人不见。嘉靖中，东阿刘隅始得其书于先生乡人汪元锡，而属教谕夏鏜传之。噫！后之学者知三传之不可废，不仅抱遗经以究终始者，岂必赖是书也夫！

【笺注】

①策书：指古代常用以记录史实的简册，这里指史书。

②至正：元惠宗年号（1341—1370）。至正壬寅为1362年。

③千顷堂：明末清初藏书家黄虞稷藏书之处。

④紫阳之泽：朱熹好友刘子羽为朱熹母子构筑楼宅于潭溪之畔，屏山之麓，朱熹侍奉慈母安居于此。朱熹祖籍徽州婺源（江西婺源）有一座紫阳山，为不忘先祖，故名新宅为紫阳楼，匾其厅堂为“紫阳书堂”。在朱氏宗祠上，有门联一副：“沛国家声，紫阳世泽。”

⑤云峰、双湖两胡氏：胡一桂，字庭芳，南宋景定五年（1264）乡荐礼部不第，退而讲学于乡里，远近师之，号“双湖先生”。其学源于胡方平，治朱熹易学。胡炳文，字仲虎，号云峰，元代教育家、文学家，一生致力于研究、弘扬朱子理学。

⑥定宇陈氏：元代著名学者、教育家陈栎，字寿翁，徽之，休宁人。宋亡，隐居著书，延祐初有司强之科举，试乡闱中选，不赴礼部教授于家，晚号东皐老人，举者称定宇先生。

⑦仲弘倪氏：元儒倪士毅，字仲宏，歙县（一作休宁）人。尝学于陈栎，隐居祁门山，潜心讲学，学者称道川先生。

⑧环谷、蓉峰两汪氏：汪克宽，元末明初理学家、教育家，字德辅，号环谷。

⑨羽翼：辅佐；维护。《吕氏春秋·举难》：“（魏文侯）

以私胜公，衰国之政也。然而名号显荣者，三士羽翼之也。”高诱注：“羽翼，佐之。”

⑩楚望：《左传·哀公六年》：“三代命祀，祭不越望。江、汉、睢、漳，楚之望也。”望，古代祭祀山川的专称。后以“楚望”指楚地的山川。

⑪策书：指古代常用以记录史实的简册。晋杜预《〈春秋经传集解〉序》：“仲尼因鲁史策书成文，考其真伪而志其典礼。”

⑫藏弆（jǔ）：收藏。《汉书·游侠传·陈遵》：“性善书，与人尺牍，主皆藏弆以为荣。”颜师古注：“弆亦藏也。”

清全斋读春秋编序

宋元之际，吴中多老师宿儒。若俞石涧琰、陈清全深、俞邦亮元燮、汤思言弥昌、王子英元杰，皆精究群经，咸有撰著。石涧之《大易会通》至一百三十卷，又为《集说》十卷，而他如《经传考证》《读易须知》《卦爻象占分类》不与焉。清全于《易》、于《诗》、于《春秋》皆有编，自宋社既屋，即谢去举业[1]，沉潜问学，淹贯遗经[2]，闭门教授。郑元祐称其“年登耄耆，生识先辈[3]，著书立言，咸造底蕴”，良有然矣。《读春秋编》十二卷，原本左胡采摭诸说深有益于学者，偶获元椠本[4]，为加校勘而属之梓。先生字子微，世为吴人，元天历间奎章阁臣[5]，以能书荐，匿不肯出，别号宁极。所著诗文名《宁极斋稿》。子直，字叔方，有孝行，能继父业，以“慎独”名其斋。盖父子皆吴隐君子也。

【笺注】

①举业：为应科举考试而准备的学业。

②淹贯：深通广晓。

③生识：预见，先见。

④元椠（qiàn）：元代刻本。

⑤天历：元文宗年号（1328—1329）。

张翠屏春秋春王正月考序

《春秋》，纪事之书也。纪事者，必有岁时月日，此经所以有“春王正月”之笔也。春者，周之春；正月者，周之子月。此鲁史册书之旧也[1]。曰“春王正月”者，吾夫子之特笔也[2]。后世不知册书之义，于是有夏时冠周月之说[3]，而夫子从周之志荒矣。翠屏张志道先生始采摭群书以考订之，本之以《语》《孟》之言，而归宿于紫阳晚年之定论，别引三传与他经及史传以证之。其说之庞者，则为辩疑以折其误。凡为书二卷。嗟乎！六经之旨未易窥也，学者治经必先明其大者，则其余可得而通矣。《易·乾》之“四德”[4]、《诗·二南》之《关雎》[5]、《书》之“二典”[6]、《春秋》之“春王正月”，皆经旨之大者。于此无定论焉，则微言精意将有不能究者矣。先生是书剖析精当，于开章之大义井如，学者诚有得于此，则于全经之旨不有如振裘而挈领者哉[7]！先生举元泰定丁卯进士，累官翰林、侍讲学士[8]，入明仍故官。洪武二年[9]，奉使册封安南国王。是书安南寓舍所著，书成而卒。宣德中[10]，先生嗣孙隆始取手泽而梓之。

【笺注】

①册书：史册，史籍。

②特笔：独特的笔法。宋罗大经《鹤林玉露》卷五："鲁史旧文，必著隐公摄位之实，去摄而书公，乃仲尼之特笔。"

③夏时冠周月：宋人胡安国在《春秋胡氏传》里提出，认为《春秋经》虽然改月，却没有改时，记月份用的是周历，记季节用的是夏历。

④四德：指《易》"乾"卦元、亨、利、贞四德。《易·乾》："元者，善之长也；亨者，嘉之会也；利者，义之和也；贞者，事之干也。君子体仁足以长人，嘉会足以合礼，利物足以合礼，利物足以合义，贞固足以干事。君子行此四德者，故曰乾元亨利贞。"

⑤二南：《诗经·国风》中《周南》《召南》的合称，共二十五篇，其中《关雎》为《周南》，亦是整部《诗经》之首篇。

⑥二典：《尚书》中《尧典》《舜典》的合称。宋陆游《杂感》："士生诵'二典'，恍若生唐虞。"

⑦振裘挈领：振裘持领。比喻抓住事物的关键。汉杨伦

《上书案坐任嘉举主罪》："臣闻《春秋》诛恶及本，本诛则恶消；振裘持领，领正则毛理。"

⑧泰定：元泰定帝年号（1324—1328）。泰定丁卯为1327年。

⑨洪武：明太祖朱元璋年号（1368—1398）。洪武二年为1369年。

⑩宣德：明宣宗朱瞻基年号（1426—1435）。

春秋集传释义大成序

《春秋》之义明，而《传》之真伪自辩。《春秋》何义乎？尊周明法、黜霸崇王、彰善瘅恶而已。王者之治天下，先之以教化，继之以法令，申之以赏罚。三者行则王政举、人心正，而《春秋》可以不作。周之东也，教化既衰，法令赏罚不行于天下，于是诸侯并吞，仁义道息，不有圣人出而正之，则乾坤不几息乎？故曰："迹息诗亡，然后《春秋》作。"[①]又曰："《春秋》成而乱臣贼子惧。"[②]此《春秋》之义也。夫举其纲而未及其目，断其义而未详其案，三传之作可少哉！乃有传而事之湮没者虽少，义之隐晦者滋多。盖以传闻异辞，各以意见为言，而理有未合。汉儒又各执一家之说以相传习，遂使后世因传以误经，觉经之立法多不明，赏罚多不当，而尊王立教之本义亦遂失矣。程子曰："读《春秋》者，当以传考经之事迹，以经别传之真伪。"朱子曰："孔子非有意以一字为褒贬，但直书其事，而善恶瞭然。"元新安俞氏著《春秋集传释义》，一以程、朱为断，参以啖、赵诸家而折衷以己意，于是经义明，而传之真伪是非判如黑白。噫！汉、唐诸儒但知释传，不知明经，胡氏虽明经义，而时事激发，又多附会，较之程、朱无事穿凿而自得圣人之意者，大有径庭。俞氏之书出，可以救胡氏之偏而发程、朱所未尽。二百四十二年之间，其治乱兴衰之故，仁义诈力之异，贤不肖之用舍，行政出令之得失，足为人鉴戒者，何可胜数？特经义不明，而学术之害有不可胜言者。夫以圣人垂训之经，反致有贻误后学之弊，此俞氏之书所以不可不亟为表彰于天下也。

【笺注】

①迹息诗亡，然后《春秋》作：此句出自《孟子·离娄下》："孟子曰：'王者之迹熄，而诗亡，诗亡，然后《春

秋》作。'"

②《春秋》成而乱臣贼子惧：此句出自《孟子·滕文公下》："孟子曰：'……孔子成《春秋》，而乱臣贼子惧。'"

河南聂氏三礼图序

《九经》，《礼》居其三，其文繁，其器博，其制度今古殊，学者求其辞不得，必为图以象之，而其义始显。即书以求之，不若索象于图之易也。《礼》之有图自郑康成始[1]，而汉侍中阮谌受《礼》于綦毋君[2]，取其说为图，又有梁正、夏侯伏明、张镒三家，而今皆无传矣。周世宗厘正典礼，洛阳聂崇义以国子司业兼太常博士，凡山陵禘祫、郊庙器玉之制度[3]，悉从其讨论。乃考正《三礼》旧图，缋素而申释之[4]，篇叙其凡，参以古今沿革之说，至宋建隆三年表上于朝[5]。诏太子詹事尹拙集儒学之士重加参议，拙所驳正，崇义复引经释之。当书成时，太祖嘉其刊正疑讹，既被紫绶、犀带、白金、缯帛之赐[6]，颁其书学宫，又以其图绘国子监宣圣殿后北轩之壁。逮至道初[7]，旧壁颓落，命易以版，改作于论堂之上。咸平中[8]，天子幸学[9]，亲览观焉。

【笺注】

①郑康成：郑玄，字康成，东汉末年的经学大师。

②阮谌：师从綦毋君，造《三礼图》传于世。

③禘（dì）祫（xiá）：古代帝王祭祀始祖的一种隆重仪礼。或禘祫分称而别义，或禘祫合称而义同，历代经传，说解不一。章炳麟以为，“禘祫之言，汹汹争论既二千年。若以禘祫同为殷祭，祫名大事，禘名有事，是为禘小于祫，何大祭之云？故知周之庙祭有大尝、大烝，有秋尝、冬烝。禘祫者大尝、大烝之异语。”详《国故论衡·明解故下》。《后汉书·章帝纪》：“其四时禘祫于光武之堂。”李贤注引《续汉书》：“五年再殷祭，三年一祫，五年一禘。”《国语·周语上》：“我先王不窋用失其官。”

④缋（huì）素：《论语·八佾》：“绘事后素。”谓先有白色底而后施以五彩。后遂以“缋素”喻修饰。

⑤建隆：宋太祖年号（960—963）。建隆三年为962年。

⑥紫绶：紫色丝带。古代高级官员用作印绶，或做服饰。《汉书·百官公卿表上》：“相国、丞相，皆秦官，金印紫绶。”犀带：犀角带。饰有犀角的腰带。非品官不能用。缯帛：丝绸之统称。

⑦至道：宋太宗年号（995—997）。

⑧咸平：宋真宗年号（998—1003）。

⑨天子：这里指宋真宗赵恒。幸学：皇帝巡幸学校。

《宋史》列诸儒林之首，可谓极儒生稽古之荣矣。其后陆佃撰《礼象》，陈祥道作《太常礼书》，正聂氏之失而补其阙，于是贾安宅、王普交言崇义未尝亲见古器[1]，出于臆度，有诏毁学宫旧画两壁图。然绎窦学士俨序聂氏书，称其博采旧图，凡得六本，则实原于梁、郑、阮、张、夏侯诸家之言，而非出于臆说。礼图之近乎古者，莫是书若也。惟是尹拙依旧图画釜，聂氏去釜画镬[2]，两人异同，当日下中书省集议，张昭谓釜不可去，而《周官》《仪礼》皆有镬，因请两存之，图镬于鼎下。而今流传雕本有釜无镬，则有不可解者，请以质深思博学之君子。

【笺注】

①交言：一齐进言。

②镬（huò）：无足鼎。古时煮肉及鱼、腊之器。《周礼·天官·亨人》："亨人掌共鼎镬以给水火之齐。"

卫氏礼记集说序

高堂生传《士礼》十七篇，五传而得戴德、戴圣。德因河间献王所得《记》百三十一篇及《明堂阴阳记》三十三篇[1]，删其繁重为八十五篇，号《大戴礼记》。圣复删次德书为四十六篇，号《小戴礼记》。其后马融传小戴之学[2]，增入《月令》《明堂位》《乐记》三篇，合四十九篇，今列在学官者是。郑注、孔疏而外，宋之李格非、吕大临、陆佃、马希孟、方慤皆有解，世不尽传。宋昆山卫湜集诸家解，为说百六十卷，各著其姓氏，理宗宝庆二年表上于朝[3]，得寓直中秘[4]，盖嘉其用心之勤也。尝慨是经虽列学官，而士子所习，惟元东汇陈澔之集说与永乐时所辑大全而已[5]。澔书陋略不足观，大全主澔而无所阐发，又成于胡广辈之手，其与《易》《春秋》诸经之剿袭先儒成书者等耳[6]。正叔网罗采辑，无所不周。即他书杂录有所论及，亦摭入之，使先王立纲陈纪之道，为经为曲之详，灿然明著，岂非是经之大全也欤！是书钞帙颇有缺轶，然不碍其可传。因从东海夫子请归，校而授梓焉[7]。湜，字正叔，卫文节公泾弟，累官朝散大夫，知袁州，学者称栎斋先生。兄弟三世同居，理宗名其堂曰友顺，实夫子邑先正也。

【笺注】

①河间献王：刘德，汉景帝第三子，修学好古，广求天下善书，推尊儒术，立《毛诗》《左传》博士，是西汉时期大藏书家。

②马融：东汉经学家、文学家，字季长，右扶风茂陵（今陕西兴平东北）人，生徒常有千余人，郑玄、卢植都出其门。遍注儒家经典，使古文经学达到成熟的境地。

③宝庆：宋理宗年号（1225—1227）。宝庆二年为1226年。

④寓直：寄宿于别的署衙当值，后称夜间于官署值班。

⑤永乐：明成祖年号（1403—1424）。

⑥剿袭：剽窃人言以为己说。

⑦授梓：交付雕板，付印。

东岩周礼订义序

东岩《周礼订义》八十卷，载《宋史·艺文志》。宋之群儒经义最富，独诠解《周礼》者寡，见于志者，仅二十有二家而已。盖自王安石当国，变常平为青苗[1]，借口《周官·泉府》之遗，作新经义，以所创新法尽傅著之。又废《春秋》，不立学官。于是与王氏异者，多说《春秋》而罢言《周礼》。若颍滨苏氏[2]、五峰胡氏[3]，殆攻王氏而并及于《周礼》者与！昔之言周礼者，郑康成信为周公致太平之迹，陆陲谓为群经源本，王仲淹美其经制大备，朱子亦称其广大精密，非圣人不能作，则为先秦古书无可疑焉者。东岩之说，谓周公将整齐六典以为宅洛计，不幸殁，而成王不果迁，规模不获[4]。究其说，本郑氏注而畅发之。至云："冬官未尝亡，错见于五官中。"则与临川俞寿翁合。其编集诸家之说，宋儒自刘仲原父以下凡四十五家，可谓详且博矣。东岩姓王氏，名与之，字次点，乐清人。从松溪陈氏学，传《六典》要旨。其书淳祐初郡守赵汝腾进于朝，付秘书省，特补一官，授宾州文学，终通判泗州，卒年九十有七。

【笺注】

①常平：古代一种调节米价的方法。筑仓储谷，谷贱时增价而籴，谷贵时减价而粜。汉宣帝时耿寿昌首创。宋高承《事物纪原·利源调度·常平》："汉宣帝时数丰稔，耿寿昌奏诸边郡以谷贱时增价籴入，贵则减价粜出，名曰'常平'，此其始也。"青苗法：也称常平给敛法、常平敛散法。宋王安石新法之一。其法以诸路常平、广惠仓所积钱粮为本，在春夏两季青黄不接时出贷给民户。春贷夏收，夏贷秋收。每期收息二分。本意在以低息限制豪强盘剥，减轻百姓负担，但因在施行中弊端层出，又遭到保守派的反对而废止。以后兴废无常，原意也渐丧失。《宋史·食货志四上》："于陕西转运司私行青苗法，青散秋敛，与安石意合。至是，请施行之河北，于是安石决意行之，而常平、广惠仓之法遂变而为青苗矣。"

②颍滨苏氏：北宋文学家、诗人苏辙，字子由，眉州眉山（今属四川）人。与父亲苏洵、兄长苏轼齐名，合称三苏。熙宁三年（1070）上书神宗，力陈法不可变，又致书王安石，激烈指责新法。崇宁三年（1104），定居颍川，过隐逸生活，筑室曰"遗老斋"，自号"颍滨遗老"，以读书著述、默坐参禅

为事。

③五峰胡氏：南宋学者胡宏，字仁仲，崇安（今福建武夷山市）人，学者称为五峰先生。

④获：恢廓貌。

仪礼集说序

鲁高堂生传《士礼》十七篇，即今《仪礼》也。生之传既不存，而王肃、袁准、孔伦、陈铨、蔡超宗、田僧绍诸家注亦未流传于世。今自注疏而外，他无闻焉。岂非昌黎所言：文既奇奥，且沿袭不同，复之无由，学者不好，故亦不之传说邪？夫亦周公之著作、三代之仪文，学者有志稽古礼文之事，乃以其词之难习，遂无以通其义，非有志于学者之所为也。元大德中[1]，长乐敖继公以康成旧注疵多醇少[2]，辄为删定，取贾疏及先儒之说补其阙，又未足，则附以己见，名曰《集说》，盖不以其艰词奥义自委者已。宋相马廷鸾，生五十八年，始读《仪礼》，称其奇词奥旨中有精义妙道焉，纤悉曲折中有明辨等级焉[3]。观于继公是书，不信然欤！继公字君善，闽人而家于吴兴，居小楼，日从事经史，吴士多从之游，赵孟頫其弟子也。以江浙平章高彦敬荐为信州教授。

【笺注】

①大德：元成宗年号（1297—1307）。

②疵：过失，缺点。《易·系辞上》："悔各者，言乎其小疵也。"醇：精纯，纯一不杂。《书·说命中》："惟厥攸居，政治惟醇。"孔传："其所居行皆如所言，则王之政事醇粹。"《汉书·礼乐志二》："殷殷钟石羽籥鸣，河龙供鲤醇牺牲。"颜师古注："醇谓色不杂也。"

③纤悉：细微详尽。

永嘉蔡氏论语集说序

《论语集说》二十卷，宋朝散郎、试太府卿、兼枢密副都承旨、永嘉蔡节编，淳祐五年表进于朝[1]。今作十卷，盖当日刊于湖泮本已然也。是书《宋·艺文志》不载，诸家藏书目俱未收。予乃购得之，幸矣。永嘉自伊洛诸儒未作，王景山出，发明经蕴，述《儒志》一编，其后则有刘安节元承、鲍若雨商霖、谢天申用休、潘旻子文、周行己恭叔、陈经正贵一暨弟经邦贵叙，其姓名皆入《伊洛渊源录》中。而著群经说者，若陈鹏飞少南、薛季宣士龙、张淳忠甫、叶适正则、戴溪肖望、陈傅良君举、叶味道知道、钱文子文季、黄仲炎若晦、汤建达可、陈埴潜室、王与之次点皆有成书著录。谚曰："温居瀛堧[2]，理学之渊。"不信然与？顾诸君子之书或存或亡，不可尽得，予序蔡氏《集说》而附及之，盖将以求所未见焉。

【笺注】

①淳祐五年：即1245年，宋理宗赵昀在位。

②瀛堧（ruán）：湖泽岸边的空地。

建安蔡氏孟子集疏序

牧堂老人蔡发仲与，朱子称其教子不于利禄，而开之以圣贤之学，非世人所及。其子元定、季通，孙渊伯静、沉仲默，曾孙模仲觉、抗仲节，皆隐居著书。既而仲觉任建安书院席长，以谢方叔、汤恢荐，补迪功郎，添差本州教授[1]。而仲节旋中进士，为诸王教授，累迁端明殿学士，参知政事。蔡氏撰述，季通《律吕新书》，仲默《书传》最著。而伯静《易训解》，鄱阳董氏载入《诸儒沿革》中。仲觉则有《易传集解》《大学衍》《论语、孟子集疏》《河洛探赜》《续近思录》诸书。予所见者，仅《孟子集疏》十四卷而已。仲节为之后序，称其参《或问》以见同异，采《集义》以备阙遗，洵有功于《集注》者矣。仲觉被荐，尝疏言敬义为万世帝王心学之本，而《大雅》“价人维藩”六语[2]，为国家守邦要道。又请以《白鹿洞学规》颁诸天下[3]。盖无愧牧堂老人之教，而其家学，诚非世人所能几及也。

【笺注】

①添差：宋制，凡授正官，皆作计给禄俸的虚衔，实不任事。内外政务则于正官外另立他官主管，称“差遣”。凡于差遣员额外增添的差遣，叫“添差”。

②价人维藩：此诗引自《诗·大雅·板》：“价人维藩，大师维垣，大邦维屏，大宗维翰。”

③《白鹿洞学规》：朱熹所撰《白鹿洞书院揭示》，为白鹿洞书院办学纲领，对后世影响极大。

经解书后

书成氏毛诗指说后

右《毛诗指说》四篇：一《兴述》，二《解说》，三《传受》，四《文体》，合为一卷，唐成伯瑜撰。后有建安熊子复跋尾，盖乾道中尝刊于京口者[1]。唐以诗取士，而三百篇者，诗之源也，宜一代论说之多。乃见于《艺文志》者，自《毛诗正义》而外，惟成氏二书及许叔牙《纂义》而已。成氏《断章》二卷，许氏《纂义》十卷，今俱无存，惟是编在耳，不可不广其传也。

【笺注】

①乾道：宋孝宗年号（1165—1173）。

书张文潜诗说后

文潜《诗说》一卷[1]，杂论《雅》《颂》之旨，仅十二条，已载《宛丘集》中，后人钞出别行者。观所论“土宇昄章”一则[2]，其有感于熙宁开边斥境之举而为之也欤[3]？《宛丘集》今不甚传，此亦经学一种，因校而梓之。

【笺注】

①文潜：张耒，字文潜，号柯山，世称宛丘先生，楚州淮阴（今江苏淮安市淮阴区）人。有《宛丘集》《柯山词》等。

②土宇昄章：出自《诗经·大雅·卷阿》。

③熙宁：宋神宗年号（1068—1077）。开边斥境：开拓国境。《宋史·范祖禹传》：“熙宁之初，王安石，吕惠卿造立新法……又用兵开边，结怨外夷，天下愁苦，百姓流徙。”《汉书·地理志上》：“至武帝攘却胡越，开地斥境。”

吕氏春秋集解序

《春秋集解》三十卷，赵希弁《读书附志》云东莱先生所著也。长沙陈邕和父为之序。按成公年谱，凡有著述必书，独是编不书。《宋史》本传，公所著有《易》《书》《诗》而独无《春秋》。惟《艺文志》于《春秋集解》三十卷直书成公姓名。考吴兴陈氏《书录题解》有《春秋集解》十二卷，云是吕本中撰，且撮其大旨，谓“自《三传》而下，集诸儒之说，不过陆氏、两孙氏、两刘氏、苏氏、程氏、计氏、胡氏数家而已，其所择颇精，却无自己议论。”合之是编诚然。盖吕氏自右丞好问徙金华[1]，成公述家传，称为东莱公；而本中为右丞子，学山谷为诗[2]，作《江西宗派图》，学者称为东莱先生，以之名集。然则吕氏三世皆以东莱先生为目，成公特最著者尔。朱子尝曰：

“吕居仁《春秋》亦甚明白，正如某《诗传》相似。”窃疑是编为居仁所著，第卷帙多寡不合，或居仁草创而成公增益之者。与序其端，用质淹通博达之君子。倘获善本有陈和父序者，予之疑庶可以释矣。

康熙丙辰二月纳兰成德容若序③

【笺注】

①好问：吕好问，字舜徒，寿州（今安徽寿县）人，宋钦宗时任御史中丞，后改兵部尚书，封东莱郡侯，定居婺州金华。吕本中为其长子。吕祖谦（成公）为其孙。

②山谷：北宋诗人、书法家黄庭坚，字鲁直，号山谷道人、涪翁，洪州分宁（今江西修水）人。出于苏轼门下，为“苏门四士”之一，又与苏轼齐名，世称“苏黄”。

③康熙丙辰：康熙十五年，1676年。

*此文据《通志堂经解》（康熙十九年通志堂刻本）补录。

赵氏四书纂疏序

格庵赵氏《四书纂疏》共二十六卷。前有清源洪天锡序，而陵阳牟子才又分序之。其书一以朱子为归，不杂异论。于《大学》《中庸》，先之以《章句》，次以《或问》，间以所闻附其后，又以《语录》暨诸儒发明大义者注其下。于《论语》《孟子》则一本《集注》，而采《或问》《集义》《详说》《语录》所载分注焉。昔朱子之为《章句》也，《大学》则宗程子，会众说而折其中；《中庸》则以己意分之，复取石子重《集解》删其繁，名以《辑略》。

其为《集注》也，取二程、张、范、二吕、谢、游、杨、侯、尹十一家之说，辑为要义，更名之曰《精义》。载更集义，又本注疏参说，又会诸家之言为《训蒙口义》，更名之曰《详说》，然后约其精粹，为《集注》。而于《集注》《章句》之外，记其所辨论取舍之意别为《或问》，若是其严密也！朱子自言："《集注》如称上称来，无异不高不低。"又言"添减一字不得。"然学者非由《集义》《详说》《或问》《语录》以观其全，无由审《章句》《集注》之精粹，则是书之有功于朱子多矣。今学宫所颁《四书大全》，盖即倪仲弘之辑释，而是编之流传者少，乃较而刊行之，俾相为表里云。

康熙丁巳纳兰成德容若序[①]

【笺注】

①康熙丁巳：康熙十六年，1677年。

*此文据《通志堂经解》（康熙十九年通志堂刻本）补录。

卷十三　序、记、书、书简

序

名家绝句钞序[1]

夫圜流千顷[2]，鸡犀划而中分[3]；灵岳三成[4]，屃赑开而独擘[5]。吴淞之水，并剪双裁[6]；崐岫之瑶[7]，昆刀缕切[8]。只袜溅杨家之泪[9]，自尔温磨[10]；半鬟窥徐后之妆[11]，居然掠削[12]。团圞三五[13]，乍看新月宜人；烂熳千行，时或残英照眼[14]。靡不宝文鳐之单翼[15]，珍赤鲤之片鳞[16]。物既有之，并以偏隅擅胜[17]；文亦宜尔，自应断句专长也。然则《阳春》《涑水》[18]，缔搆差同[19]；《子夜》《前溪》[20]，体裁相类。较之《易水》两言之制[21]，《大风》三叠之章[22]，机上盘中，回旋隐互[23]，焦卿秦女[24]，飒沓纵横。似犹凫鹤之异短长[25]，不啻马牛之殊逆顺。而乃同收乐府，狎处词坛[26]，泾渭可以不分，涪汉于焉相混[27]。盖古人言以足志，声律不以为程；情见乎辞，字句非其所限。流泉呜咽，行止随时；天籁噫嘘[28]，洪纤应节[29]。无律体之可称，何绝句之能准乎？自夫沈宋连镳[30]，斫雕破朴[31]；高岑继轨[32]，毁瓦为方[33]。则有沈香倾妃子之杯[34]，画壁下女伶之拜[35]。仲初新体[36]，并咏宫中；少伯悲吟[37]，都由塞上。柘枝蛮舞[38]，鼓腰魂断流官[39]；杨柳妍词[40]，笏面神飞节使[41]。恼鄜州之从事，何物红儿[42]；悲蜀国之夫人，当年白帝。固不独义山咏史[43]，讽托情深；抑岂惟杜牧闲愁[44]，风流调逸。迩来作者代不乏人。始则搜讨于洪公[45]，继复校雠于赵氏。观斯止矣，可略言焉。独有明起元宋之衰，昭代际唐虞之盛[46]，洪河岱岳[47]，既颂洞而惊神；拳石偃松[48]，亦留连而动目[49]。短章片什，可喜可观。至乃鹤裘客归[50]，裂长笛于五湖；乌犍佯狂，垫角巾于三泖[51]。四杰之争芳兰蕙[52]，月死珠伤；七子之互有薰莸[53]，水清石见[54]。谢山人邺下琵琶[55]，徐博士扬州烟月[56]。崐崘兀㝵[57]，不减白蓑青笠之游；蒙叟幽忧[58]，可怜红豆碧梧之句。尧峰山麓[59]，踏歌旧有汪伦[60]；历下亭隅，觞咏夙推王令[61]。并可以发挥雅颂，领袖风骚。迷谷之华四照[62]，炜炜欲浮[63]；版桐之圃九层[64]，峣峣直上[65]。

【笺注】

①张任政《纳兰性德年谱》附《遗著考略》，有《名家绝句钞》一书，称其为纳兰“与蒋宣虎、顾梁汾、吴汉槎共相编定”，实则纳兰与顾贞观均未参与该书的编选。纳兰只是应邀撰写此序。

②圜流：漩涡急流环绕。《列子·说符》：“有悬水三千仞，圜流九十里，鱼鳖弗能游。”

③鸡犀：“通天犀”的别称，鸡见之即惊，故称“骇鸡犀”“鸡犀”。此犀牛角上有一白缕贯通，夜视月光，俗谓可通神开水，禽兽见之则惊走。晋葛洪《抱朴子·登涉》：“得真通天犀角三寸以上。刻以为鱼，而衔之以入水，水常为人开。”

④灵岳：灵秀的山岳。三成：三重，三层。《周礼·秋官·司仪》：“令为坛三成，宫旁一门。”郑玄注引郑司农曰：“三成，三重也。”

⑤屒赑：赑（bì）屒（xì）。传说中的一种动物，像龟。旧

时大石碑的基座多雕成它的形状。

⑥并剪：古时并州所产剪刀，以锋利著称。唐杜甫《戏题画山水图歌》："焉得并州快剪刀，剪取吴松半江水。"

⑦崐岫之瑶：昆山玉。指昆仑山的美玉，相传这种玉燔以炉炭，三日三夜，色泽不变，是玉中之最美者。《尚书·胤征》："火炎崐冈（山脊曰冈，崐山出玉），玉石俱焚（言火逸而害玉）。天吏逸德（逸，过也），烈于猛火（天王之吏，为过恶之德，其伤害天下，甚于火之害玉，猛火烈矣，又烈于火）。"

⑧昆刀：昆吾刀。用昆吾石冶炼成铁制作的刀。《海内十洲记·凤麟洲》："昔周穆王时，西胡献昆吾割玉刀及夜光常满杯，刀长一尺，杯受三升。刀切玉如切泥……剑之所出，从流州来。"缕切：细切。《文选·潘岳〈西征赋〉》："雍人缕切，鸾刀若飞。"刘良注："缕切，言切鱼细如线缕也。"

⑨只袜：指唐杨贵妃在马嵬驿死后的遗物。唐冯贽《记事珠》："杨贵妃死之日，马嵬媪得锦袜一只，遇过客一玩百钱，前后获钱无数。"

⑩自尔：犹自然。

⑪半鬟：犹半妆。徐后：南朝梁元帝妃，姓徐，名昭佩。徐妃漂亮多情，年长色衰而风韵犹在，曾以帝眇一目每知帝将至，必为半面妆以俟，帝见则大怒而出。五代王定保《唐摭言·载应不捷声价益振》："乾符中，蒋凝应宏辞，为赋止及四韵，遂曳白而去。试官不之信，逼请所试，凝以实告。既而比之诸公，凝有得色，试官叹息久之。顷刻之间，播于人口。或称之曰：'白头花钿满面，不若徐妃半妆。'"

⑫掠削：梳理齐整貌。唐元稹《连昌宫词》："春娇满眼睡红绡，掠削云鬟旋装束。"

⑬团圞（luán）：团栾，团聚。三五：指十五月圆之际。

⑭残英：残存未落又即将要落之花。

⑮文鳐：传说中的鱼名。《山海经·西山经》："又西百八十里，曰泰器之山。观水出焉，西流注于流沙。是多文鳐鱼，状如鲤鱼，鱼身而鸟翼，苍文而白首，赤喙，常行西海，游于东海，以夜飞。"

⑯赤鲤：赤色鲤鱼。传说中仙人所骑。晋干宝《搜神记》卷一："琴高，赵人也。能鼓琴。为宋康王舍人。行涓彭之术，浮游冀州、涿郡间，二百余年。后辞入涿水中，取龙子。与诸弟子期之曰：'明日皆洁斋，候于水旁，设祠屋。'果乘赤鲤鱼出，来坐祠中。"

⑰偏隅：偏僻的一方一隅之地。擅：占有，据有。《庄子·秋水》："且夫擅一壑之水，而跨跱埳井之乐，此亦至矣。"

⑱《阳春》：古歌曲名，一种高雅难学的曲子。汉李固《致黄琼书》："皎皎者易缺，皦皦者易污。《阳春》之曲，和者必寡。"后用以泛指高雅的曲调。《渌水》：古曲名。《文选·马融〈长笛赋〉》："中取度于《白雪》《渌水》。"李周翰注："《白雪》《渌水》，雅曲名。"

⑲缔搆：结构。搆，通"构"。

⑳《子夜》：子夜歌，乐府《吴声歌曲》名。《宋书·乐志一》："《子夜哥》者，有女子名子夜，造此声。"《前溪》：前溪曲，古乐府吴声舞曲。《宋书·乐志一》："《前溪哥》者，晋车骑将军沈充所制。"《乐府诗集·清商曲辞一·吴声歌曲一》引南朝陈智匠《古今乐录》："吴声十曲……七曰《前溪》。"

㉑《易水》：《易水歌》。《战国策·燕策三》载，荆轲将为燕太子丹往刺秦王，丹在易水边为他饯行。高渐离击筑，荆

轲和而歌曰："风萧萧兮易水寒，壮士一去兮不复还！"后人称之为《易水歌》。两言：三言两语，指少量的话。

㉒《大风》：指汉高祖的《大风歌》。《史记·高祖本纪》："高祖还过沛，留。置酒沛宫，悉召故人父老子弟纵酒，发沛中儿得百二十人，教之歌。酒酣，高祖击筑，自为歌诗曰：'大风起兮云飞扬，威加海内兮归故乡，安得猛士兮守四方！'"后称此歌为《大风歌》。三叠：古奏曲之法，至某句乃反复再三，称三叠。宋苏轼《仇池笔记·阳关三叠》："余在密州，文勋长官以事至密，自云得古本《阳关》，每句皆再唱，而第一句不叠，乃知古本三叠盖如此。"

㉓盘中：盘中诗，杂体诗名。宋严羽《沧浪诗话·诗体》："《盘中》：《玉台集》有此诗，苏伯玉妻作，写之盘中，屈曲成文也。"全诗凡一百六十八字，四十九句，二十七韵，篇中多伤离怨别之词。读时从中央以周四角，婉转回环，当属回文诗体一类。

㉔焦卿：焦仲卿。东汉末年的庐江小吏，与刘兰芝殉情而死。东汉乐府民歌《孔雀东南飞》。秦女：指秦穆公女弄玉。三国魏曹植《仙人篇》："湘娥抚琴瑟，秦女吹笙竽（笙和竽。因形制相类，故常联用。竽亦笙属乐器，有三十六簧）。"黄节注："《列仙传》曰：'萧史者，秦缪公时人也，善吹箫。缪公有女，号弄玉，好之，公遂以妻焉。遂教弄玉作凤鸣吹，似凤声，凤凰来止其屋。'"

㉕凫鹤之异短长：《庄子·骈拇》："长者不为有余，短者不为不足。是故凫胫虽短，续之则忧；鹤胫虽长，断之则悲。"

㉖狎处：亲密共处。

㉗涪汉：涪水和汉水。

㉘噫嘘：叹息。

㉙洪纤：大小，巨细。《文选·班固〈典引〉》：“铺观二代洪纤之度，其赜可探也。”张铣注：“言布观殷周大小之度，其幽深之迹亦可探究也。”应节：应合节拍。

㉚沈宋：沈佺期、宋之问合称。沈佺期，唐诗人，字云卿。诗多应制之作。律体谨严精密，对律诗体制的定型颇有影响。与宋之问齐名，并称“沈宋”。宋之问，唐诗人，多应制唱和之作，文辞华丽。连镳：接续。

㉛斫雕破朴：斫雕为朴。去掉雕饰，崇尚质朴。

㉜高岑：唐诗人高适、岑参的并称。最早见于唐杜甫《寄彭州高三十五使君适、虢州岑二十七长史参三十韵》：“高岑殊缓步，沈鲍得同行。”高适，唐诗人，所作边塞诗，对当时的边地形势和士兵疾苦均有反映。岑参，唐诗人，长于七言歌行。由于从军西域多年，对边塞生活有深刻体验，善于描绘异域风光和战争景象。

㉝毁瓦为方：毁方瓦合。毁去棱角，与瓦砾相合。比喻屈己从众，君子为道不远离于人。后指毁弃自己的原则，迎合世俗。《礼记·儒行》：“慕贤而容众，毁方而瓦合，其宽裕有如此者。”郑玄注：“去己之大圭角，下与众人小合也。”

㉞沈香倾妃子之杯：李白供翰林，时宫中木芍药盛开，玄宗于月夜赏花，召杨贵妃侍酒，以金花笺赐李白，命进新辞《清平调》，白醉中乃成三章。其中一章为：“名花倾国两相欢，长得君王带笑看。解释春风无限恨，沈香亭北倚阑干。”唐《礼乐志》曰：“清调、平调，房中乐遗声。开元中，禁中重木芍药，会花方繁开，帝乘照夜白，太真妃以步辇从，李龟年以歌擅一时之名。帝曰：‘赏名花，对妃子，焉用旧乐辞为?’遂命白作《清平调》词三章，令梨园弟子略抚丝竹以促歌，帝自调玉笛以倚曲。”

㉟画壁下女伶之拜：用“旗亭画壁”之典。唐薛用弱《集异记》：“开元中，诗人王昌龄、高适、王之涣齐名。时风尘未偶，而游处略同。一日，天寒微雪，三人共诣旗亭，贳酒小饮，忽有梨园伶官十数人，登楼会宴。三诗人因避席偎映，拥炉火以观焉。俄有妙妓四辈，寻续而至，奢华艳曳，都冶颇极。旋则奏乐，皆当时之名部也。昌龄等私相约曰：‘我辈各擅诗名，每不自定其甲乙。今者，可以密观诸伶所讴，若诗人歌词之多者，则为优矣。’俄而，一伶拊节而唱曰：‘寒雨连江夜入吴，平明送客楚山孤。洛阳亲友如相问，一片冰心在玉壶。’昌龄则引手画壁曰：‘一绝句！’寻又一伶讴之曰：‘开箧泪沾臆，见君前日书。夜台何寂寞，犹是子云居。’适则引手画壁曰：‘一绝句！’寻又一伶讴曰：‘奉帚平明金殿开，且将团扇共徘徊。玉颜不及寒鸦色，犹带昭阳日影来。’昌龄则又引手画壁曰：‘二绝句！’之涣自以得名已久，因谓诸人曰：‘此辈皆潦倒乐官，所唱皆巴人下里之词耳！岂阳春白雪之曲，俗物敢近哉？’因指诸妓之中最佳者曰：‘待此子所唱，如非我诗，吾即终身不敢与子争衡矣！脱是吾诗，子等当须列拜床下，奉吾为师！’因欢笑而俟之。须臾，次至双鬟发声，则曰：‘黄河远上白云间，一片孤城万仞山。羌笛何须怨杨柳，春风不度玉门关。’之涣即揶揄二子，曰：‘田舍奴！我岂妄哉？’因大谐笑。诸伶不喻其故，皆起诸曰：‘不知诸郎君，何此欢噱？’昌龄等因话其事。诸伶竟拜曰：‘俗眼不识神仙，乞降清重，俯就筵席！’三子从之，饮醉竟日。”

㊱仲初：唐诗人王建，字仲初。擅长乐府诗，与张籍齐名，世称“张王”。所作《宫词》一百首，多描写宫廷内的奢华生活，对后世此类作品影响颇大。

㊲少伯：唐代诗人王昌龄，字少伯。开元、天宝间诗名甚

盛，有“诗家夫子王江宁”之称。尤擅长七绝，多写当时边塞军旅生活，格调高昂。其宫词善写女性幽怨之情。

㊳柘（zhè）枝：柘枝舞的省称。唐章孝标《柘枝》：“柘枝初出鼓声招，花钿罗衫耸细腰。”

㊴流官：朝廷派遣到边远地区的地方官。因其有一定任期，非世袭，非土著，有流动性，故称。杨柳：借指侍妾、歌姬。樊素善唱《杨枝曲》，故以曲名人。后常用以为典，亦泛指侍妾婢女或所思恋的女子。唐白居易《不能忘情吟》序：“妓有樊素者，年二十余，绰绰有歌舞态，善唱《杨枝》。人多以曲名名之，由是名闻洛下。”

㊵妍词：优美的词句。

㊶节使：持符节的使者。

㊷鄜州：指李孝恭。鄜州之从事：指罗虬。红儿：杜红儿。唐代名妓。《唐摭言》卷十：“罗虬辞藻富赡，与宗人隐、邺齐名。咸通、乾符中，时号‘三罗’。广明庚子乱后，去从鄜州李孝恭。籍中有红儿者，善肉声，常为贰车属意。会贰车骋邻道，虬请红儿歌而赠之缯彩。孝恭以副车所贮，不令受所贶。虬怒拂衣而起，诘旦，手刃。绝句百篇，号比红诗，大行于时。”

㊸义山：唐诗人李商隐，字义山。咏史题材的诗作对当时藩镇割据、宦官擅权和时政弊端多有反映。

㊹杜牧：唐文学家。感于藩镇跋扈和吐蕃、回纥的功掠，诗文中多指陈讽喻时政之作。小诗写景抒情，多清俊生动。也有一些诗写他早年的纵酒狎妓生活。

㊺搜讨：深入探讨。

㊻昭代：政治清明的时代。常用以称颂本朝或当今时代。

㊼洪河：大河，古时多指黄河。岱岳：泰山的别称。《淮

南子·墜形训》："中央之美者，有岱岳，以生五谷桑麻，鱼盐出焉。"高诱注："岱岳，泰山也。"

㊽拳石：指园林假山。偃松：常绿小乔木。

㊾动目：目光被引动；使人注目。

㊿鹤裘：鹤羽做的袍服，多为道士服饰。这里指唐贞观年间道士杜杯谦。传说杜杯谦苦心修炼断谷绝粒，喜好吹奏长笛，常让徒弟去买竹笛，吹完一曲，便把笛子投于崖下，投完再买，始终如一。

51角巾：指归隐。方巾，有棱角的头巾。为古代隐士冠饰。三泖（mǎo）：泖湖。在上海市松江县西。有上、中、下三泖。上承淀山湖，下流合黄浦入海。今多淤积为田。宋何薳《春渚纪闻·泖茆字异》："今观所谓三泖，皆漫水巨浸，春夏则荷蒲演迤，水风生凉；秋冬则葭苇蓼蓊（草木繁盛貌），鱼屿相望，初无江湖凄凛之色。所谓冬暖夏凉者，正尽其美。"

52四杰：四位杰出的人物。旧时多以称著名文士。这里指唐王勃、杨炯、卢照邻、骆宾王。《旧唐书·文苑传上·杨炯》："炯与王勃、卢照邻、骆宾王以文词齐名，海内称为王、杨、卢、骆，亦号为'四杰'。"四位虽然才高八斗，但是生活都不如意。王勃"为僚吏共嫉""雄略顿于穷途""高材屈于卑势"（《上绛州上官司马书》）"徒志远而心屈，遂才高而位下"（《涧底寒松赋》）；杨炯一生都被排斥打击；卢照邻一生穷愁潦倒、疾病缠身，又为权贵所不容，最后投河自杀；骆宾王后亡命天涯，不知所踪。

53七子：明代弘治、正德年间李梦阳、何景明、徐祯卿、边贡、康海、王九思、王廷相七人，并以文章名世，称"前七子"。见《明史·李梦阳传》。又嘉靖、隆庆时期李攀龙、谢榛、梁有誉、宗臣、王世贞、徐中行、吴国伦七人，亦以文章名世，称“后七子”。见《明史·李攀龙传》。薰（xūn）莸（yóu）：香草和臭草。喻善恶、贤愚、好坏等。《左传·僖公四年》：“一薰一莸，十年尚犹有臭。”杜预注：“薰，香草；莸，臭草。十年有臭，言善易消，恶难除。”

㊹水清石见：清，清澈；见，同“现”，显露。比喻情况搞清楚了，问题的性质也就明白了。汉无名氏《艳歌行》：“语卿且勿眄，水清石自见。石见何累累，远行不如归。”

㊺谢山人：明文学家谢榛，字茂秦，号四溟山人，爱好声乐。30岁左右，西游彰德，彰德旧为邺地。谢榛不耐陪宴凑趣的帮闲生活，遂以邺城为中心，开始云游四方。

㊻徐博士：明代文学家徐祯卿，字昌谷，一字昌国，吴县（今江苏苏州）人。举弘治十八年进士。少与祝允明、唐寅、文征明齐名，号“吴中四才子”。孝宗遣中使问祯卿与华亭陆深名，深遂得馆选，而祯卿以貌寝不与。授大理左寺副，坐失囚，贬国子博士。因“文章江左家家玉，烟月扬州树树花”之绝句而为人称誉。

㊼崐崙：明人张诗，字子言，自号昆仑子。为文雄奇变怪，书放劲惊人。著有《昆仑山人集》。钱谦益《列朝诗集小传》丙集：“昆仑山人张诗，字子言，北平人。……学举业于吕泾野，学诗于何大复。顺天府试士，令自负卓凳以进，拂衣而去。”《鹿原集》五言律《良夜张子言过饮，弹剑赋诗》：“共君须夜醉，不醉莫言归。即怕倾春瓮，犹能典客衣。风回花漏水，月落雁声微。万事难回首，酣歌愿不违。”兀㝵（ào）：孤傲不羁。

㊽蒙叟：明清之际钱谦益，字受之，号牧斋，晚号蒙叟，常熟（今属江苏）人。辛丑岁逼除作《后秋兴之十一》，时自红豆江村，徙居半野堂绛云余烬处，其中有“一别正思红豆

子，双栖终向碧梧枝”句。

⑲尧峰：清初官吏学者、散文家汪琬，字苕文，号钝庵，初号玉遮山樵，晚号尧峰。晚年隐居太湖尧峰山，闭户撰述，不问世事，学者称“尧峰先生”。他在苏州西部的尧峰山麓买了卢氏旧园，并隐居于此，心情舒畅，写有《小隐》诗，其中有“踪迹聊将小隐同，尧峰侧畔即墙东。素心托寄烟云外，习气销磨卷帙中。渐废啸歌缘老疾，久疏丝竹为期功”句。

⑳汪伦：字文焕，唐开元间任泾县令，李白好友。卸任后因留恋桃花潭将其家迁至泾县。唐天宝年间，汪伦听说李白旅居南陵，便邀请李白到家中做客。适逢桃李花开，李白来到了桃花潭。汪伦留李白数日，每日美酒相待。临别时，汪伦在古岸阁上设宴为李白饯行，并拍手踏脚，歌唱民间的《踏歌》相送，并又挑来两坛酒赠予李白。

㉑王令：王士祯，字贻上，一字子真，号阮亭，别号渔洋山人。为清初名著一时的“神韵派”领袖。顺治十四年（1657）秋天，王士祯来到济南，在大明湖历下亭上邀集诸多名士，举办秋柳诗社，即席作《秋柳》诗四首，诗传大江南北，和者百数十人，士祯因而声名大噪。

㉒迷谷：招摇山上生长的一种树木，形状很像构木，但木纹呈黑色，花放出的光华能照耀四方。《山海经·鹊山》：“有木焉，其状如谷而黑理，其华四照，其名曰迷谷，佩之不迷。”

㉓炜炜：光彩炫耀貌。晋孙楚《莲花赋》：“红花电发，晖光炜炜。”

㉔版桐：犹板桐。古代传说仙人所住之山名。《楚辞·严忌〈哀时命〉》：“揽瑶木之檀枝兮，望阆风之板桐。”王逸注：“板桐，山名也。”

㉕峣（yáo）：高貌。

顾以简编杂沓，载重牛腰[1]；后学模糊，情惊鼠吓。于是杜陵蒋诩宣虎[2]，扫径余闲；吴郡顾荣茂伦[3]，挥扇多暇。适逢吴札乍返延州汉槎[4]，遂相与研露晨书，然糠暝写[5]。撷两朝之芳润，掇数氏之菁英，凡若干篇，都为一集。按新词于菊部[6]，磊磊敲珠[7]；奏丽曲于芍阑[8]，声声戛玉[9]。若彼文犀翠羽[10]，拣自金盘；因而合组纂綦[11]，织成璇锦。藏之秘帐[12]，顿令更得异书；悬彼国门[13]，定是难增一字。

【笺注】

①牛腰：牛的腰部。喻诗文数量之大。唐李白《醉后赠王历阳》诗："书秃千兔笔，诗裁两牛腰。"王琦注："言其卷大如牛腰也。"

②蒋诩：蒋宣虎。

③顾荣：顾茂伦。

④吴札乍：清初诗人吴兆骞，字汉槎。吴兆骞与蒋宣虎、顾茂伦合编《名家绝句抄》，性德为之作序。

⑤然：同"燃"，烧。糠：谷壳。然糠，比喻勤奋。

⑥菊部：菊部头。宋高宗时宫中伶人有菊夫人者，人称"菊部头"。宋周密《齐东野语·菊花新曲破》："思陵朝，掖

庭有菊夫人者，善歌舞，妙音律，为仙韶院之冠，宫中号为菊部头。”元宋无《宫词》：“高皇尚爱梨园舞，宣索当年菊部头”。后因以“菊部”为戏班或戏曲界的泛称。

⑦磊磊：众多委积貌。《楚辞·九歌·山鬼》：“采三秀兮于山间，石磊磊兮葛蔓蔓。”

⑧芍阑：对勾栏瓦舍的美称，宋元戏曲的表演场所。

⑨戛（jiá）玉：敲击玉片，形容声音清脆悦耳。

⑩文犀：有纹理的犀角。《国语·吴语》：“建肥胡，奉文犀之渠。”韦昭注：“文犀，犀之有文理者。”翠羽：翠鸟的羽毛，古代多用作饰物。《逸周书·王会》：“正南：瓯邓、桂国、损子、产里、百濮、九菌，请令以珠玑、璹瑁、象齿、文犀、翠羽、菌鹤、短狗为献。”《文选·曹植〈七启〉》：“戴金摇之熠燿，扬翠羽之双翘。”刘良注：“金摇，钗也；熠烁，光色也；又饰以翡翠之羽于上也。”

⑪纂（zuǎn）：赤色丝带。綦（qí）：鞋带。《礼记·内则》：“屦，着綦。”郑玄注：“綦，履系也。”

⑫藏之秘帐：西汉的景帝、武帝之际，河间献王刘德从民间征得一批古书，其中一部名为《周官》。原书当有天官、地官、春官、夏官、秋官、冬官六篇，冬官篇已亡，汉儒取性质与之相似的《考工记》补其缺。王莽时，因刘歆奏请，《周官》被列入学官，并更名为《周礼》。西汉河间献王以重金购得《周官》古文经后，献给了朝廷，深藏于秘府，“五家之儒莫得见焉”。

⑬悬彼国门：秦相吕不韦使门客著《吕氏春秋》，书成，公布于咸阳城门，声言能增删一字者，赏予千金。汉刘安著《淮南子》亦悬赏千金，征求士人意见。

某技媿雕虫[1]，识惭窥豹[2]。入贾胡之肆[3]，目炫琳琅；游广乐之庭[4]，梦迷阊阖[5]。惊看妙选[6]，悬冰鉴而呈形[7]；快睹雅裁，衔烛阴而照夜[8]。自此南山望雪，何妨意尽终篇；抑令东海熬波[9]，不惮应声成韵。循环在手，似获灵珠[10]；吟讽忘疲[11]，如探束锦[12]。爰题简首，载以芜词。拟玄晏先生之笔[13]，非所敢居；诵昭明太子之编[14]，实缘多幸尔。

【笺注】

①雕虫：汉扬雄《法言·吾子》："或问：'吾子少而好赋？曰：'然。童子雕虫篆刻。'俄而，曰：'壮夫不为也。'"虫，指虫书；刻，指刻符，各为一种字体。后以"雕虫篆刻"喻辞章小技。

②窥豹：谓只见局部未见全本。《晋书·王献之传》："（献之）年数岁，尝观门生樗蒱（古代一种博戏），曰：'南风不竞。'门生曰：'此郎亦管中窥豹，时见一斑。'"

③贾胡：经商的胡人。《后汉书·马援传》："伏波类西域贾胡，到一处辄止，以是失利。"李贤注："言似商胡所至之处辄停留。贾音古。"肆：店铺。

④广乐：盛大之乐。多指仙乐。

⑤阊阖：传说中的天门。《楚辞·离骚》："吾令帝阍开关兮（帝阍，古人想象中掌管天门的人），倚阊阖而望予。"王

逸注："阊阖，天门也。"

⑥妙选：精选。

⑦悬冰：悬挂着的冰柱。

⑧衔烛：口含火炬。《楚辞·天问》："日安不到，烛龙何照。"汉王逸注："言天之西北有幽冥无日之国，有龙衔烛而照之也。"

⑨熬波：煮海水为盐。宋姚宽《西溪丛语》卷上："盖自岱山及二天富皆取海水炼盐，所谓熬波也。"

⑩灵珠：灵蛇珠。喻锦绣文才。晋干宝《搜神记》卷二十载，相传春秋时隋侯出行，见大蛇被伤中断，使人以药敷之，蛇乃能走。岁余，蛇衔明珠以报之，谓之"隋侯珠"，亦曰"灵蛇珠"。

⑪吟讽：作诗。《孟浩然集序》："词理卓绝，吟讽忘疲，书写不一，纸墨薄弱。"

⑫束锦：五匹锦。古代用作礼物。《仪礼·士昏礼》："舅飨送者一献之礼，酬以束锦。姑飨妇人送者，酬以束锦。若异邦，则赠大夫，送者以束锦。"

⑬玄晏：魏晋间作家、医学家皇甫谧，字士安，号玄晏先生。有《玄晏春秋》。

⑭昭明太子：南朝梁文学家萧统，谥昭明，世称昭明太子。编纂中国最早的一部诗文总集《文选》三十卷。

渌水亭宴集诗序[1]

清川华薄[2]，恒寄兴于名流[3]；綵笔瑶笺[4]，每留情于胜赏。是以庄周旷达，多濠濮之寓言[5]；宋玉风流[6]，游江湘而托讽。文选楼中[7]，揽秀无非鲍谢珠玑[8]；孝王园内[9]，搴芳悉属邹枚黼黻[10]。予家象近魁三[11]，天临尺五[12]。墙依绣堞，云影周遭；门俯银塘，烟波滉漾[13]。蛟潭雾尽，晴分太液池光[14]；鹤渚秋清[15]，翠写景山峰色。云兴霞蔚[16]，芙蓉映碧叶田田；雁宿凫栖，秔稻动香风冉冉[17]。设有乘槎使至[18]，还同河汉之皋；傥闻鼓枻歌来[19]，便是沧浪之澳[20]。若使坐对亭前，渌水俱生泛宅之思[21]；闲观槛外，清涟自动浮家之想[22]。何况仆本恨人[23]，我心匪石者乎[24]！

【笺注】

①渌水亭宴：纳兰作为渌水亭主人，仿效晋王羲之和唐李白所撰之《兰亭集序》和《春夜宴桃李园序》，撰写此序文。

②华薄：花草丛生之处。《文选·江淹〈杂体诗·效曹植“赠友”〉》：“从容冰井台，清池映华薄。”张铣注：“华，花也。草木丛生曰薄。”

③寄兴：犹兴寄。

④瑶笺：对书札的美称。宋李彭老《木兰花慢》：“潮返浔阳暗水，雁来好寄瑶笺。”

⑤濠濮：濠水和濮水。《庄子·秋水》篇记庄子与惠子游于濠梁之上，见儵鱼出游从容，因论辩鱼知乐否；垂钓于濮水之上，回绝楚王邀请他为官的想法。寓言：有所寄托的话语。《庄子·寓言》：“寓言十九，重言十七，卮言日出，和以天倪。”

⑥宋玉：战国楚国辞赋家。后于屈原，东汉王逸说他是屈原弟子，未知所据。作《高唐赋》叙述楚王在梦中与巫山高唐神女相遇之事，把男女交欢与云雨联系起来，借此达到政治清明、民族振兴、国家富强以及个人身心强健、延年益寿的目的。

⑦文选：文章的选录，多用作书名。南朝梁萧统编选先秦至梁的各体文章取名“文选”，分为三十八类，共七百余篇，为我国现存最早的诗文总集。

⑧鲍谢：南朝诗人鲍照和谢灵运的并称。鲍照，南朝宋文学家。长于乐府，尤擅七言之作，风格俊逸。谢灵运，南朝宋诗人。其诗大都描写会稽、永嘉、庐山等地的山水名胜，善以精丽之语刻画自然景物，开文学史上的山水诗一派。珠玑：珠

宝，珠玉。比喻美好的诗文绘画等。

⑨孝王园：梁园或梁苑。西汉梁孝王所建的东苑，故址在今河南开封市东南。园林规模宏大，方三百余里，宫室相连属，供游赏驰猎。梁孝王在园中广纳宾客，当时名士司马相如、枚乘、邹阳等均为座上宾。

⑩搴（qiān）芳：采摘花草。邹枚：汉邹阳、枚乘的并称。邹阳，西汉文学家。所作散文，尚有战国游士纵横善辩之风。枚乘，西汉辞赋家。有赋九篇，今存三篇。《七发》对汉赋特点的形成有重要影响。北魏郦道元《水经注·睢水》："梁王与邹、枚、司马相如之徒极游于其上。"黼（fǔ）黻（fú）：借指辞藻，华美的文辞。

⑪魁三：组成魁星的四颗星天枢、天璇、天玑、天权两两相近，成三对邻近星象。旧以之喻国之三公。唐杜甫《赠韦七赞善》："尔家最近魁三象，时论同归尺五天。"原注："斗魁下两两相比为三台。"仇兆鳌注："魁三象，韦世为三公。"

⑫天临尺五：《辛氏三秦记》："城南韦杜，去天尺五。"汉韦曲杜曲辅地，为贵族豪门聚居地。后以"天尺五"极言与宫廷相近。

⑬滉漾：荡漾。

⑭太液池：北京故宫西华门外的北海、中海、南海三海。元时名西华潭，清称太液池。

⑮鹤渚：鹤栖息的洲渚。

⑯霞蔚：云霞盛起貌。

⑰秔（jīng）稻：粳稻，一种黏性较小的稻。《文选·扬雄〈长杨赋〉》："驰骋秔稻之地，周流棃栗之林。"李善注："《说文》曰：'秔，稻属也。《声类》以为秔，不黏稻也。'《汉书》东方朔曰：'泾渭之南，又有秔稻、棃、栗之饶。'"

⑱乘槎：乘坐竹、木筏。晋张华《博物志》卷十载，古时传说天河与海通，有人居海渚者，年年八月见有浮槎去来，不失期，遂立飞阁于槎上，乘槎浮海而至天河，遇织女、牵牛。此人问此是何处，答曰："君还至蜀郡方严君平则知之。"后至蜀，君平曰："某年月日有客星犯牵牛宿。"正是此人到天河时。

⑲鼓枻（yì）：划桨，谓泛舟。

⑳沧浪：古水名。有汉水、汉水之别流、汉水之下流、夏水诸说。《书·禹贡》："嶓冢导漾，东流为汉。又东为沧浪之水。"孔传："别流在荆州。"

㉑泛宅：以船为家。

㉒浮家：形容以船为家，在水上生活，漂泊不定。《新唐书》卷一百九十六《隐逸列传·张志和》："陆羽常问：'孰为往来者？'对曰：'太虚为室，明月为烛，与四海诸公共处，未尝少别心，何有往来？'颜真卿为湖州刺史，志和来谒，真卿以舟敝漏，请更之，志和曰：'愿为浮家泛宅，往来苕、溪间。'辩捷类如此。"

㉓仆：自称的谦辞。恨人：失意抱恨的人。南朝梁江淹《恨赋》："于是仆本恨人，心惊不已。"

㉔匪石：非石，不像石头那样可以转动。形容坚定不移。《诗·邶风·柏舟》："我心匪石，不可转也。"孔颖达疏："言我心非如石然，石虽坚尚可转，我心坚，不可转也。"

间尝纵览芸编①，每叹石家庭树不见珊瑚②，赵氏楼台难寻玳瑁③。又疑此地田栽白璧，何以人称击筑之乡④？台起黄金④，奚为尽说悲歌之地！偶听玉泉呜咽，

非无旧日之声；时看妆阁凄凉，不似当年之色。此浮生若梦，昔贤于以兴怀；胜地不常，曩哲因而增感[6]。王将军兰亭修禊[7]，悲陈迹于俯仰，今古同情；李供奉琼筵坐花[8]，慨过客之光阴，后先一辙。但逢有酒，开尊何须北海[9]？偶遇良辰雅集，即是西园矣[10]。且今日芝兰满座，客尽凌云；竹叶飞觞，才皆梦雨。当为刻烛，请各赋诗。宁拘五字七言，不论长篇短制，无取铺张学海，所期抒写性情云尔。

【笺注】

①芸编：指书籍。芸，香草，置书页内可以辟蠹，故称。

②珊瑚：汉司马相如《子虚赋》："玫瑰碧林，珊瑚丛生。"《史记·大宛列传》卷一百二十三三家注引万震《南州志》："大家屋舍，以珊瑚为柱，琉璃为墙壁，水精为础舄。"

③玳瑁：这里指玳瑁梁，画梁的美称。唐沈佺期《古意》："卢家少妇郁金堂，海燕双栖玳瑁梁。"

④击筑：筑，古代一种像琴一样的弦乐器。敲打筑琴，慷慨悲歌。以之为典，抒写悲壮苍凉的气氛。西汉司马迁《史记·刺客列传》载："战国时，荆轲受燕太子丹托付，入秦刺秦王，太子及朋友们送别于易水，高渐离击筑，荆轲歌'风萧

萧兮易水寒，壮士一去兮不复还’，登车不顾而去。”

⑤黄金：黄金台，亦称招贤台，战国时期燕昭王筑，为燕昭王尊师郭隗之所。《战国策·燕策一》：“于是昭王为（郭）隗筑宫而师之，乐毅自魏往，邹衍自齐往，剧辛自赵往，士争凑燕。”唐陈子昂《黄金台》：“南登碣石馆，遥望黄金台。丘陵尽乔木，昭王安在哉?”

⑥曩（nǎng）哲：先哲。

⑦王将军：东晋书法家王羲之，官至右将军、会稽内史，人称王右军。曾与谢安、孙绰等宴集兰亭，写下著名的《兰亭序》。修禊（xì）：古代民俗于农历三月上旬的巳日（三国魏以后始固定为三月初三）到水边嬉戏，以祓除不祥，称为修禊。

⑧琼筵坐花：开元二十一年前后，李白在桃花园开设筵席，宴请从弟，坐对鲜花，连连酹酒。并写下了《春夜宴从弟桃花园序》：“开琼筵以坐花，飞羽觞而醉月。”

⑨开尊：开樽，举杯。

⑩西园：园林名，传为曹操所建，多在其中宴游雅集。三国魏曹植《公宴诗》：“清夜游西园，飞盖相追随。”

贺人婚序

桥填乌鹊，停梭传天上双星[1]；门列鸳鸯，挟瑟艳人间三妇[2]。荧荧碧月[3]，玉镜临台；扰扰绿云[4]，珠帘动幌。谱秦箫于岭上[5]，岂有他欤；解郑佩于江皋[6]，方斯盛矣。东家某子[7]，芙蓉秋藻，杨柳春姿。临琪树于崔生[8]，照玉山于裴叔[9]。纪瑜逸藻[10]，青镂投怀；江令高情[11]，绿毫入梦[12]。才擅枯珠之岸，缘成种玉之田。青锁窥窗，香染尚书之宅；红绡系幔，丝牵宰相之楼。觅杵臼于玄霜[13]，得灵犀于绿翼[14]。于是雀屏夜启[15]，鸳帐晨开[16]。旭日初升，方当奠贽[17]；晓霞未烂，早赋催妆。争萦潘岳之车[18]，轻飏弱袂；顾盼王蒙之镜[19]，重整新冠。百子催铺[20]，七香待驾[21]。路焚石叶[22]，携来红泪之壶[23]；台照环榴[24]，看挂火齐之钏[25]。流苏四角[26]，垂锦带于中心；罗绣双缠[27]，系朱丝于上腕。正安抹额[28]，反插搔头。繁休伯之定情[29]，相于永结；贾公闾之联句[30]，叹息应知。莞蒻横陈[31]，丽三星于洞户[32]；葳蕤浅闭[33]，对满月于高楼。况复七日初还，五云方现[34]。纹添弱线[35]，可知缘结今生；漏永银壶，幸值筹长此夜。凤皇应律[36]，自识阳回；鹞旦销声[37]，无忧天曙。仆燕贺未能[38]，凤占有庆[39]。美人公子，宁代董生却扇之词[40]；名士倾城，庶同曹植感婚之赋[41]。聊疏短引，用佐美谈云尔。

【笺注】

①双星：指牵牛、织女二星。神话中是一对恩爱的夫妻。传说每年七月七日喜鹊架桥，让他们渡过银河相会。唐杜甫《奉酬薛十二丈判官见赠》："相如才调逸，银汉会双星。"

②三妇：三妇艳。乐府相和歌辞篇名。古诗《相逢行》《长安有狭斜行》的后段，都有大妇、中妇、小妇等辞。《三妇艳》即专取此古诗的后六句为式。

③荧荧：光闪烁的样子。

④扰扰：纷乱貌。绿云：喻女子乌黑光亮的秀发。

⑤秦箫：传说萧史善吹箫作凤鸣，秦穆公以女弄玉妻之。后两人俱仙去。见汉刘向《列仙传》。

⑥江皋：汉皋。山名。在湖北襄阳西北。相传周郑交甫于汉皋台下遇二女，二女解佩相赠。《文选·张衡〈南都赋〉》："耕父扬光于清泠之渊，游女弄珠于汉皋之曲。"李善注引《韩诗外传》："郑交甫将南适楚，遵波汉皋台下，乃遇二女，佩两珠，大如荆鸡之卵。"

⑦东家：用"东家子"之典，指美貌的女子。战国楚宋玉《登徒子好色赋》序："天下之佳人，莫若楚国；楚国之丽者，莫若臣里；臣里之美者，莫若臣东家之子……然此女登墙窥臣三年，至今未许也。"

⑧琪树：仙境中的玉树。《文选·孙绰〈游天台山赋〉》："建木灭景于千寻，琪树璀璨而垂珠。"吕延济注："琪树，玉树。"比喻亭亭玉立的美人。崔生：唐人，年轻貌美，性格内向，人又清雅，符合女性梦中情人的标准。

⑨玉山：喻俊美的仪容。《晋书·裴楷传》："楷风神高迈，容仪俊爽，博涉群书，特精理义，时人谓之'玉人'，又称'见裴叔则如近玉山，映照人也。'"

⑩纪瑜：南朝梁文士纪少瑜。《南史本传》载，尝梦陆尽以一束青镂管笔授之，云："我以此笔犹可用，卿自择其善者。"逸藻：华丽的辞藻。

⑪江令：南朝梁文学家江淹，早年即以文章著名，晚年所作诗文不如前期，人谓"江郎才尽"。《南史·江淹传》："尝宿于冶亭，梦一丈夫自称郭璞，谓淹曰：'吾有笔在卿处多年，可以见还。'淹乃探怀中得五色笔一以授之。尔后为诗绝无美句，时人谓之才尽。"

⑫綵毫：画笔，彩笔。辞藻富丽的文笔。

⑬杵（chǔ）臼（jiù）：杵与臼。舂捣粮食或药物等的工具。玄霜：神话中的一种仙药。《初学记》卷二引《汉武帝内传》："仙家上药有玄霜、绛雪。"

⑭灵犀：旧说犀角中有白纹如线直通两头，感应灵敏，因用以比喻两心相通。彩翼：有彩色羽毛的凤凰的翅膀。此句化用唐李商隐《无题二首》（其一）："身无彩凤双飞翼，心有灵犀一点通。"身上虽无彩凤那样的翅膀得以飞越阻隔，但彼此的心却如灵异的犀角能一脉相通。

⑮雀屏：《旧唐书·后妃传上·高祖太穆皇后窦氏》："（窦毅）谓长公主曰：'此女才貌如此，不可妄以许人，当为求贤夫。'乃于门屏画二孔雀，诸公子有求婚者，辄与两箭射之，潜约中目者许之。前后数十辈莫能中。高祖后至，两发各中一目。毅大悦。遂归于我帝。"后为择婿许婚的典故。

⑯鸳帐：绣有鸳纹的帐帏。夫妻或情人的寝具。

⑰奠贽：进献礼物。

⑱潘岳：潘安，字安仁，故省称"潘安"。潘安貌美，故诗文中常用作美男子的代称。南朝宋刘义庆《世说新语·容止》："潘岳妙有姿容，好神情。少时挟弹出洛阳道，妇人遇者，莫不连手共萦之。"刘孝标注引《语林》："安仁至美，每行，老妪以果掷之满车。"

⑲顾眄：眷慕相视。王蒙：东晋名士，风雅潇洒，注重仪表，每次照镜时都对镜中的自己说，父亲你怎么能生出这样的儿子呢。

⑳百子：百子帐。古代婚礼所用之帐。唐陆畅《云安公主下降奉诏作催妆》："催铺百子帐，待障七香车。"

㉑七香：用多种香木制作的车，最早现于商周时期。泛指华美的车或轿。

㉒石叶：香料名。晋王嘉《拾遗记·魏》："道侧烧石叶之香，此石重叠，状如云母，其光气辟恶厉之疾。"

㉓红泪：用薛灵芸之典。晋王嘉《拾遗记·魏》："文帝所爱美人，姓薛名灵芸，常山人也……灵芸闻别父母，歔欷累日，泪下霑衣。至升车就路之时，以玉唾壶承泪，壶则红色。既发常山，及至京师，壶中泪凝如血。"

㉔环榴：台名。三国吴孙权所建。晋王嘉《拾遗记·吴》："每以夫人游昭宣之台，志意幸愜，既尽酣醉，唾于玉壶中，使侍婢泻于台下，得火齐指环，即挂石榴枝上，因其处起台，名曰环榴台。时有谏者云：'今吴蜀争雄，还刘之名，将为妖矣！'权乃翻其名曰榴环台。"

㉕火齐：火齐珠。《文选·张衡〈西京赋〉》："翡翠火齐，络以美玉。"李善注："火齐，玫瑰珠也。"

㉖流苏：用彩色羽毛或丝线等制成的穗状垂饰物。常饰于车马、帷帐等物上。《文选·张衡〈东京赋〉》："驸承华之蒲梢，飞流苏之骚杀。"李善注："流苏，五采毛杂之以为马饰而垂之。"

㉗罗绣：有文绣的丝罗。

㉘抹额：束在额上的头巾。

㉙繁休伯：东汉人繁钦，字休伯，作《定情诗》。

㉚贾公闾：西晋开国元勋贾充，字公闾。深得司马氏信任，参与司马氏代魏的密谋。贾充与前妻李婉曾有《夫妻联句》传世，其中有"室中是阿谁，叹息声正悲。（贾）叹息亦何为，但恐大义亏"。（李）李婉贤慧，有文才，因父亲李丰

被诛，她遭连坐流徙。后以赦得归，贾母命贾充迎接她，但因贾充新娶的郭氏性妒而不果。《夫妻联句》当作于李婉流徙，夫妻分别之时。

㉛莞蒻（ruò）：莞和蒻是两种编席的蒲草，这里借指用蒲草编的草席。

㉜三星：《诗·唐风·绸缪》："三星在天。"毛传："三星，参也。"郑玄笺："三星，谓心星也。"均专指一宿而言。天空中明亮而接近的三星，有参宿三星，心宿三星，河鼓三星。

㉝葳（wēi）蕤（ruí）：借指锁。据《太平广记》卷三百一十六引《录异传·刘照》载，建安中河间太守刘照妇亡，后太守梦见一妇人，往就之，又遗一双锁，太守不能名，妇曰："此萎蕤锁也。以金缕相连，屈伸在人，实珍物。吾方当去，故以相别，慎无告人！"

㉞五云：五色瑞云。多作吉祥的征兆。

㉟纹添弱线：唐杜甫《小至》："刺绣五纹添弱线，吹葭六管动浮灰。"用刺绣女添线显示白昼延长。

㊱凤皇应律：《琴史·拟象》："象凤皇来仪，鸣声应律也。"凤皇，凤凰。古代传说中的百鸟之王。雄的叫凤，雌的叫凰，通称为凤或凤凰。羽毛五色，声如箫乐。常用来象征瑞应。

㊲鹬旦：鸟名，即寒号虫。

㊳燕贺：祝贺。

㊴凤占：凤卜。《左传·庄公二十二年》："初，懿氏卜妻敬仲。其妻占之，曰：'吉。是谓"凤皇于飞，和鸣锵锵"。'"后世因称占卜佳偶为"凤卜"。

㊵董生：唐李商隐《代董秀才却扇》："莫将画扇出帷来，遮掩春山滞上才。若道团圆似明月，此中须放桂花开。"却扇：古代行婚礼时新妇用扇遮脸，交拜后去之。后用以指完婚。

㊶感婚之赋：三国魏曹植作有《感婚赋》。纳兰在青年时期有所恋慕但志不遂，于是抒写苦闷心绪而发为篇章。

记

石鼓记[1]

予每过成均[2]，徘徊石鼓间，辄竦然起敬曰：此三代法物之仅存者。远方儒生，或未多见，身在辇毂[3]，时时摩挲其下，岂非至幸？惜其至唐始显，而遂致疑议之纷纷也。《元和志》云："石鼓在凤翔府天兴县南二十里，其数盈十，盖纪周宣王田于岐阳之事，而字用大篆，则史籀之所为作也。"自贞观中苏勉始志其事[4]，而虞永兴、褚河南、欧阳率更、李嗣真、张怀瓘、韦苏州、韩昌黎诸公[5]，并称其古妙，无异议者。迨欧阳文忠则疑自周宣至宋垂二千年[6]，理难独存。夫岣嵝之字[7]，岳麓之碑，年代更远，尚在人间，此不足疑，一也。

【笺注】

①石鼓：东周初秦国刻石。形略像鼓，共有十个，上刻籀文四言诗。于唐代初年发现于陕西凤翔，先后安置在凤翔孔庙和学府。宋徽宗将其迁到汴京国学，金兵以石鼓为奇物，运至燕京。元大德间，虞集移置国子监。康熙曾陈列于国子监文庙戟门左右。石鼓所刻四言诗，内容多反映秦国国君征旅渔猎之事。此记当作于纳兰在国子监读书期间。

②成均：古之大学，后泛指官设的最高学府。这里指国子监。

③辇毂：皇帝的车舆，代指京城。

④贞观：唐太宗李世民的年号，共23年（627—649）。

⑤虞永兴：唐初书法家、文学家虞世南，官至秘书监，封永兴县子，人称虞永兴。书学王羲之七代孙智永，继承了二王的书法传统，外柔内刚，笔致圆润遒丽。褚河南：唐大臣、书法家褚遂良，封爵河南郡公，人称褚河南。书法继承二王、欧阳询、虞世南以后，别开生面。晚年正书丰艳流畅，变化多姿。欧阳率更：唐书法家欧阳询，官至太子率更令。工书法，学二王，劲险刻厉，于平正中见险绝，自成面目，人称“欧体”，对后世影响很大。李嗣真：唐代书画家。张怀瓘：唐代书法家、书学理论家。韦苏州：唐诗人韦应物，因曾任苏州刺史，故称“韦苏州”。韩昌黎：唐代文学家、哲学家韩愈，自谓郡望昌黎，世称韩昌黎。

⑥欧阳文忠：北宋文学家、史学家欧阳修，字永叔，号醉翁、六一居士，谥文忠。

⑦岣嶁：衡山七十二峰之一，在湖南省衡阳市北。为衡山主峰，故衡山又名岣嶁山。相传禹曾在此得金简玉书。北魏郦道元《水经注·湘水》："芙蓉峰……《山经》谓之岣嶁，为南岳也。"

程大昌则疑为成王之物[①]，因《左传·成》有岐阳之搜[②]，而宣王未必远狩丰西。今搜岐遗鼓既无经传明文，而帝王辙迹可西可东[③]，此不足疑二也。

至温彦威、马定国、刘仁本皆疑为后周文帝所作，盖因史"大统十一年西狩岐阳"之语故尔。按古来能书如斯、冰、邕、瑗无不著名[④]，岂有能书若此而不名乎？况其词尤非后周人口语。苏、李、虞、褚、欧阳近在唐初，亦不遽尔昧昧[⑤]，此不足疑三也。

【笺注】

①程大昌：南宋政治家、学者，字泰之，徽州休宁（今属安徽）人。有《程文简集》二十卷，已佚。今存《考古编》等。

②岐阳之搜：周成王在岐山南面的一次大规模狩猎活动。《左传·昭公四年》："周武有孟津之盟，成有岐阳之搜。"杜

预注："周成王归自奄，大搜于岐山之阳。"

③辙迹：车子行驶的痕迹。

④斯：秦朝政治家李斯，以"小篆"为标准，整理文字，对中国文字的统一有一定贡献。冰：唐代文学家、书法家李阳冰，工篆书，得法于秦《峄山刻石》，变化开合，自成风格。邕：东汉文学家、书法家蔡邕，工篆、隶。瑗：东汉书法家崔瑗，善章草。

⑤遽尔：轻率。昧昧：糊涂无知。

至郑夹漈、王顺伯皆疑五季之后鼓亡其一[1]，虽经补入，未知真伪，然向傅师早有跋云："数内第十鼓不类。访之民间，得一鼓，字半缺者，较验甚真，乃易置以足其数。"此不足疑四也。

郑复疑靖康之变，未知何在，王复疑世传北去，弃之济河。尝考虞伯生尝有记云[2]：金人徙鼓而北，藏于王宣抚宅，迨集言于时宰，乃得移置国学。此不足疑五也。予是以断然从《元和志》之说，而并以幸其俱存无伪焉。

尝叹三代文字，经秦火后至数千百年，虽尊彝鼎敦之器出于山岩屋壁陇亩墟墓之间[3]，苟有款识文字，学者尚当宝惜而稽考之，况石鼓为帝王之文，列胶庠之内[4]，岂仅如一器一物供耳目奇异之玩者哉？谨记其由来，以告夫世之嗜古者[5]。

【笺注】

①郑夹漈：宋代史学家、目录学家郑樵，字渔伯，不应科举，居夹漈山（东山，福建莆田西北）刻苦力学，世称夹漈先生。王顺伯：王厚之，南宋金石学家、理学家和藏书家。

②虞伯生：元代学者、诗人虞集，字伯生，号道园，人称邵庵先生。

③尊彝：尊、彝均为古代酒器，金文中每连用为各类酒器的统称。因祭祀、朝聘、宴享之礼多用之，亦以泛指礼器。《周礼·春官·司尊彝》："司尊彝，掌六尊六彝之位。"《国语·周语中》："出其尊彝，陈其俎豆。"韦昭注："尊、彝皆受酒之器也。"

④胶庠：周代学校名。周时胶为大学，庠为小学。后世通称学校为"胶庠"。《礼记·王制》："周人养国老于东胶，养庶老于虞庠。"

⑤嗜古：好古，喜爱古代的事物。南朝宋颜延之《陶徵士诔》："畏荣好古，薄身厚志。"

曹司空手植楝树记[1]

诗三百篇，凡贤人君子之寄托，以及野夫游女之讴吟，往往流连景物，遇一草一木之细，辄低回太息而不忍置，非尽若召伯之棠“美斯爱，爱斯传”也[2]。又况一草一木，倘为先人之所手植，则眷言遗泽，攀枝执条，泫然流涕[3]，其所图以爱之而传之者，当何如切至也乎！

【笺注】

①曹司空：曹玺。据清《皇朝通志》记载，曹玺，正白旗包衣人，世居沈阳地方，任内工部尚书。曹玺植楝树于织造署中，筑亭，名曰“楝亭”。康熙二十三年（1684）病逝于江宁（南京）织造任上。其子曹寅，曾以“楝亭”为号，遍请海内名流题诗作画，后辑成《楝亭图咏》四卷。卷一中有纳兰词作《满江红》，同卷中有此文以及顾贞观的词作。

②召伯之棠：召棠。《诗·召南·甘棠序》：“《甘棠》，美召伯也。召伯之教，明于南国。”孔颖达疏、朱熹集传并谓召伯巡行南土，布文王之政，曾舍于甘棠之下，因爱结于民心，

故人爱其树，而不忍伤。后为颂扬官吏政绩的典实。

③泫然流涕：泪珠止不住地流下来。《晋书·桓温传》，桓温自江陵北伐，行经金城，见年轻时，“所种柳皆已十围，慨然曰：‘木犹如此，人何以堪！’攀枝执条，泫然流涕”。

余友曹君子清[①]，风流儒雅，彬彬乎兼文学政事之长，叩其渊源，盖得之庭训者居多。子清为余言：其先人司空公当日奉命督江宁织造，清操惠政，久著东南；于时尚方资黼黻之华[②]，闾阎鲜杼轴之叹[③]；衙斋萧寂[④]，携子清兄弟以从，方佩觿佩韘之年[⑤]，温经课业，靡间寒暑。

【笺注】

①曹君子清：清文学家曹寅，字子清，号荔轩、楝亭、雪樵。康熙时为近臣，由内务府郎中出为苏州、江宁织造，累官至通政使。

②尚方：泛称为官廷制办和掌管饮食器物的官署、部门。

③闾阎：泛指民间。杼（zhù）轴（zhóu）：指纺织。

④衙斋：衙门里供职官燕居之处。

⑤佩觿（xī）：佩戴牙锥。觿，象骨制成的解绳结的角锥。亦用为饰物。佩觿，表示已成年，具有才干。《诗·卫风·芄兰》：“芄兰之支，童子佩觿。”毛传：“觿所以解结，成人之佩也。”佩韘（shè）：佩戴牙玦或玉玦。韘，射箭时戴在右手

拇指上用以钩弦的工具。以象骨、玉石制成。又叫“玦”，俗名“扳指”。为古代成人所佩之物。“佩韘”表示已成年。《诗·卫风·芄兰》：“芄兰之叶，童子佩韘。”毛传：“韘，玦也。能射御则佩韘。”

其书室外，司空亲栽楝树一株，今尚在无恙：当夫春葩未扬[1]，秋实不落，冠剑廷立，俨如式凭[2]。嗟乎！曾几何时，而昔日之树，已非拱把之树[3]；昔日之人，已非童稚之人矣！语毕，子清愀然念其先人[4]。余谓子清：“此即司空之甘棠也。惟周之初，召伯与元公尚父并称，其后伯禽抗世子法[5]，齐侯伋任虎赏，直宿卫，惟燕嗣不甚著。今我国家重世臣，异日者子清奉简书乘传而出，安知不建牙南服[6]，踵武司空[7]。则此一树也，先人之泽，于是乎延；后世之泽，又于是乎启矣。可无片语以志之？”因为赋长短句一阕。同赋者：锡山顾君梁汾。

【笺注】

①春葩：春花。

②式凭：依靠。

③拱把：径围大如两手合围。《孟子·告子上》："拱把之桐梓，人苟欲生之，皆知所以养之者。"杨伯峻注："赵岐注云：'拱，合两手也；把，以一手把之也。'此言树之尚小。"

④愀（qiǎo）然：忧愁貌。

⑤伯禽：周代鲁国始祖。姬姓，字伯禽。周公旦长子。《礼·文王世子》："周公抗世子法于伯禽。"

⑥建牙：少数民族建置王廷。南服：古代王畿以外地区分为五服，故称南方为"南服"。《文选·谢瞻〈王抚军庾西阳集别时为豫章太守庾被征还东〉诗》："祗召旋北京，守官反南服。"李善注："南服，南方五服也。"

⑦踵武：跟着别人的脚步走。比喻继承前人的事业。《楚辞·离骚》："忽奔走以先后兮，及前王之踵武。"王逸注："踵，继也。武，迹也。"

书

书上座主涂健菴先生书

某以诠才末学[1]，年未弱冠[2]，出应科举之试，不意获受知于钜公大人[3]，厕名贤书[4]。榜发之日，随诸生后，端拜堂下，仰瞻风采，心神肃然。既而屡赐延接，引之函丈之侧[5]，温温乎其貌，谆谆乎其训词，又如日坐春风，令人神怿。由是入而告于亲曰：吾幸得师矣。出而告于友曰：吾幸得师矣。即梦寐之间，欣欣私喜曰：吾真得师矣。

【笺注】

①诠才末学：诠，用同“跧”，低下。低下的才能与肤浅

的学识。多用作自谦之词。

②弱冠：古以男子二十岁为成人，初加冕，因体犹未壮，故称弱冠。

③钜公：巨匠，大师。

④厕：杂置；参与。《文选·潘岳〈秋兴赋〉》："摄官承乏，猥厕朝列。"李善注引《苍颉篇》："厕，次也，杂也。"

⑤函丈：《礼记·曲礼上》："若非饮食之客，则布席，席间函丈。"玄注："谓讲问之客也。函，犹容也，讲问宜相对容丈，足以指画也。"原谓讲学者与听讲者座席之间相距一丈。后用以指讲学的坐席。

夫师岂易言哉？古人重在三之谊，并之于君亲，言亲生之，师成之，君用而行之，其恩义一也。然某窃谓师道至今日亦稍杂矣。古之患，患人不知有师；今之患，患人知有师而究不知有师。夫师者以学术为吾师也，以文章为吾师也，以道德为吾师也。今之人谩曰师耳师耳，于塾则有师，于郡县长吏则有师，于乡试之举主则有师，于省试之举主则有师，甚而权势禄位之所在则亦有师，进而问所谓学术也、文章也、道德也，弟子固不以是求之师，师亦不以是求之弟子。然则师之为师，将厘厘在奉羔贽雁纳履执杖之文也哉[1]？洙泗以上无论已[2]。唐必有昌黎，而后李翱、皇甫湜辈肯事之为师。宋必有程、朱，而后杨时、游酢、黄榦辈肯事之为师。夫学术、文章、道德，罕有能兼之者，得其一已可以为师。今先生不止得其一也，文章不逊于昌黎，学术道德必本于洛闽[3]，固兼举其三矣，而又为某乡试之举主，是为师之道无乎不备，而某能不沾沾自喜乎？

【笺注】

①贽雁：古时纳彩通常要用活雁作为提亲时的礼物。《礼仪·士昏礼》云："昏礼下达，纳彩用雁。"纳履：穿鞋，借指辞别。明陶宗仪《辍耕录·屦舄履考》："古人舄、屦、履至阶必脱，唯着袜而入……汉赐剑履上殿，是不赐则不敢着履上殿明矣。谏不行则纳履而去。纳，结也。"执杖：旧时父母之丧，举行葬仪时手持丧棒，谓之"执杖"。

②洙泗：洙水和泗水。古时二水自今山东省泗水县北合流而下，至曲阜北，又分为二水，洙水在北，泗水在南。春秋时属鲁国地。孔子在洙泗之间聚徒讲学。《礼记·檀弓上》："吾与女事夫子于洙泗之间。"后因以"洙泗"代称孔子及儒家。

③洛闽：洛学和闽学的合称，即程朱理学。北宋时期的程颐、程颢为洛阳人，南宋时期的朱熹曾侨居并讲学于福建，故称。

先生每进诸弟子于庭，示之以六经之微旨，润之以诸子百家之芬芳，且勉以立身行己之谊。一日进诲某曰："为臣贵有勿欺之忠。"某退而自思，以为少年新进，未有官守，勿欺在心，何裨于用，先生何乃以责某也？及退而读史，宋寇准年十九登第，时崇尚老成，罢遣年少者。或教之增年，准不肯，曰："吾初进取，何敢欺君？"又晏殊童年召试，见试题曰："臣曾有作，乞别命题。虽易构文，不敢欺君。"然后知所谓勿欺者，随地可以自尽①。先生固因某之少年新进而亲切诲之也。某即愚不肖，敢不厚自砥砺奋发，以庶几无负大君子之教育哉。承示宋元诸家经解，俱时师所未见，某当晓夜穷研，以副明训。其余诸书，尚望次第以授，俾得卒业焉。

【笺注】

①自尽：尽自己的才学。《书·咸有一德》："无自广以狭人匹夫匹妇，不获自尽。"

与顾梁汾书

扈跸遄征[1]，远离知己。君留北阙[2]，仆逐南云[3]。似蛩蚷之初分[4]，如圭璋之乍判[5]。柳青青于客舍[6]，魂恻恻于河梁[7]。缱绻之情[8]，兄固有之，弟亦何能不尔也。

【笺注】

①扈跸：随侍皇帝出行至某处。跸，指帝王的车驾或行幸之处。遄征：急行，迅速赶路。

②北阙：古代宫殿北面的门楼。臣子等候朝见或上书奏事之处。用为宫禁或朝廷的别称。

③南云：南飞之云。常以寄托思亲、怀乡之情。

④蛩蚷：蛩蛩距虚。传说中的异兽。蛩蛩与距虚为相类似而形影不离二兽。一说为一兽。《吕氏春秋·不广》："北方有兽，名曰蹶，鼠前而兔后，趋则跲（牵绊），走则颠，常为蛩蛩距虚取甘草以与之。蹶有患害也，蛩蛩距虚必负而走。"

⑤圭璋：两种贵重的玉制礼器。这里比喻朋友分离。

⑥青青：借指杨柳。古人惜别多折杨柳相赠。唐王维《送

元二使安西》："渭城朝雨浥轻尘，客舍青青柳色新。"

⑦河梁：旧题汉李陵《与苏武》诗之三："携手上河梁，游子暮何之？……行人难久留，各言长相思。"后借指送别之地。

⑧缱绻：缠绵。形容感情深厚。

惟是登封大典[1]，旷代希逢，趣马微劳[2]，臣职已定。老父艾年，尚勤于役[3]，渺予小子，敢惮前驱？况复王道荡平[4]，非同九折[5]；天清气朗，时值三秋。风伯驱尘，雨师洒路。千乘万骑，驰骤风飙，豹纛蜺旌[6]，蔽亏日月。云门宛转[7]，与雁唳而俱闻；铙吹悠扬[8]，随渔歌以互答[9]。黄华分翠凤之香[10]，紫蓼映红云之丽[11]。仆手携湘管[12]，身佩吴刀[13]，随昌宇以侍衣，偕方明而夹轂[14]。日睹龙颜之近，时亲天语之温[15]，臣子光荣，于斯至矣。虽霜花点鬓，时冒朝寒；星影入怀，长栖暮草，然但觉其欢欣，亦竟忘其劳勩也[16]。

【笺注】

①登封：登山封禅。指古帝王登泰山祭天祭地。《史记·封禅书》："（武帝）遂登封太山，至于梁父，而后禅肃然。"

②趣（cù）：督促，催促。

③艾年：老年。《礼记·曲礼上》：“五十曰艾。”

④荡平：扫荡平定。

⑤九折：九折臂。《楚辞·九章·惜诵》：“九折臂而成医兮，吾至今而知其信然。”谓久病成医。引申为阅历和经验丰富。

⑥豹纛（dào）蜺（ní）旌：皇帝出行时的仪仗。豹纛，豹尾。天子属车上的饰物，悬于最后一车。后亦用于天子卤簿仪仗。蜺旌，彩饰之旗。《文选·司马相如〈上林赋〉》：“拖蜺旌，靡云旗。”李善注引张揖曰：“析羽毛，染以五采，缀以缕为旌，有似虹蜺之气也。”

⑦云门：周六乐舞之一。用于祭祀天神。相传为黄帝时所作。《周礼·春官·大司乐》：“以乐舞教国子。舞《云门》《大卷》《大咸》《大磬》《大夏》《大濩》《大武》。”郑玄注：“此周所存六代之乐，黄帝曰《云门》《大卷》。黄帝能成名万物，以明民共财，言其德如云之所出，民得以有族类。”

⑧铙吹：铙歌。军中乐歌。为鼓吹乐的一部。所用乐器有笛、觱篥、箫、笳、铙、鼓等。

⑨渔歌互答：范仲淹《岳阳楼记》：“渔歌互答，此乐何极。”互答，互相唱和。

⑩翠凤：以翠羽制成的凤形旗饰。《文选·李斯〈上秦始皇书〉》：“建翠凤之旗，树灵鳣之鼓。”吕延济注：“以翠羽为凤形而饰旗也。”

⑪蓼（liǎo）：植物名。为一年生或多年生草本。有水蓼、红蓼、刺蓼等。味辛，又名辛菜，可做调味用。《诗·周颂·良耜》：“以薅荼蓼。”毛传：“蓼，水草也。”

⑫湘管：毛笔。以湘竹制作，故名。

⑬吴刀：吴钩。春秋时吴国铸造的一种弯形的刀。

⑭随昌宇以侍衣，偕方明而夹毂：唐杜甫《封西岳赋》："方明夹毂，昌宇侍衣。"《庄子·徐元鬼》："黄帝将见大魄乎具茨之山，方明为御，昌宇骏乘。"夹毂，夹毂队。南朝诸王亲兵。诸王出则夹车作卫队，故名。《宋书·海陵王休茂传》："夜挟伯超及左右黄灵期……余双等，率夹毂队，于城内杀典签杨庆（典签，本为处理文书的小吏。南朝宋齐时朝廷常派以监视出任方镇的宗室诸王和各州刺史，权力甚大。梁以后渐废。隋唐诸王府亦设典签，但仅掌文书。宋以后废除）。"《资治通鉴·宋孝武帝大明五年》载此事，胡三省注云："宋诸王有夹毂队，盖左右亲兵也，出则夹车为卫。"

⑮天语：谓天子诏谕，皇帝所语。

⑯劳勩（yì）：劳苦。

若夫登岱宗之绝顶，齐鲁皆青①；涉河济之波涛，鱼龙可狎。金泥玉检②，秦篆依然③；郄子宣房④，汉歌不远。指匹练而吴趋在望⑤，乘枯槎而银汉可通⑥。此亦宇宙之神皋⑦，河山之奥室也⑧。虽无才藻，颇有赋心。既而自念，身在属车豹尾之中⑨，名属缀衣虎贲之列⑩，尚敢与文学侍从铺羽猎而叙长杨也乎⑪？至于铁锁横江⑫，金焦矗日⑬，倚妙高之台畔⑭，访瘗鹤之遗踪⑮。瓜步雄风⑯，神鸦社鼓⑰，扬州逸兴，坐月吹箫。听六代之钟声[18]，半沈流水；望三山之云影，时动褰裳[19]。此亦可以兴吊古之思，发游仙之梦者矣。更有鹤林旧刹[20]，甘露精蓝[21]，近海岳之幽偏，多老颠之遗墨[22]。零缣断素[23]，虽不可求；薛碣牛磨，时有可问。此又仆所徘徊慨慕而不自已者也。

【笺注】

①齐鲁皆青：唐杜甫《望岳》："岱宗夫如何？齐鲁青未了。"

②金泥：以水银和金粉为泥，作封印之用。汉应劭《风俗通·正失·封泰山禅梁父》："克石纪号，著己绩也。或曰：金泥银绳，印之以玺。"玉检：玉牒书的封箧。《汉书·武帝纪》"登封泰山"颜师古注引三国魏孟康曰："玉者功成治定，告成功于天……刻石纪号，有金策石函，金泥玉检之封焉。"

③秦篆：小篆。《汉书·艺文志》："《苍颉》七章者……文字多取《史籀篇》，而篆体复颇异，所谓秦篆者也。"

④瓠（hù）子：古堤名。旧址在河南濮阳境。《史记·孝武本纪》："还至瓠子，自临塞决河，留二日，沈祠而去。"裴骃集解："服虔曰：'瓠子，堤名。'苏林曰：'在甄城以南，濮阳以北。'"宣房：宫名。西汉元光中，黄河决口于瓠子，二十余年不能堵塞，汉武帝亲临决口处，发卒数万人，并命群臣负薪以填，功成之后，筑宫其上，名为宣房宫。见《史记·河渠书》。

⑤匹练：白绢。常以形容奔驰的白马、光气、瀑布、水

面、云雾等。这里指长江。吴趋：吴门，指吴地。

⑥枯槎：指竹木筏或木船。

⑦神皋：神明所聚之地。《文选·张衡〈西京赋〉》："尔乃广衍沃野，厥田上上，寔为地之奥区神皋。"李善注："谓神明之界局也。"

⑧奥室：奥区，即为腹地之意。

⑨属车：帝王出行时的侍从车。秦汉以来，皇帝大驾属车八十一乘，法驾属车三十六乘，分左中右三列行进。《汉书·贾捐之传》："鸾旗在前，属车在后。"颜师古注："属车，相连属而陈于后也。属，音之欲反。"《文选·张衡〈东京赋〉》："属车九九，乘轩并毂。"薛综注："副车曰属。"豹尾：天子属车上的饰物，悬于最后一车。

⑩缀衣：周代官名。掌管衣服，为天子近臣。《书·立政》："用咸戒于王曰：'王左右常伯、常任、准人、缀衣、虎贲。'"孔传："缀衣，掌衣服；虎贲，以武力事王。皆左右近臣，宜得其人。"

⑪羽猎、长杨：西汉扬雄《羽猎赋》和《长杨赋》，为润色鸿业之作。

⑫铁锁横江：《晋书·王浚传》。晋武帝太康元年，命王浚率水军顺江而下，讨伐东吴。东吴的亡国之君孙皓，凭长江天险，在江中暗置铁锥，再加以千寻铁链横锁江面，自以为万全。王浚用大筏数十冲走铁锥，以火炬烧毁铁链，顺流鼓棹，直取金陵。

⑬金焦：金山、焦山，在今江苏镇江。

⑭妙高台：在金山妙高峰，宋释佛印所建。

⑮瘗（yì）鹤：指《瘗鹤铭》。著名的摩崖刻石。华阳真逸撰，上皇山樵书。其时代和书者众说纷纭，但均无确据。在

今江苏省镇江市焦山崖石上。曾崩落长江中。乾隆二十二年移置焦山定慧寺。铭文正字大书左行，前人评价很高。宋苏舜钦《丹阳子高得逸少〈瘗鹤铭〉于焦山之下》："山阴不见换鹅经，京口今存《瘗鹤铭》……我久临池无所得，愿观遗法快沉冥。"

⑯瓜步雄风：指南朝宋文帝三十七年，北魏太武帝拓跋焘大败宋王玄漠军于瓜步事。

⑰神鸦社鼓：宋辛弃疾《永遇乐·京口北固亭怀古》："可堪回首，佛狸祠下，一片神鸦社鼓。"神鸦，指庙里吃祭品的乌鸦。社鼓，指社庙内敲的鼓。

⑱六代：原指建都于今南京的吴、东晋、宋、齐、梁、陈。

⑲褰（qiān）裳：谓帝王让位。《竹书纪年》卷上："（十四年卿云见，命禹代虞事）帝乃再歌曰：'日月有常，星辰有行……精华已竭，褰裳去之。'于是八风循通，庆云丛聚，蟠龙奋迅于其藏，蛟鱼踊跃于其渊。龟鳖咸出其穴，迁虞而事夏。舜乃设坛于河，依尧故事。"

⑳鹤林：佛寺。

㉑甘露：甘露寺。在江苏省镇江市北固山上。相传三国吴甘露年间建。唐李德裕加以增辟。精蓝：佛寺；僧舍。精，精舍；蓝，阿兰若。

㉒老颠：老和尚。

㉓零缣断素：犹断缣寸纸。残缺不全的书画。

及夫楚树连云①，吴舠泊岸②，牙樯锦缆③，觉鱼鸟之亲人；青幰碧油④，喜风花之媚客。梁溪几曲⑤，无异鉴湖⑥；

虎阜一拳[7]，依稀灵岫。千章嘉树，户户平泉；一领绿蓑，行行西塞。品名泉于萧寺，听鸟语于花溪。昔人所云茂林修竹，清流激湍者，向于图牒见之，今以耳目亲之矣。且其土壤之美，风俗之醇，季札遗风[8]，人多揖让；言偃故里[9]，士尽风流。稻蟹莼鲈[10]，颇堪悦口；渚茶野酿，实足销忧。而况林屋龙峰[11]，布帆不断；金阊锡岭[12]，兰楫可通。侍绛帐于昆冈[13]，结芳邻于吾子[14]。平生师友，尽在兹邦。左挹洪厓，右拍浮丘[15]。此仆来生之夙愿，昔梦之常依者也。

【笺注】

①楚树：常阔落叶植物，见于长江流域。

②吴舠（dāo）：舠，小船。刘孝绰《咏小儿采菱》："采菱非采菉。日暮且盈舠。"吴舠，吴地小船。

③牙樯：象牙装饰的桅杆。一说桅杆顶端尖锐如牙，故名。后为桅杆的美称。北周庾信《哀江南赋》："苍鹰赤雀，铁轴牙樯。"倪璠注："《埤苍》曰：'樯，帆柱也。'《古诗》曰：'象牙作帆樯。'"锦缆：锦制的缆绳；精美的缆绳。

④青幰（xiǎn）：青色的车幔。碧油：青绿色的油布帷幕。

⑤梁溪：无锡城西有梁溪，故无锡别称梁溪。

⑥鉴湖：绍兴境内有鉴湖，故绍兴别称鉴湖。

⑦虎阜：虎丘。相传吴王阖闾葬此。

⑧季札遗风：用季札逊让君位事。季札，又称公子札。吴王诸樊之弟，多次推让君位。封于延陵，称延陵季子。

⑨言偃故里：泛指江南一带。言偃，即子游，孔子弟子。

⑩莼鲈：据《世说新语·识鉴》："张季鹰辟齐王东曹掾，在洛见秋风因思吴中菰菜羹、鲈鱼脍，曰：'人生贵得适意尔，何能羁宦数千里以要名爵！'遂命驾便归。俄而齐王败，时人皆谓为见机。"后借指思念故乡。

⑪林屋：山名，在江苏苏州洞庭西山，道教十大洞天之一。

⑫金阊：苏州有金门、阊门两城门，故以"金阊"借指苏州。锡岭和龙峰两者均在无锡。无锡古运河上有清宁桥（后改名为清名），桥柱原有石刻"锡岭龙峰对峙"等字样。

⑬绛帐：《后汉书·马融传》："融才高博洽，为世通儒，教养诸生，常有千数……居宇器服，多存侈饰。常坐高堂，施绛纱帐，前授生徒，后列女乐，弟子以次相传，鲜有入其室者。"后因以"绛帐"为师门、讲席之敬称。昆冈：坳冈。古代对昆仑山的别称。

⑭结芳邻于吾子：指徐乾学与顾贞观住地相邻。徐乾学原籍昆山，顾贞观原籍无锡，两地相邻。吾子：对对方的敬爱之称。一般用于男子之间。《仪礼·士冠礼》："某有子某，将加布于其首，愿吾子之教之也。"郑玄注："吾子，相亲之辞。吾，我也；子，男子之美称。"

⑮左挹洪厓，右拍浮丘：指游仙。郭璞《游仙诗》："左挹浮丘袖，右拍洪崖肩。"挹，牵引。洪厓，传说中的仙人名。晋葛洪《神仙传·卫叔卿》："乃斋戒独上，未到其岭，于绝

岭之下，望见其父与数人博戏于石上……度世曰：‘不审向与父并坐是谁也？’叔卿曰：‘洪崖先生、许由、巢父、火低公、飞黄子、王子晋、薛容耳。’”浮丘：浮丘公。《文选·郭璞〈游仙诗〉之三》：“左挹浮丘袖，右拍洪崖肩。”李善注引《列仙传》：“浮丘公接王子乔以上嵩高山。”

夫苏轼忘归，思买田于阳羡①；舜钦沦放②，得筑室于沧浪。人各有情，不能相强。使得为清时之贺监③，放浪江湖；亦何必学汉室之东方，浮沈金马乎④？傥异日者脱屣宦涂⑤，拂衣委巷⑥，渔庄蟹舍⑦，足我生涯，药臼茶铛⑧，销兹岁月。皋桥作客⑨，石屋称农⑩，恒抱影于林泉⑪，遂忘情于轩冕⑫。是吾愿也，然而不敢必也。悠悠此心，惟子知之，故为子言之。北风多厉，千万眠食自爱。

【笺注】

①买田：指归隐林泉。宋苏轼《东坡志林》卷二《致仕》有《买田求归》条，记“浮玉老师元公欲为吾买田京口”事。阳羡，江苏宜兴古称。苏轼饱览宜兴山水，在《菩萨蛮·买田阳羡吾将老》一词中有：“买田阳羡吾将老，从来只为溪山好。来往一虚舟，聊随物外游。”

②舜钦：北宋诗人苏舜钦，时其岳父同平章事、兼枢密使

杜衍，对政事有所整饬，忌者欲通过倾陷舜钦打击杜衍等，遂以细故被除名，退居苏州沧浪亭。沦放：沦落流放，被遗弃。

③贺监：唐代诗人贺知章，官至秘书监。《新唐书·隐逸·贺知章》："知章晚节尤诞放，遨嬉里巷，自号'四明狂客'及'秘书外监'。"

④金马：金马门。汉代宫门名。学士待诏之处。《史记·滑稽列传》："金马门者，宦（者）署门也。门傍有铜马，故谓之曰'金马门'。"东方朔曾当过金马门待诏。

⑤脱屣：脱掉鞋子。比喻看得很轻，无所顾恋。

⑥委巷：谓僻陋曲折的小巷。借指民间。《礼记·檀弓上》："小功不为位也者，是委巷之礼也。"郑玄注："委巷，犹街里，委曲所为也。"

⑦蟹舍：渔家。亦指渔村水乡。

⑧茶铛：煎茶用的釜。

⑨皋桥作客：东汉梁鸿、孟光至吴，依附皋伯通，居庞下，为人赁舂。光每具食，举案齐眉。伯通见而异之，遂使居室内，以宾礼相待。见《后汉书·梁鸿传》。

⑩石屋：石头砌成的房子，多为僧人或隐士所居。

⑪林泉：隐居之地。唐骆宾王《上兖州张司马启》："虽则放旷林泉，颇得闲居之趣。"

⑫轩冕：古时大夫以上官员的车乘和冕服，借指官位爵禄。《庄子·缮性》："古之所谓得志者，非轩冕之谓也，谓其无以益其乐而已矣。"

与韩元少书

仆幼习科举业，即时时窃喜为古文词，然不敢令师友见也。今幸出大匠之门，且与足下为同年友。当古学振兴之日，人思自奋，仆亦妄希著述，以正有道。而作者林林，浩乎渊海，才单力弱，绠短汲深[①]，尚同彭祖之观井[②]，惴惴惟恐失坠。而足下遽欲引之于十洲三岛之间[③]，以问五城十二楼之胜[④]，其可得哉？惶恐惶恐。

【笺注】

①绠短汲深：用短绳系器汲取深井的水。比喻浅学不足以悟深理。《庄子·至乐》："昔者管子有言……褚小者不可以怀大，绠短者不可以汲深。"后多作力小任重、不能胜任的谦辞。

②彭祖：传说中的人物。因封于彭，故称。传说彭祖善养生，有导引之术，活到八百高龄。见汉刘向《列仙传·彭祖》。彭祖观井，宋苏轼《代滕甫论西夏书》："俗言彭祖观

井，自系大木之上，以车轮覆井，而后敢观。”后比喻遇事谨慎小心。

③十洲三岛：传说中神仙居住的地方。十洲，道教称大海中神仙居住的十处名山胜境。亦泛指仙境。《海内十洲记》：“汉武帝既闻王母说八方巨海之中有祖洲、瀛洲、玄洲、炎洲、长洲、元洲、流洲、生洲、凤麟洲、聚窟洲。有此十洲，乃人迹所稀绝处。”三岛，指传说中的蓬莱、方丈、瀛洲三座海上仙山。

④五城十二楼：传说中神仙的居所。比喻仙境。《史记·孝武本纪》：“方士有言：‘黄帝时，为五城十二楼，以候神人于执期，命曰迎年。’”裴骃集解引应劭曰：“坳仑玄圃五城十二楼，此仙人之所常居也。”

至所商明文选，仆颇得其梗概，敢为足下陈之。明之为代，近接宋元，则明之为学，亦直承宋元诸儒之学。三百年间，追踪大家者，约略得数人焉。宋潜溪经学醇正[1]，故文有根柢，春容大雅[2]，无蹶张叫嚣之气，自成清庙明堂之音[3]。虽梵宇琳宫，多其碑碣，竺书道笈无所不收[4]，偶或牵率应酬[5]，尚少持择，然不足为之病也。方逊志如黄河天落[6]，直泻万里，而风激湍回，正复沦涟绮縠[7]，是子瞻之后身也[8]。至其不磨之气节，涌现行墨间，又与文山、叠山颉颃矣[9]。杨东里平澹之中饶有妙味[10]，朱弦疏越[11]，一唱三叹[12]，泯泯乎多古意也。当时仁宗最喜永叔文字[13]，而东里似之，主臣一德，仿佛可见。王伯安以天纵之奇才[14]，加心学之独得，故其为文如昆刀之切玉[15]，快马之斫阵，为天地间第一种快文。即其论学有偏，然而文自单行，功斯不朽矣。王遵岩学南丰[16]，经术之气溢于楮墨[17]，宁迂而不径，宁拙而不巧，如入宗庙庠序，所见无非瑚琏簠簋也[18]。归震川之文[19]，源本性灵，取材经史，淘汰之功，良为心苦，柳宗元云“本之太史以著其洁”[20]，似足当之。虽斤斤绳尺，而当其得意时，正复汪洋洸恣，故不得病其尺幅之狭耳。唐荆川如大鹏培风[21]，游龙戏海，力量气魄，迥异寻常，世间无物可以夭阏之者[22]。至其文多偶比，是学昌黎《原道》《原毁》之文而尚少变化[23]。钱牧斋腹笥既富[24]，文笔又长，援古证今，每发一端，便如瓶水泻地，迸注分流。惟深锢于朋党之见[25]，或有失实。而其为珰榼祸诸君子志传之文，淋漓感慨，足裨史乘，然亦病其杂矣。大抵弘正以前，皆无意为古文者也，以其学问之余，溢为鸿章巨制。嘉隆以来，有意为古文者也，波澜驰骋，远逼古人，而未免有规摹之迹。他如刘青田、王子充之雅洁[26]，李崆峒之雄古[27]，罗圭峰之僻涩[28]，罗念菴之醇茂[29]，赵浚谷之苍莽[30]，王弇州之瑰奇[31]，虽非大家嫡系，亦文坛之雄霸也。自此以外，桧后无讥焉[32]。愚见如此，足下以为然否？幸进而教我。

【笺注】

①宋潜溪：宋濂。明浙江浦江人，字景濂，号潜溪。

②春容：闲雅。

③清庙：太庙。古代帝王的宗庙。《文选·司马相如〈上林赋〉》："登明堂，坐清庙。"郭璞注："清庙，太庙也。"明堂：古代帝王宣明政教的地方。凡朝会、祭祀、庆赏、选士、养老、教学等大典，都在此举行。

④竺书：佛书，佛经。道笈：道家典籍。笈（jí），盛器。多竹、藤编织，常用以放置书籍、衣巾、药物等。《太平御览》卷七十一引汉应劭《风俗通》："笈，学士所以负书箱，如冠籍箱也。"引申指书籍；经典。

⑤牵率：草率。

⑥方逊志：方孝孺，明浙江海宁人，字希直，又字希古，人称正学先生。宋濂弟子。惠帝时任侍讲学士，《太祖实录》

总裁。燕王朱棣兵入南京后，慷慨就义。著有《逊志斋文集》。

⑦沦涟：水波；微波。

⑧子瞻：北宋文学家、书画家苏轼，字子瞻，号东坡居士，眉州眉山（今属四川）人。

⑨文山：南宋大臣、文学家文天祥，字履善，号文山，抗元名臣，以气节著称。叠山：南宋诗人谢枋得，字君直，号叠山。率兵抗元，城陷流亡。后元廷迫其出仕，地方官强制送往大都，乃绝食而死。颉（xié）颃（háng）：不相上下。

⑩杨东里：明代大臣、学者杨士奇，名寓，字士奇，以字行，号东里。著有《东里全集》《文渊阁书目》《历代名臣奏议》等。

⑪朱弦疏越：形容诗文质朴而有余意。《礼记·乐记》："清庙之瑟，朱弦而疏越，壹倡而三叹，有遗音者也。"

⑫一唱三叹：《荀子·礼论》："清庙之歌，一倡而三叹也。"谓一人歌唱，三人相和。后多用以形容音乐、诗文优美，富有余味，令人赞赏不已。

⑬永叔：北宋文学家、史学家欧阳修，字永叔，号醉翁、六一居士，吉州吉水（今属江西）人。有《欧阳文忠公文集》。

⑭王伯安：明代哲学家、教育家王守仁，字伯安，尝筑室故乡阳明洞，世称阳明先生。天纵：天所放任，意谓上天赋予。

⑮昆刀：昆吾刀。用昆吾石冶炼成铁而制成的刀，以锋利著称。

⑯王遵岩：明文学家王慎中，字道思，号遵岩居士，嘉靖八才子之一。南丰：北宋文学家曾巩，字子固，南丰人，世称南丰先生。

⑰楮墨：纸与墨。借指诗文。

⑱瑚琏：瑚、琏皆宗庙礼器。比喻治国安邦之才。《论语·公冶长》："子贡问曰：'赐也何如？'子曰：'女，器也。'曰：'何器也？'曰：'瑚琏也。'"簠（fǔ）簋（guǐ）：《礼记·乐记》："簠簋俎豆，制度文章，礼之器也。"亦借指酒食、筵席。

⑲归震川：明代文学家归有光，字熙甫，号震川，又号项背生，昆山（今属江苏）人，著有《震川先生集》。

⑳本之太史以著其洁：柳宗元《答韦中立论师道书》："本之《书》以求其质，本之《诗》以求其恒，本之《礼》以求其宜，本之《春秋》以求其断，本之《易》以求其动：此吾所以取道之原也。参之谷梁氏以厉其气，参之《孟》，《荀》以畅其支，参之《庄》，《老》以肆其端，参之《国语》以博其趣，参之《离骚》以致其幽，参之太史公以著其洁：此吾所以旁推交通，而以为之文也。"

㉑唐荆川：明代文学家、学者唐顺之，字应德，一字义修，学者称荆川先生。培风：乘风。《庄子·逍遥游》："而后乃培风。"

㉒夭阏（è）：摧折，遏止。《庄子·逍遥游》："（大鹏）背负青天夭阏者，而后乃今将图南。"陆德明释文引司马彪云："夭，折也；阏，止也。"

㉓《原道》：韩愈的哲学论文。提出自尧舜至孔孟一脉相承的儒家"道统"说，以攻击当时流行的佛教、道教思想。开以后宋明道学的先声。《原毁》：韩愈的古文，论述和探究毁谤产生的原因。

㉔钱牧斋：明末清初文学家钱谦益，字受之，号牧斋，为明清之际文坛领袖。腹笥（sì）：《后汉书·边韶传》："边为

姓，孝为字，腹便便，五经笥。”笥，书箱。后称腹中所记之书籍和所有的学问。

㉕朋党：指同类的人以恶相济而结成的集团。后指因政见不同而形成的相互倾轧的宗派。

㉖刘青田：刘基，字伯温。青田县南田乡人，故称刘青田。王子充：王祎，字子充。

㉗李崆峒：李梦阳，明代文学家。字献吉，又字天赐，号空同子，庆阳（今属甘肃）人，后徙河南扶沟。倡言诗文复古，标举汉魏盛唐。有《空同集》。

㉘罗圭峰：罗玘，字景鸣，号圭峰，明江西南城人，学者称圭峰先生。僻涩：冷僻晦涩。

㉙罗念菴：罗洪先。明学者。字达夫，号念菴。醇茂：淳厚丰茂。

㉚赵浚谷：赵时春，字景仁，号浚谷，平凉“嘉靖八才子”之一。苍莽：意境、思想等深广开阔的样子。

㉛王弇州：明代文学家、史学家王世贞，字符美，号弇州、凤州山人，太仓（今属江苏）人。一生著述宏富，有《弇州山人四部稿》《续稿》《艺苑卮言》等。

㉜桧后无讥：《左传·襄公二十九年》载，吴公子季札来鲁国聘问，请求聆听观看周朝的音乐舞蹈。从《诗经》的《周南》《召南》开始，季札都有称美和评价。从《郐（亦作桧）风》以下的诗歌乐舞，季札就没有评论了。

与梁药亭书[1]

仆少知操觚[2]，即爱《花间》致语，以其言情入微，且音调铿锵，自然协律。唐诗非不整齐工丽，然置之红牙银拨间[3]，未免病其版榻矣。从来苦无善选，惟《花间》与中兴绝妙词差能蕴藉[4]。自《草堂》《词统》诸选出[5]，为世脍炙，便陈陈相因[6]。不意铜仙金掌中[7]，竟有尘羹涂饭[8]，而俗人动以当行本色诩之[9]，能不齿冷哉[10]？

【笺注】

①梁药亭：梁佩兰，字芝五，号药亭，广东南海（今广州）人。康熙进士，选庶吉士，以不习惯满文而革职。以诗名世，与屈大均、陈恭尹并称“岭南三大家”。康熙二十四年（1685），纳兰时有编纂词选之念。于是致信梁佩兰，邀其北上助一臂之力。

②操觚（gū）：执简，写作。《文选·陆机〈文赋〉》：“或

操觚以率尔，或含毫而邈然。”李善注：“觚，木之方者，古人用之以书，犹今之简也。”

③红牙：檀木制成的拍板。用以调节乐曲的节拍。明王世贞《同省中诸君过徐丈》：“紫玉行杯弹《出塞》，红牙催拍按《梁州》。”银拨：弹拨弦乐器的用具。

④中兴绝妙词：《中兴以来绝妙词选》，宋黄升辑。

⑤《草堂》：《草堂诗余》二卷，南宋词选集，在明代广为流传。《词统》：《古今词统》，十卷，明卓人月编选。

⑥陈陈相因：谓陈谷逐年增积。《史记·平准书》：“太仓之粟，陈陈相因，充溢露积于外，至腐败不可食。”比喻因袭陈旧，缺乏创新。

⑦铜仙：金铜仙人的省称。指汉武帝时所作以手掌举盘承露的仙人。唐李贺《金铜仙人辞汉歌序》：“魏明帝青龙元年八月，诏宫官牵车西取汉孝武捧露盘仙人，欲立置前殿。宫官既拆盘，仙人临载，乃潸然泪下。唐诸王孙李长吉遂作《金铜仙人辞汉歌》。”

⑧尘羹涂饭：以土做饭，以泥做羹。比喻以假当真或无足轻重的事物。

⑨当行：本行。本色：谓质朴自然，不加矫饰。宋严羽《沧浪诗话·诗辩》：“大抵禅道惟在妙悟，诗道亦在妙语……惟悟乃为当行，乃为本色。”

⑩齿冷：耻笑。因笑则张口，牙齿会感到冷，故称。

近得朱锡鬯《词综》一选[1]，可称善本。闻锡鬯所收词集，凡百六十余种。网罗之博，鉴别之精，真不易及。然愚意以为，吾人选书，不必务博，专取精诣杰出之彦，尽其所长，使其精神风致涌现于楮墨之间。每选一家，虽多取至什至伯无厌，其余诸家，不妨竟以黄茅白苇概从芟薙[2]。青琐绿疏间[3]，粉黛三千，然得飞燕、玉环[4]，其余颜色如土矣。天下惟物之尤者断不可放过耳。江瑶柱入口，而复咀嚼[5]，鲍鱼、马肝，有何味哉？

【笺注】

①朱锡鬯：朱彝尊，字锡鬯，号竹垞，又号金风亭长、小长芦钓鱼师，秀水（今浙江嘉兴）人。编有《词综》《明诗综》等。《词综》：朱彝尊选编，其门人汪森增定，共三十卷，补遗六卷。选录词家六百五十九，工两千二百余首。

②黄茅白苇：连片生长的黄色茅草或白色芦苇。形容齐一而单调的情景。芟（shān）薙（tì）：删除。

③青琐：装饰皇宫门窗的青色连环花纹。《汉书·元后传》："曲阳侯根骄奢僭上，赤墀青琐。"颜师古注："孟康曰：'以青画户边镂中，天子之制也。'……孟说是。青琐者，刻为连环文，而青涂之也。"后华贵的宅第、寺院等门窗亦用此种装饰。这里借指宫廷。

④飞燕、玉环：赵飞燕、杨玉环。

⑤江瑶柱：江瑶的肉柱，一种名贵的海味。宋刘子翚《食蛎房》："江瑶贵一柱，嗟岂栋梁质。"

仆意欲有选，如北宋之周清真、苏子瞻、晏叔原、张子野、柳耆卿、秦少游、贺方回[1]，南宋之姜尧章、辛幼安、史邦卿、高宾王、程钜夫、陆务观、吴君特、王圣与、张叔夏诸人[2]，多取其词汇为一集，余则取其词之至妙者附之，不必人人有见也。不知足下乐与我同事否？有暇及此否？处雀喧鸠闹之场[3]，而肯为此冷澹生活，亦韵事也。望之望之。

【笺注】

①周清真：周邦彦，字美成，号清真居士。晏叔原：晏几道，字叔原。张子野：张先，字子野。柳耆卿：柳永，字耆卿。秦少游：秦观，字少游。贺方回：贺铸，字方回。

②姜尧章：姜夔，字尧章。辛幼安：辛弃疾，字幼安。史邦卿：史达祖，字邦卿。高宾王：高观国，字宾王。程钜夫：元代文学家。陆务观：陆游，字务观。吴君特：吴文英，字君特。王圣与：王沂孙，字圣与。张叔夏：张炎，字叔夏。

③雀喧鸠闹：形容纷乱吵闹。

与某上人书

昨见过时，天气甚佳，茗碗熏炉，清谈竟日，颇以为乐，今便不可得已。承示："万法归一，一归何处？"令仆参取。时即下一转语曰："万法归一，一仍归万。"此仆实有所见，非口头禅也。上人心有不契，不复作答，仆亦畏丰干饶舌[1]，默默而退。既而思韩昌黎性喜辟佛，然而凡为诸上人作序，必告之以吾儒之理，亦以竺氏之教虽非，而其徒皆吾万物一体中人也，何忍竟摈而不与之言？仆何人哉，敢与昌黎比？然而既与上人交，则极欲上人之共知此理，犹如人得美饮食，而不与一父之子同享之，岂情也哉？自有天地以来，有理即有数，数起于一，一与一对而为二，二积而成万。凡二便可见，一便不可见，故乾坤也，阴阳也，寒暑也，昼夜也，呼噏也[2]，皆可见者也。一者何？太极也。欲指一物以为太极，即伏羲、文王、周公、孔子之圣亦有所不能。故周子曰："无极而太极"，此无上妙谛也。吾儒太极之理，在物物之中，则知一之为一，即在万法之中。竺氏亦知有所为太极者，彼误认太极为一物，而其教又主于空诸所有，故并欲举太极而空之，所以有"一归何处"之语，不知物物具一太极，一即在万法中。竺氏求空而反滞于有，不如吾道之物物皆实，而声臭俱冥[3]，仍不碍于空也。黄面瞿昙[4]，定不河汉吾言[5]，上人亦能再下一语否？

【笺注】

①丰干饶舌："丰干"，亦作"封干"。唐高僧。初居天台山国清寺供舂米之役。先天中，行化京兆。闾丘胤将任台州太守，问台州有何贤达？丰干曰：到任记谒文殊。后闾丘胤到任至国清寺，子僧厨见寒山、拾得，二僧笑曰："丰干饶舌。"事见《宋高僧传》卷十九。后因以"丰干饶舌"比喻多嘴。饶舌，多嘴。

②呼噏（xī）：呼气和吸气。

③声臭：《诗·大雅·文王》："上天之载，无声无臭。"

郑玄笺："耳不闻声音，鼻不闻香臭。"原指声音与气味。后以"声臭"喻名声或形迹。俱冥：无声。

④瞿昙：释迦牟尼的姓，一译作乔答摩，做佛的代称。送陆游《苦贫》："此穷正坐清狂尔，莫向瞿昙问宿因。"

⑤河汉：《庄子·逍遥游》："肩吾问于连叔曰：'吾闻言于接舆，大而无当，往而不反。吾惊怖其言。犹河汉而无极也。'"成玄英疏："犹如天上河汉，迢递清高，寻其源流，略无穷极也。"后因以"河汉"喻言论夸诞迂阔不切实际。

书简（附）

致张纯修简

一

厅联书上，甚愧不堪。昨竟大饱而归，又承吾哥不以贵游相待[1]，而以朋友待之，真不啻既饱以德也[2]。谢谢！此真知我者也。当图一知己之报于吾哥之前，然不得以寻常酬答目之。一人知己，可以无恨，余与张子[3]有同心矣。此启，不一。成德顿首。

十二月岁除前二日。因无大图章，竟不曾用。

【笺注】

①贵游：指无官职的王公贵族。亦泛指显贵者。《周礼·地官·师氏》："掌国中失之事以教国子弟，凡国之贵游子弟学焉。"郑玄注："贵游子弟，王公之子弟。游，无官司者。"

②既饱以德：备受恩德，厌饱其德之意。汉王褒《四子讲德论》："于是二客醉于仁义，饱于盛德，终日仰叹，怡怿而悦服。"

③张子：指张纯修。

二

箭决二[1]，谨遣力驰上，其物甚鄙，祈并存之为感。所言书，幸于明朝即令纪纲往取[2]。晤期俟再订。不尽。弟成德顿首。见阳道兄足下。

【笺注】

①箭决：俗称扳指。用象牙、兽骨或玉石、翡翠、玛瑙等制成的圆环，套在右拇指上以利射箭时勾弦。《说文·韦部》："韘（shè），射决也，所以拘弦。"清段玉裁注："按，即今人之扳指也。"

②纪纲：统领仆隶之人。后泛指仆人。《左传·僖公二十四年》："秦伯送卫于晋三千人，实纪纲之仆。"杜预注："诸门户仆隶之事，皆秦卒共之，为之纪纲。"

三

“箭决”原付小力奉上，因早间偶失捡察，竟致空手往还，可笑甚矣。今特命役驰到，幸并存之。书祈于明后日即取至，则感高爱于无量也。晤期再报，不一。成德顿首。

见阳道兄足下。

四

花马病尚未愈[1]，恐食言，昨故令带去。明早家大人扈驾往西山，他马不能应命，或竟骑去亦可。文书已悉，不宣。成德顿首。

【笺注】

①花马：供备皇子乘骑之马。

五

明晨欲过尊斋[1]，同往慈仁松下，未审尊意以为如何？特此，不一，成德顿首。

欹斜一径入，门向夕阳边。何必堪娱赏，凋零自可怜。松寒凝有雪，僧老不知年。只合千峰上，长吟看月圆。｛《戒坛》｝

【笺注】

①尊斋：当指张纯修之“见阳山庄”。

六

一二日间，可能过我？张子由画三弟像，望转索付来手。诸子及悉。特此。成德顿首。七月四日。

七

天津之行，可能果否？斗科望速抄出见示[1]。聚红杯乞付来手。三令弟小照亦望检发，至感至感。特此，不一。成德顿首。

【笺注】

①斗科：斗栱。

八

手泐。

比日未奉教诲，何任思慕。前所云表帖张庆美，幸致其过荒斋，奚汇升亦遣其过我。秋色满阶，忽有迅雷[1]，斯亦奇也，不知司天者亦有占验否？此上。不尽不尽。九月十三日，成德顿首。

《从友人乞秋葵种》一绝呈教：

空庭脉脉夕阳斜，浊酒盈樽对晚鸦。添取一般秋意味，澹阴小种断肠花。

【笺注】

①迅雷：猛疾的打雷之声。《论语·乡党》："迅雷风烈，必变。"迅，急疾也。

九

令弟小照可谓逼肖[1]，然妆点未免少俗耳。吾哥似少不像，而秋水红叶，可无遗憾也。一两日可能过我？特此，不尽。来中顿首。

【笺注】

①逼肖：极相似。

十

正因数日不见，怀想甚切，不道驾在津门也。海上风烟，想大可观。有所作，归来即望示我。来笺甚佳，乞惠我少许。尊使还，草此奉覆，不尽不尽。十月五日，成德顿首。

十一

久未晤面，怀想甚切也，想已返辔津门矣。奚汇升可令其于一二日间过弟处，感甚感甚。海色烟波，宁无新作，并望教我。十月十八日，成德顿首。

十二

日晷望即付来手，诸容另布，不一。

期弟成德顿首[1]。见阳道长兄。

【笺注】

①期（jī）：期服的省称。齐衰为期一年的丧服。旧制，凡服丧为长辈如祖父母、伯叔父母、未嫁的姑母等，平辈如兄弟、姐妹、妻，小辈如侄、嫡孙等，均服期服。又如子之丧，其父反服，已嫁女子为祖父母、父母服丧，也服期服。

十三

日晷不佳，望以前所见者赐下，否则俱不必耳。恃在道义相照，故如是贪鄙也。平子已托六公，如何竟有舛谬，俟再订之。诸不悉。成德顿首。

十四

连日未晤，念甚。黄子久手卷借来一看[1]，诸不一。期小弟成德顿首。

【笺注】

①黄子久：元代大画家黄公望，本姓陆，名坚。出继永嘉黄氏为义子，因改姓名，字子久。

十五

亡妇柩决于十二日行矣[1]，生死殊途，一别如雨，此后但以浊酒浇坟土，洒酸泪，以当一面耳。嗟夫，悲矣！澹庵画册附去[2]。宋人小说明晨望送来。成德顿首。

【笺注】

①亡妇：纳兰夫人卢氏，卒于康熙十七年（1678）五月三十日，七月二十八日葬于玉河皂荚屯。是年纳兰二十三岁。此札写于七月十二日。

②澹庵：何士，字澹庵。康熙四十八年进士。

十六

倪迂《溪山亭子》，乃借耿都尉者[1]，顷已送还，俟翌日再借奉鉴耳。四画若得司农公慨然发览[2]，当邀驾过共赏也。奉覆，不一。弟德顿首。

【笺注】

①倪迂：元代画家倪瓒，初名珽，字元镇，号云林子、幻霞子等，无锡（今属江苏）人。擅画水墨山水，创“折带皴”写山石，意境清远萧疏。倪瓒洁身自好，清高孤傲，不问生产，自号“倪迂”。《溪山亭子》：元倪瓒所绘。耿都尉：名昭忠，号在良，人称信公。工艺事，精鉴赏。流传之宋元书画名迹，每有“都尉耿信公书画之章”白文印，“耿会侯鉴定书画之章”朱文印等收藏章。成德曾多次向耿借观《溪山亭子》，最后此图入“通志堂”。

②司农：指徐元文，字公肃，号立斋。徐乾学、徐秉义之弟，昆山三徐之一。

十七

德白：比来未晤，甚念。平子兄幸嘱其一二日内拨冗过我为祷。此启，不尽。初四日，德顿首。

并欲携刀笔来，有数石可镌也，如何？

十八

前托济公一事，乞命使促之。夜来微雨西风，亦春来头一次光景。今朝霁色，亦复可爱。恨无好句以酬之，奈何奈何。平子竟不来，是何意思？成德顿首。

十九

前来章甚佳，足称名手。然自愚观之，刀锋尚隐，未觉苍劲耳。但镌法自有家数，不可执一而论，造其极可也。日者竭力搆求旧冻[1]，以供平子之镌，尚未如愿。今将所有寿山几方[2]，敢求渠篆之[3]。石甚粗砺，且未磨就，并希细致之为感。叠承雅惠，谢何可言，特此，不备。成德顿首。

石共十方，其欲刻字样俱书于上。又拜。

【笺注】

①旧冻：收藏已久的名贵印章石材。冻，即冻石，俗称腊石，质地细密滑润，透明如冻，故称。

②寿山：寿山石，产于福建，是雕刻印章的名贵材料。

③渠：他。

二十

前求镌图书，内有欲镌“藕渔”二字者[1]，若已经镌就则已，倘尚未动笔，望改篆“草堂”二字，至嘱至嘱！茅屋尚未营成，俟葺补已就，当竭诚邀驾作一日剧谈耳[2]。但恨无佳茗供啜也。平子望致意[3]。不宣。成德顿首。初四日。

“卿自见其朱门，贫道如游蓬户。”容兄因仆作此语，搆此见招，有诗刻《饮水集》中。适睹此札，为之三叹。贞观。

【笺注】

①藕渔：池水中莲藕与渔人。顾贞观《弹指词·桃源忆故人》容若构一曲房，嘱藕渔书其额曰《鸳鸯社》。严绳孙，清初文学家。字荪友，晚号藕荡渔人。

②剧谈：畅谈。

③平子：似指顾贞观，字平远。

二十一

前正以风甚不得相过为憾。值此好风日，明早准拟同诸兄并骑而来。奈又属入直之期[1]，万不得脱身，中心向往，不可言喻。另日奉屈过小圃[2]，快晤终日，以续刺缘，何如？见阳道兄。成德顿首。

【笺注】

①入直：官员入宫值班供职。

②奉屈：犹言屈驾。小圃：这里指纳兰的渌水亭。

二十二

来物甚佳，渠索价几何，拟与倾囊易也。弟另觅鳅角，尚欲转烦茂公等再为之，未审如何？先此覆，不尽不尽。初四月，成德顿首。

二十三

姚老师已来都门矣[1]，吾哥何不于日斜过我。不尽。成德顿首。三月既日。

【笺注】

①姚老师：清学者姚际恒，字立方，号首源，专穷经学，曾从事《九经通论》的撰述，历十四年而成。都门：京都城门，借指京都。

二十四

两日体中大安否？弟于昨日忽患头痛喉肿，今日略差，尚未痊愈也。道兄体中大好，或于一二日内过荒斋一谈，何如何如？特此，不一。来中顿首。

更有一要语，为老师事，欲商酌。又拜。

二十五

周伊二人昨竟不来[1]，不知何意？先生幸促之。诸容面悉，不尽。七月七日，成德顿首。见阳足下。

【笺注】

①周：明末清初篆刻鉴藏家周亮工，字元亮，河南祥符人。伊：伊为何人，不详。

二十六

素公小照奉到[1]，幸简入之。诸容再布，不尽。成德顿首，七月十一日。

【笺注】

①素公：张玉书，字素存，号润甫，顺治进士，官至文华殿大学士兼户部尚书。

二十七

明阿哥

副启

成德白：渌水一樽，黯然言别，渐行渐远，执手何期？心逐去帆，与江流俱转，谅知己同此眷切也。衡阳无雁[1]，音问久疏。忽捧长笺，正如身过临邛，与我故人琴酒相对。乡心旅况，备极凄其，人生有情，能不惆怅？念古来名士多以百里起家者，愿足下勿薄一官，他日循吏传中[2]，藉君姓名，增我光宠。种种自当留意，乃劳谆嘱耶[3]？鄙性爱闲，近苦鹿鹿[4]。东华软红尘[5]，只应埋没慧男子锦心绣肠。仆本疏庸，那能堪此。家大人以下仗庇安和，承念并谢。沅湘以南，古称清绝，美人香草，犹有存焉者乎？长短句固骚之苗裔也，暇日当制小词奉寄，烦呼三闾弟子[6]，为成生荐一瓣香[7]，甚幸。邮便率勒[8]，不尽依驰。成德顿首。

【笺注】

①衡阳无雁：衡山南峰有回雁峰，相传雁来去以此为界。比喻音信不通。宋王象之："回雁峰在州城南，或曰雁不过衡阳，或曰峰势如雁之回。徐灵期《南岳记》曰南岳周回八百里，回雁为首、岳麓为足。"（《舆地纪胜》）

②循吏：守法循理的官吏。《史记·太史公自序》："奉法循理之吏，不伐功矜能，百姓无称，亦无过行。作《循吏列传》第五十九。"

③谆嘱：谆谆嘱咐。

④鹿鹿：平凡。《汉书·萧何曹参传赞》："萧何、曹参皆起秦刀笔吏，当时碌碌未有奇节。"唐颜师古注："碌碌犹鹿鹿，言在凡庶之中也。"

⑤软红尘：飞扬的尘土。形容繁华热闹。亦指繁华热闹的地方。宋苏轼《次韵蒋颖钱穆父从驾景灵宫》："归来病鹤记城闉，旧踏松枝雨露新。半白不羞垂领发，软红犹恋属车尘。"自注："前辈戏语，有西湖风月不如东华软红香土。"

⑥三闾：指屈原。《后汉书·孔融传》："忠非三闾，智非鼂错，窃位为过，免罪为幸。"李贤注："即屈原也，掌王族三姓，曰昭、屈、景，故曰'三闾'。"

⑦一瓣香：一炷香。佛教禅宗长老开堂讲道，烧至第二炷香时，长老即云这一瓣香敬献传授道法的某某法师。后因以"一瓣香"指师承或仰慕某人。

⑧邮便：邮政。率勒：犹统率。

二十八

手疏

四月二十一日，成德白：朝来坐渌水亭，风花乱飞，烟柳如织，则正年时把酒分襟之处也[1]。人生几何，堪此离别。湖南草绿，凄咽同之矣。改岁以还，想风土渐宜，起居安适。惟是地方兵燹之后，兴除利弊，动费贤令一番精神。[2]古人有践历华要[3]，犹恨不为亲民之官，得展其志愿者，勉旃[4]勉旃，勿谓枳棘非鸾凤所栖也[5]。蕞尔荒残[6]，料无脂腻可点清白。但一从世俗起见，则进取既急，逢迎必工，百炼钢自化为绕指柔[7]，我辈相期，定不在是。兄之自爱，深于弟之爱兄，更无足为兄虑者。至长安中烟海浩浩，九衢昼昏[8]，元规尘污[9]，非便面可却。以弟视之，正复古公所云“卿自见其朱门，贫道如游蓬户”耳[10]。诗酒琴人，例多薄命，非为旷达，妄拟高流。顷蒙远存，聊悉鄙念。来扇并粗箑写寄，笔墨芜率，不足置怀袖间。穆如之清，藉此奉扬。楚云燕树，宛然披拂，或暂忘其侧身沾臆也。努力珍重，书不尽言。成德顿首。

【笺注】

①分襟：犹离别。唐王勃《春夜桑泉别王少府序》："他乡握手，自伤关塞之春；异县分襟，竟切悽怆之路。"

②朝来坐渌水亭……动费贤令一番精神：张见阳于康熙十八年（1679）任湖南江华县令。翌年，纳兰写信给张见阳，问候起居安宁。

③华要：犹显要。指显贵清要的职位。

④旃（zhān）：之，之焉。《诗·魏风·陟岵》："上慎旃哉，犹来无止。"马瑞辰通释："之、旃一声之转，又为'之焉'之合声，故旃训'之'，又训'焉'。"

⑤枳棘：枳木与棘木。因其多刺而称恶木。常用以比喻恶人或小人。《楚辞·刘向〈九叹·愍命〉》："折芳枝与琼华兮，树枳棘与薪柴。"王逸注："以言贱弃君子而育养小人。"《文选·左思〈咏史〉》："出门无通路，枳棘塞中涂。"吕向注："枳棘，有刺之木，喻谗佞也。"

⑥蕞尔：形容小。《左传·昭公七年》："郑虽无腆，抑谚曰'蕞尔国'，而三世执其政柄。"

⑦百炼：多次锻炼；久经磨炼。绕指柔：《文选·刘琨〈重赠卢谌〉诗》："何意百炼刚，化为绕指柔。"吕延济注："百炼之铁坚刚，而今可绕指。自喻经破败而至柔弱也。"后

比喻坚强者经过挫折而变得随和软弱。

⑧九衢：繁华的街道。明刘基《秋兴》诗之一："九衢车马如流水，尽是邯郸梦里人。"

⑨元规尘污：东晋庾亮，字元规，以国舅身，历仕三朝，权倾朝野，趋炎附势之人甚多。王导愤愤不平，遇西风尘起，辄举扇拂之曰："元规尘污人。"

⑩支公：支道林，东晋佛教学者，名盾，以字行，与谢安、王羲之等交游，好谈玄理。如游蓬户语，按《世说新语·言语》记载，出自竺法深在简文坐，刘尹问："道人何以游朱门？"答曰："君自见其朱门，贫道如游蓬户。"

与顾贞观

手疏

望前附一缄于章藩处，计应彻览。弟比一日与汉槎共读《萧选》[1]，颇娱岑寂，只以不对野王为怊怅耳[2]。黄处捐纳事，望立促以竣，不可以泄泄委之也。顷闻峰泖之间颇饶佳丽，吾哥能泛舟一往乎？前字所言半塘、魏叟两处如何？倘有便邮，即以一缄相及。杪夏新秋，准期握手。又闻琴川沈姓有女颇佳，望吾哥为留意。愿言缕缕，嗣之再邮，不尽。鹅黎顿首。

【笺注】

①《萧选》：《文选》，南朝梁萧统（昭明太子）编选，世称《昭明文选》。作品分三十八类，共七百余首。原书三十卷，唐李善等人先后为之注释，称“六臣注文选”。

②怊（chāo）怅（chàng）：惆怅。

与严绳孙

一

成德白：前有一字托郑谷口寄去[1]，想先后可达台览[2]，种种非片言可尽，未审起居如何？家严病已渐差，辱吾哥垂虑，敢并附闻。弟今于闲中留心《老子》，颇得一二人开悟，未敢云为得也。马云翎不及另字[3]，幸道思念之意。别后光阴，不觉已四越月，重来之约，应成空谈。明年四月十七，算吾咏正是去年今日别君时也。吴伯老不专启，幸道意。赵声伯若进谒时，并望周旋之。此泐[4]，不尽。八月六日，成德顿首。

【笺注】

①郑谷口：清代书法家郑簠，字汝器，号谷口，善隶书。

②台览：敬辞，用于书信，表示请对方阅览。

③马云翎：张任政《纳兰性德年谱》称，纳兰、马云翎定交康熙十二年（1673），是年云翎初应会试不第，纳兰为作《送马云翎归江南》诗。

④泐（lè）：通“勒”。引申为书写。

二

成德顿首。前有一函托汤商人寄去，想入览矣。近况已略悉前柬，兹不复具。惟乞吾哥于八月间到都，以慰我愁思也。华山僧鉴乞转达鄙意，求其北来为感。留仙事今已大妥，不必为念，特此附闻。余情缕缕，不宣。七月廿一日，成德白。

三

十二月十五日，成德白：荪友长兄足下，慕大哥去，曾附一信，想已入览矣。闻已自浙中来家，囊橐不知如何，息影之计[1]，可能遂否？前有新词四十余阙附去，未审得细加删定否？华封在都[2]，相得甚欢，一旦忽欲南去，令人几日心闷。数年之间，何多离别。订在明年八月间来都，若吾哥明春北来则已，否则秋间即促其发轫，亦吾哥之大惠也。前吾哥在浙时，江烟湖鸟，景物自佳，但恐如白香山所云“诚知老去风情少，见此争无一句诗”耳。江南风景如何？伯成身后事，已嘱料理，想不有悞。新令韩君，觅人转致。邳仙尚留滞京中，颇见不妥。留仙亦一淹蹇人也[3]。有新诗即寄我。二郎读书如何，并示为慰。家大人皆无恙。几年以来，吾哥意中人，想俱已衰丑零落，亦大凄凉也，呵呵。阔怀如缕，捉管顿不能言，奈何奈何！诸维鉴，不尽。成德顿首。

【笺注】

①息影：归隐闲居。《庄子·渔父》："不知处阴以休影，处静以息迹，愚亦甚矣！"

②华封：同"华封三祝"。祝颂之词。《庄子·天地》："尧观乎华，华封人曰：'嘻，圣人。请祝圣人，使圣人寿。'尧曰：'辞。'使圣人富。'尧曰：'辞。'使圣人多男子。'尧曰：'辞。'封人曰：'寿、富、多男子，人之所欲也，女独不欲，何邪？'尧曰：'多男子则多惧，富则多事，寿则多辱。是三者非所以养德也，故辞。'"成玄英疏："华，地名也，今华州也。封人者，谓华地守封疆之人也。"

③淹蹇：谓艰难窘迫，坎坷不顺。

四

分袂三日，顿如十载，每思清夜酒阑，残星凉月，相对言志，不禁泣下。前者因行李匆遽，未能把臂一送，深为歉仄，驰恋之心，想彼此同之也。至叮嘱之言，以吾兄高明人，故不敢琐琐。然此中愁肠，正不知有几千结也。稍俟绿肥红瘦，即幸北来，万勿以寻旧约，作当日轻薄态，留滞时日，以负弟望也。至恳至恳！慕鹤老处嘱其照拂。留老相会时，希致意。诸草草不一。成德顿首。左玉。正月廿日。

五

中秋后曾于大恩僧舍，以一函相寄，想已入览矣。弟秋深始归，日直驷苑。每街鼓动后才得就邸。曩者文酒为欢之事，今只堪梦想耳。兹于廿八日又扈东封之驾，锦帆南下，尚未知到天涯何处，如何言归期耶？汉兄病甚笃，未知尚得一见否，言之涕下。弟比来从事鞍马间，益觉疲顿。发已种种，而执殳如昔，从前壮志，都已隳尽。昔人言，身后名不如生前一杯酒，此言大是。弟是以甚慕魏公子之饮醇酒近妇人也[1]。

行前得吾哥手书，知游况不佳，甚为悬念。然人世常情，毋足深讶。东巡返驾，计吾哥已到都亭，当为弹指画谋生之计。古人谓好官不过多得金耳，吾等但得为饱暖闲人，又何必复萌宦情耶？吾哥所识天海风涛之人，未审可以晤对否？弟胸中块磊，非酒可浇，庶几得慧心人以晤言消之而已。沦落之余，方欲葬身柔乡，不知得如鄙人之愿否耳。乘舆南往，恐难北上，如尚未发棹，须由中州从陆。以岁前为朝，便当别置帷房，以炉茗相待也。此札到日，速以答书见寄。必附章藩乃能速达。九月廿七日午刻，饮水弟顿首白。

【笺注】

①魏公子：魏无忌，战国魏国贵族，魏安釐王之弟，号信陵君。门下有食客三千。《史记·魏公子列传》："公子自治毁废，乃谢病不朝，与宾客为长夜饮，饮醇酒，多近妇女。"

与阙名

成德白：不见忽已二十余日，重城间隔，趋侍每难。日夕读《左氏》《离骚》，余但焚香静坐。新法如麻，总付不闻。排遣之法，推此为上。来言尽悉，俟面布，再宣。初三日，成德顿首谨状，伏惟鉴察。

与颜光敏　成容若二月廿九日手奏

成德谨禀太夫子台下：前接手谕，因悉起居佳胜，翘首南天，益增怅望。悠悠梦想，愿飞无翼，种种并志之矣。使旋，布候不宣[1]。成德顿首。

【笺注】

①不宣：不一一细说，古时常用在书信末尾。

与高士奇

不涉经学，性复疎懒[1]，筋驽肉缓[2]，头面常一月十五日不洗，不大闷痒[3]，不能沐也[4]。每常小便而忍不起，令胞中略转[5]，乃起耳。又纵逸来久，情意傲散，简与礼相背，懒与慢相成，而为侪类见宽[6]，不攻其过。又读《庄》《老》，重增其放[7]，故使荣进之心日颓，任实之情转笃[8]。此犹禽鹿，少见驯育，则服从教制，长而见羁，则狂顾顿缨[9]，赴汤蹈火，虽饰以金镳[10]，飨以嘉肴，愈思长林而志在丰草矣。”嵇中散《绝交书》，为澹兄写，丙辰余月哉生明，成德

【笺注】

①疎懒：懒散而不习惯受约束。宋范仲淹《与朱氏书》：“此间疎懒成性，日在池塘，或至欢醉。”

②筋弩：谓筋骨衰弱。缓：松弛。

③闷痒：闷热发痒。

④不能：不肯。

⑤胞中略转：三国魏嵇康《与山巨源绝交书》："每常小便，而忍不起，令胞中畧转，乃起耳。"后以"转胞"指憋尿。

⑥侪类：同辈；同类。

⑦重增其放：更助长了我的狂放。

⑧任实：谓随顺本性。

⑨狂顾：遑急顾盼。《楚辞·九章·抽思》："狂顾南行，聊以娱心兮。"蒋骥注："狂顾，左右疾视也。"顿缨：谓挣脱绳索。

⑩金镳：金饰的马嚼子。

赋性迂僻[1]，落落寡合[2]，益成真懒。澹兄索书甚久，不为握管[3]。偶于案间见中散绝交书，喜其懒与予同，乃为书此。

【笺注】

①迂僻：迂诞怪僻，不合情理。

②落落寡合：形容跟别人合不来。《汉书·耿弇传》："常以为落落难合。"

③握管：执笔。谓书写或作文。

与孟公

落日与湖水，终古岳阳城。登临半是迁客，历历数题名。欲问遗踪何处，但见微波木叶，几簇打鱼罾。多少别离恨，哀雁下前汀。

忽宜雨，旋宜月，更宜晴。人间无数金碧，未许著空明。淡墨生绡谱就，待倩横拖一笔，带出九嶷青。仿佛潇湘夜，鼓瑟旧精灵。

题画，书为孟公道兄正。松花江渔成德。

卷十四　杂文

万年一统颂　有序[1]

恭惟皇帝陛下神凝得一[2]，学懋通三[3]，建八柱于天枢[4]，张四维于地络[5]，固已德隆宙始[6]，功焕乾金者矣[7]。至如敬天深钦若之心[8]，法祖大配京之烈[9]。龙骧奋武[10]，绍智勇于商汤[11]；虎观雠经[12]，接心源于羲易[13]。圣孝之侍膳[14]，问安无间；皇慈之训储[15]，毓德尤勤[16]。莫非万善咸该[17]，一中独运[18]，故能万邦和协，而四海永清者也。犹恐精一危微[19]，史册有难详之粹美；圣神文武，廷臣多未悉之载飏。臣日侍螭坳[20]，亲依黼座[21]，游街衢而鼓腹[22]，比葵藿以倾心[23]。白鸟栖周囿之中[24]，饮和既久[25]；青蓂托尧阶之上，沾泽惟多[26]。扈从之余，见闻无非至理；趋锵之下[27]，纪述已积名言[28]。敢为击壤之歌[29]，用伸天保之祝[30]。识同萤爝[31]，宁有见于曦舒[32]；才极涓埃[33]，曾何加于海岳[34]，第枥马恋主[35]，自知盈岳之诚[36]；而梧凤鸣时[37]，聊卜过历之瑞云尔[38]。颂曰：

【笺注】

①万年一统：康熙二十年（1681）十月二十八日，云南平定，时纳兰撰此文以贺。

②神凝得一：聚精会神。《老子·三十九章》："昔之得一者：天得一以清，地得一以宁，神得一以灵，谷得一以盈，侯王得一以为天下正。"

③学懋（mào）：勤学。

④八柱：古代神话传说，地有八柱，用以承天。《楚辞·天问》："八柱何当？东南何亏？"王逸注："言天有八山为柱。"洪兴祖补注："《河图》言，坳仑者，地之中也，地下有八柱，柱广十万里，有三千六百轴，互相牵制，名山大川，孔穴相通。"

⑤四维：指东南、西南、东北、西北四隅。《淮南子·天文训》："帝四维，运之以斗……日冬至，日出东南维，入西南维……夏至，出东北维，入西北维。"地络：犹地脉。土地的脉络。这里指疆界。

⑥宙始：犹远古。

⑦乾金：八卦中的乾卦。乾金，八卦用语，乾卦属金。

⑧钦若：敬顺。

⑨法祖：效法先祖。

⑩龙骧：《旧五代史·唐书·庄宗纪》："梁有龙骧、神威、拱宸等军，皆武勇之士也。每一人铠仗费数十万，装以组绣，饰以金银，人望而畏之。"后以泛指英勇的军队。奋武：扬武，用武。《书·禹贡》："二百里奋武卫。"孔传："文教外之二百里。奋武卫，天子所以安。"孔颖达疏："由其心安王化，奋武以卫天子，所以名此服为安也。"

⑪智勇于商汤：《尚书·商书·仲虺之诰》中，仲虺认为商汤"勇智，表正万邦"。

⑫虎观：白虎观的简称。汉宫观名，在未央宫中。《后汉书·章帝纪》："（建初四年十一月壬戌）于是下太常，将、大夫、博士、议郎、郎官及诸生、诸儒会白虎观，讲议'五经'同异……帝亲称制临决，如孝宣甘露、石渠故事，作《白虎议奏》。"雠：校对。

⑬心源：犹心性。佛教视心为万法之源，故称。清王夫之《张子正蒙注·大易》："此惟明于大化之浑沦与心源之寂感者，乃知元亨利贞统于《乾》《坤》之妙。"羲易：《周易》的别称。因伏羲始作八卦，故名。

⑭侍膳：陪从尊长用膳。

⑮皇慈：皇上的仁爱。储：储君，太子。

⑯毓德：修养德性。

⑰该：具备。《管子·小问》："凡牧民者，必知其疾，而忧之以德，勿惧以罪，勿止以力……昔者天子中立，地方千里，四言者该焉。"尹知章注："该，备也。谓四言足以备千里之化。"

⑱独运：谓帝王独自运用（威权、谋略）。

⑲精一危微：《书·大禹谟》“人心惟危，道心惟微，惟精惟一，允执厥中”的省称。宋明以来作为儒家道统的“心脉”。“人心惟危”是说人心不可靠、潜藏危险；“道心惟微”是说道心非常微妙；“惟精惟一”是说领悟道心要精益求精、专一其心；“允执厥中”要真诚地遵守中庸之道。

⑳螭（chī）坳（ào）：宫殿螭阶前坳处。朝会时为殿下值班史官所站的地方。

㉑黼座：帝座。天子座后设黼扆，故名。

㉒街衢：通衢大道。《文选·班固〈西都赋〉》：“内则街衢洞达，闾阎且千。”李善注：“《说文》曰：‘街，四通也……’《尔雅》曰：‘四达谓之衢。’”鼓腹：鼓起肚子。谓饱食。

㉓葵藿（huò）：单指葵。葵性向日。古人多用以比喻下对上赤心趋向。《三国志·魏志·陈思王植传》：“若葵藿之倾叶，太阳虽不为之回光，然向之者诚也。窃自比于葵藿，若降天地之施，垂三光之明者，实在陛下。”

㉔周囿：周文王的灵囿。白鸟栖周囿之中，赞美文王有灵德的体现。《诗经·大雅·灵台》：“王在灵囿，麀鹿攸伏。麀鹿濯濯，白鸟翯翯。”毛苌注云：“囿，所以域养禽兽也。天子百里，诸侯四十里。灵者，言文王之有灵德也。灵囿，言道行苑囿也。”

㉕饮和：谓使人感觉到自在，享受和乐。《庄子·则阳》：“故或不言而饮人以和。”郭象注：“人各自得，斯饮和矣，岂待言哉？”

㉖青蓂托尧阶之上：形容明君之世。《竹书纪年》卷上：“（尧时）又有草夹阶而生，月朔始生一莢，月半而生十五莢，

十六日以后日落一莢，及晦而尽，月小则一莢焦而不落，名曰蓂莢，一曰历莢。”《艺文类聚》卷十一引晋皇甫谧《帝王世纪》：“（尧时）又有草夹阶而生，随月生死，王者以是占日月之数。惟盛德之君，应和而生，故尧有之，名曰蓂莢。”白鸟四句：唐李商隐《为荥阳公桂州谢上表》：“遐思白鸟，镇飏音于周囿之中；远羡仙蓂，永固本于尧阶之上。”

㉗趋锵：朝拜、进谒时步趋中节。

㉘纪述：记载叙述。纪，通“记”。

㉙击壤（rǎng）：击壤歌。古歌名。相传唐尧时有老人击壤而唱此歌。《艺文类聚》卷十一引晋皇甫谧《帝王世纪》：“（帝尧之世）天下大和，百姓无事，有五十老人击壤于道。”后因以“击壤”为颂太平盛世的典故。汉王充《论衡·艺增》：“传曰：有年五十击壤于路者，观者曰：‘大哉，尧德乎！’击壤者曰：‘吾日出而作，日入而息，凿井而饮，耕田而食；尧何等力！’”

㉚天保：谓上天保佑，使之安定。《诗·小雅·天保》：“天保定尔，亦孔之固。”郑玄笺：“保，安。尔，女也。女，王也。”后引申指皇统、国祚。

㉛萤爝（jué）：谓微弱的光。常做能力薄弱的谦辞。萤，萤火；爝，烛光。

㉜曦舒：日月。舒，望舒，借指月亮。

㉝涓埃：细流与微尘。比喻微小。

㉞海岳：大海和高山。

㉟枥马恋主：犹犬马恋主。喻臣下眷怀君上。三国魏曹植《上责躬应诏诗表》：“踊跃之怀，瞻望反侧，不胜犬马恋主之情。”

㊱盈缶：指酒盈于缸。喻诚信之德充盈天下。《周易·比卦》："有孚盈缶，终来有它。"

㊲梧凤鸣时：梧凤之鸣。比喻政教明肃、天下太平。《诗·大雅·卷阿》："凤凰鸣矣，于彼高冈。梧桐生矣，于彼朝阳。"毛传："梧桐盛也，凤凰鸣也，臣竭其力，则地极其化；天下和洽，则凤凰乐德。"

㊳聊：姑且；暂且。过历：谓超过预计的享国年数。《汉书·诸侯王表》："周过其历，秦不及期，国势然也。"

巍巍惟天①，穆穆惟皇②。帝力何有③，有此万方④。有风有雨，有日月光。休兹皞皞⑤，澹然以忘。万年一统，世跻羲黄⑥。天祚有清⑦，万方颂圣。譬彼观天，在衡齐政⑧。譬彼测海，蠡智私逞⑨。康衢之谣⑩，輶轩无靳⑪。臣师其意，对扬休命⑫。天眷在帝，帝益虔虔⑬。陶匏藁秸⑭，匪直郊坛⑮。亦临亦保，举念皆天。怀柔百神，爰及竺乾⑯。面稽昭格⑰，灵贶殷阗⑱。猗与那与⑲，世有濬哲⑳。绍庭上下㉑，无竞维烈。开创守成，同涂合辙㉒。万物作睹，缵承不辍㉓。昭克配功，万世是揭。念典于学㉔，逊志时敏㉕。乐此不疲㉖，广览博引。理学洙泗㉗，异端无踌[28]。勤若儒生，五夜功准[29]。况天纵资[30]，一览而尽[31]。问夜辨色[32]，寒暑视朝[33]。天颜龙表[34]，云日则尧[35]。委裘垂策[36]，政简科条[37]。惟廉与法，以肃百僚。无汉杂霸[38]，迈周诵钊[39]。勤政之后，孝奉两宫。问安侍膳，尊养必躬。天子而孝，其德弥弘。而又斋遨[40]，以时谒陵[41]。六飞屡驾[42]，感慕遗弓[43]。重兹国本，元良庆衍[44]。毓德少阳[45]，承华乃践[46]。慎简。

【笺注】

①巍巍：崇高伟大。

②穆穆：端庄恭敬。《书·舜典》："宾于四门，四门穆穆。"曾运干正读："宾读为傧。四方诸侯来朝者，舜宾迎之也。四门穆穆，《史记》云：'诸侯远方宾客皆敬。'"《尔雅·释训》："穆穆，敬也。"

③帝力：帝王的作用或恩德。《汉书·张耳传》："且先王亡国，赖皇帝得复国，德流子孙，秋豪皆帝力也。"

④万方：指天下各地；全国各地。

⑤皞皞（hào）：广大自得貌；心情舒畅貌。《孟子·尽心上》："王者之民，皞皞如也。"朱熹集注："广大自得之貌。"

⑥羲黄：伏羲与黄帝的并称。

⑦天祚：上天赐福。

⑧譬彼观天，在衡齐政：《史记·五帝本纪》："于是帝尧老，命舜摄行天子之政，以观天命。舜乃在璿玑玉衡，以齐七政。"《书·舜典》："在璇玑玉衡，以齐七政。"孔传："七政，日月五星各异政。"孔颖达疏："七政，其政有七，于玑衡察之，必在天者，知七政谓日月与五星也。木曰岁星，火曰荧惑星，土曰镇星，金曰太白星，水曰辰星。"

⑨譬彼测海，蠡智私逞：用"以蠡测海"之典。用瓢量海水。比喻以浅陋之见揣度事物。《文选·东方朔〈答客难〉》："语曰：'以筦窥天，以蠡测海，以筳撞钟。'岂能通其条贯，考其文理，发其音声哉！"李善注引张晏曰："蠡，瓠瓢也。"私逞：个人的智慧。常与公法相对，指偏私的识见。

⑩康衢之谣：称颂盛世之歌。《列子·仲尼》："尧治天下五十年，不知天下治欤，不治欤；不知亿兆之愿戴己欤，不愿戴己欤……尧乃微服游于康衢，闻儿童谣曰：'立我蒸民，莫非尔极。不识不知，顺帝之则。'尧喜问曰：'谁教尔为此言？'童儿曰：'我闻之大夫。'问大夫，大夫曰：'古诗也。'"后因称歌颂盛世之歌为"康衢谣"。

⑪輶轩：本指古代使臣乘坐的一种轻便的车子，后代指使臣。

⑫对扬：古代常语，屡见于金文。凡臣受君赐时多用之，兼有答谢、颂扬之意。《书·说命下》："敢对扬天子之休命。"孔传："对，答也。答受美命而称扬之。"休命：美善的命令。多指天子或神明的旨意。

⑬虔虔：恭敬貌。

⑭陶匏（páo）：陶制的尊、簋、俎豆和壶等器皿。《礼

记·郊特牲》："扫地而祭，于其质也，器用陶匏，以象天地之性也。"稿：同"藁"。禾秆。秸（jiē）：农作物的茎秆。《隋书·礼仪一》："器以陶匏，席用稿秸。"

⑮匪直：不只。郊坛：古代为祭祀所筑的土坛，设在南郊。宋周密《武林旧事·大礼》："冬至有事于南郊，或用次年元日行事。先于五六月内择日命司漕及修内司修饰郊坛……郊坛，天盘至地高三丈二尺四寸，通七十二级，分四成。"

⑯竺乾：天竺。

⑰面稽：勉力考察。面，通"勉"。《书·召诰》："面稽天若。"孔传："禹亦面考天心而顺之。"昭格：祭祀。

⑱灵贶（kuàng）：神灵赐福。《文选·范晔〈后汉书·光武纪赞〉》："世祖诞命，灵贶自甄。"李周翰注："言光武大受宝命，神灵赐福祚而自成也。"殷阗（tián）：繁盛。

⑲猗与那与：《诗·商颂·那》是殷商的后代宋国祭祀商朝的建立者成汤的乐歌。首句是"猗与那与"，借指祭祀祖先的颂歌。

⑳濬哲：深邃的智慧。

㉑绍庭上下：《诗经·周颂·访落》："绍庭上下，陟降厥家。"绍，继。

㉒同涂：同归，归宿相同。合辙：指若干辆车的车轮在地上轧出来的痕迹组合，比喻一致。

㉓缵承：继承。

㉔念典于学：人要始终想着学习。《尚书·兑命篇》："玉不琢，不成器；人不学，不知道。是故古之王者，建国君民，教学为先。《兑命》曰：念终始典于学。其此之谓乎！"念，观念、观点；典，标准、法则；于，在于、就是。

㉕逊志时敏：谦虚好学，时刻策励自己。《尚书·说命下》："惟学逊志，务时敏，厥修乃来。"蔡沈集传："逊，谦抑也。务，专力也。时敏者，无时而不敏也。逊其志如有所不能；敏于学如有所不及，虚以受人，勤以励己，则其所修，如泉始达，源源乎其来矣！"

㉖乐此不疲：因喜欢做某件事而不知疲倦。形容对某事特别爱好而沉浸其中。《后汉书·光武帝纪下》："汉光武帝每旦视朝，日仄乃罢。数引公卿、郎、将讲论经理，夜分乃寐。皇太子见帝勤劳不怠，承闲谏曰：'陛下有禹汤之明，而失黄老养性之福，原颐爱精神，优游自宁。'帝曰：'我自乐此，不为疲也。'"

㉗洙泗：洙泗，即洙水和泗水。古时二水自今山东省泗水县北合流而下，至曲阜北，又分为二水，洙水在北，泗水在南。春秋时属鲁国地。孔子在洙泗之间聚徒讲学。后因以"洙泗"代称孔子及儒家。《礼记注疏》卷七《檀弓》："曾子怒曰：'商，女何无罪也？吾与女事夫子于洙泗之间。'"东汉·郑玄注："洙、泗，鲁水名。"

㉘异端：古代儒家称其他学说、学派为异端。《论语·为政》："子曰：'攻乎异端，斯害也已。'"朱熹集注："异端，非圣人之道，而别为一端，如杨墨是也。"踳（chuǎn）：乖背，错乱。

㉙五夜：五更，古人把夜晚分成五个时段，用鼓打更报时，所以叫五更或五夜。

㉚天纵：指上天所赋予，才智超群（多用作对帝王的谀辞）。

㉛一览而尽：一眼望去，事物就都收入眼底。南朝宋刘义

庆《世说新语·言语》："此丞相乃所以为巧，江左地促，不如中国，若使阡陌条畅，则一览而尽，故纡余委曲，若不可测。"

㉜辨色：犹黎明。谓天色将明，能辨清东西的时候。《礼记·玉藻》："朝，辨色始入。"郑玄注："辨犹正也，别也。"

㉝寒暑：冬天和夏天，常用来表示整个一年。视朝：谓临朝听政。

㉞天颜：天子的容颜。龙表：指皇帝仪容。

㉟云日：对封建帝王的美称。《三国志·魏志·公孙度传》："渊遣使南通孙权。"裴松之注引三国吴韦昭《吴书》："渊表权曰：'仰此天命，将有眷顾，私从一隅，永瞻云日。'"

㊱委裘：《吕氏春秋·察贤》："天下之贤主，岂必苦形愁虑哉？执其要而已矣……故曰尧之容若委衣裘，以言少事也。"陈奇猷校释："谓尧之时，天下无事，尧之仪表，乃委曲其衣裘，消闲自得。古者长衣，有事则振衣而起，无事则委曲衣裘而坐也。"后指君主任贤举能。

㊲科条：法令条文；法律条文。

㊳杂霸：用王道掺杂霸道治理国家。《汉书·元帝纪》：太子"尝侍燕，从容言：'陛下持刑太深，宜用儒生。'宣帝作色曰：'汉家自有制度，本以霸王道杂之，奈何纯任德教，用周政乎！'"

㊴迈周诵钊：成康之治。指西周初姬诵、姬钊的统治。史家称"成康际，天下安宁，刑措四十余年不用"。成王、康王相继在位，继承文王、武王的业绩，推行周公"以德慎罚"的主张，务从节俭。成康时期，天下安宁，刑具四十余年不曾动用，故有成康之治的赞誉。

㊵斋遫：亦作“斋速”，庄敬貌。《楚辞·九歌·大司命》：“吾与君兮斋速，导帝之兮九坑。”斋，一本作“齐”。诸说纷坛，如王逸注：“斋，戒也；速，疾也。”朱熹集注：“齐速，整齐而疾速也。”王夫之通释：“斋，偕也；速，言化之倏忽也。”

㊶谒陵：拜谒陵墓。

㊷六飞：古代皇帝的车驾六马，疾行如飞，故名。《史记·袁盎晁错列传》：“今陛下骋六骥，驰下峻山。”裴骃集解引如淳曰：“六马之疾若飞。”《汉书·爰盎传》作“六飞”。后指称皇帝的车驾或皇帝。

㊸感慕：感念仰慕。遗弓：指黄帝骑龙升天时坠落的弓。《史记·封禅书》：“黄帝采首山铜，铸鼎于荆山下。鼎既成，有龙垂胡须下迎黄帝。黄帝上骑，群臣后宫从上者七十余人，龙乃上去。余小臣不得上，乃悉持龙须，龙须拔，堕，堕黄帝之弓。百姓仰望黄帝既上天，乃抱其弓与胡须号，故后世因名其处曰鼎湖，其弓曰乌号。”

㊹元良：大善至德。

㊺毓德：修养德性。少阳：东宫，太子所居。《文选·颜延之〈三月三日曲水诗序〉》：“正体毓德于少阳。”李善注：“正体，太子也……少阳，东宫也。”后以指太子。

㊻承华：太子宫门名。指太子宫室或太子。《文选·陆机〈赠冯文罴迁斥丘令〉》：“阊阖既辟，承华再建。”李善注引《洛阳记》：“太子宫在太宫东薄室门外，中有承华门。”

名臣，谕道以善。鲍鱼必除[1]，邪蒿弗荐[2]。礼乐诗书，圣训不倦。鲸鲵横

海[3]，猰貐载涂[4]。不思报德，恣其啸呼[5]。爰飞金矢，张我天弧[6]。皇威所暨，拉朽摧枯[7]。山无伏莽[8]，海不扬波[9]。加以文治[10]，临雍讲学[11]。辟水环桥[12]，陈经扬搉[13]。绝域从师[14]，虎贲磨琢[15]。四海弦歌[16]，九州礼乐[17]。一道同风[18]，群归祓濯[19]。忧劳万姓，罔或宴安[20]。翠华所至[21]，亲问闾阎[22]。民依轸念[23]，知悉艰难。撙节爱养[24]，财货无殚[25]。九年之蓄[26]，式是周官[27]。于铄放勋[28]，昭兹万世。声教四敷，下蟠上际[29]。民时雍哉[30]，尧曰治未。小臣何幸，亦是悠憩。沐泽沾渥[31]，臣节自励。何以事君，曰忠与爱。暨清慎勤[32]，以效感戴。踊跃欢欣[33]，颂其梗概[34]。帝德如天，治隆三代。寿祚悠长，万有千载。

【笺注】

①鲍鱼：盐渍鱼，干鱼，其气腥臭。这里比喻素质低劣的小人。

②邪蒿：野草。比喻才能低下，品行卑劣的人。

③鲸鲵：鲸。雄曰鲸，雌曰鲵。比喻凶恶的敌人。《左传·宣公十二年》："古者明王伐不敬，取其鲸鲵而封之，以为大戮。"杜预注："鲸鲵，大鱼名，以喻不义之人吞食小国。"横海：横行海上。晋木华《海赋》："鱼则横海之鲸，突扤孤游。"

④猰（yà）貐（yǔ）：窫窳，古代传说中的一种吃人怪兽。《文选·扬雄〈长杨赋〉》："昔有强秦，封豕其土，窫窳其民。"李善注引李奇曰："以喻秦贪婪，残食其人也。"载涂：满路。

⑤啸呼：长啸大呼。

⑥天弧：星名。亦称弧矢，属于南方七宿中的井宿。凡九星，形如弓弧。正对天狼星而有光，古人以为主弭兵盗。弧矢动移不如常而现角芒，古人以为主兵盗。

⑦拉朽摧枯：摧折枯朽的草木。形容轻而易举。比喻摧毁腐朽势力的强大气势。《旧五代史·唐书·庄宗纪一》："若简练兵甲，倍道兼行，出其不意，以吾愤激之众，击彼骄惰之师，拉朽摧枯，未云其易，解围定霸，在此一役。"

⑧伏莽：《易·同人》："九三，伏戎于莽。"莽，丛生的草木。后以"伏莽"指军队埋伏在草莽中。亦指潜藏的寇盗。

⑨扬波：掀起波浪。比喻动乱。《文选·袁宏》："洪飙扇海，二溟扬波。"李善注："扬波，喻乱也。"

⑩文治：谓以文教礼乐治民。《礼记·祭法》："文王以文治，武王以武功，去民之菑。"

⑪临雍：亲临辟雍。雍，指辟雍，本为西周天子所设大学，历代皆有。

⑫辟水环桥：辟雍本为周天子所设大学，校址圆形，围以

水池，前门外有便桥。北魏郦道元《水经注·谷水》："又迳明堂北，汉光武中元元年立，寻其基构，上圆下方，九室重隅十二堂，蔡邕《月令章句》同之，故引水于其下，为辟雍也。"

⑬扬搉：约略，举其大概。晋左思《蜀都赋》："君子岂亦曾闻蜀都之事欤，请为左右扬搉而陈之。"

⑭绝域：与外界隔绝之地。

⑮磨琢：犹琢磨，磨炼。

⑯弦歌：依琴瑟而咏歌。《周礼·春官·小师》："小师掌教鼓鼗、柷、敔、埙、箫、管、弦、歌。"郑玄注："弦，谓琴瑟也。歌，依咏诗也。"这里指礼乐教化。《论语·阳货》："子之武城，闻弦歌之声，夫子莞尔而笑曰：'割鸡焉用牛刀。'子游对曰：'昔者偃也闻。'诸夫子曰：'君子学道则爱人，小人学道则易使也。'子曰：'二三子，偃之言是也，前言戏之耳。'"

⑰礼乐：礼节和音乐。古代帝王常用兴礼乐为手段以求达到尊卑有序远近和合的统治目的。《礼记·乐记》："乐也者，情之不可变者也；礼也者，理之不可易者也。乐统同，礼辨异。礼乐之说，管乎人情矣。"孔颖达疏："乐主和同，则远近皆合；礼主恭敬，则贵贱有序。"

⑱一道同风：清佚名《平回纪略》："我朝定鼎以来，四海六合，一道同风，弱水流沙，向风慕义。"

⑲祓（fú）濯（zhuó）：除垢使洁，清除污毒。

⑳宴安：逸乐。

㉑翠华：天子仪仗中以翠羽为饰的旗帜或车盖，这里代指帝王。

㉒闾阎：泛指平民老百姓。

㉓轸念：悲痛地思念。

㉔撙（zǔn）节：抑制，节制。《礼记·曲礼上》："是以君子恭敬、撙节、退让以明礼。"孙希旦集解："有所抑而不敢肆谓之撙，有所制而不敢过谓之节。"爱养：爱护养育。

㉕财货：钱财货物；财物。殚：用尽；竭尽。

㉖九年之蓄：九年的储备。指国家平时有所积蓄，以备非常。《礼记·制》："国无九年之蓄，曰不足；无六年之蓄，曰急；无三年之蓄，曰国非其国也。"

㉗周官：西汉的景帝、武帝之际，河间献王刘德从民间征得一批古书，其中一部名为《周官》。原书当有天官、地官、春官、夏官、秋官、冬官六篇，冬官篇已亡，汉儒取性质与之相似的《考工记》补其缺。王莽时，因刘歆奏请，《周官》被列入学官，并更名为《周礼》。

㉘于铄：叹词。表赞美。《诗·周颂·酌》："于铄王师，遵养时晦。"陆德明释文："于音乌。"放勋：指尧，姓伊祁，名放勋。

㉙下蟠上际：遍及天地间。《庄子·刻意》："上际于天，下蟠于地。"

㉚时雍：犹和熙。《书·尧典》："百姓昭明，协和万邦，黎民于变时雍。"孔传："时，是；雍，和也。"

㉛沐泽：蒙受恩泽。沾渥：浸润。比喻蒙受恩泽、宠遇。《三国志·魏志·公孙度传》裴松之注引晋王沈《魏书》："被受公孙渊祖考以来光明之德，惠泽沾渥，滋润荣华。"

㉜清慎勤：清廉、谨慎、勤勉。《三国志·魏志·李通传》"以宠异焉"裴松之注引晋王隐《晋书》："（李秉）尝答

司马文王问，因以为《家诫》曰：昔侍坐于先帝，时有三长吏俱见。临辞出，上曰：‘为官长当清，当慎，当勤，修此三者，何患不治乎?’”后用以为官箴。衙署公堂多书“清慎勤”三字做匾额。

㉝踊跃欢欣：形容非常高兴和热烈。三国魏应璩《与满公琰书》：“外嘉郎君谦下之德，内幸顽才见诚知己，踊跃欢欣，情有无量。”

㉞梗概：刚直的气概；慷慨。《魏书·李彪传》：“尚其梗概，饮其正直。”

忠孝二箴　有序

窃惟含齿戴发之伦[1]，罔不知有君亲。而生成高厚[2]，在某更有不同者。肉食锦衣[3]，朱轮华毂[4]，出自襁褓，至于弱壮，承恩席宠[5]，溢分逾涯[6]。而悠悠岁月，罔知报称[7]，朝夜兴思，怵惕靡安[8]。夫苍穹之高，非虫豸所能感[9]；春晖之煦，非寸草所能答[10]。然而犬马之诚[11]，乌鸟之私[12]，有不能自已者。敬赋二箴[13]，书之座右[14]，庶几出入观览云。

【笺注】

①含齿戴发：口中有齿，头上长发。指人类。《魏书·韩子熙传》："遂乃擅废太后，离隔二宫，拷掠胡定，诬王行毒，含齿戴发，莫不悲惋。"

②生成：养育。高厚：恩德深厚。

③肉食锦衣：形容豪华奢侈的生活。

④朱轮华毂：红漆车轮，彩绘车毂。古代显贵者乘的车

子。《史记·张耳陈余列传》："令范阳令乘朱轮华毂，使驱驰燕、赵郊。"

⑤席宠：凭借恩宠。《书·毕命》："兹殷庶士，席宠惟旧，怙侈灭义，服美于人。"孔传："此殷众士，居宠日久，怙恃奢侈，以灭德义。"

⑥溢分：过分。逾涯：超过界限。

⑦报称：报答。

⑧怵（chù）惕（tì）：戒惧，惊惧。《书·冏命》："怵惕惟厉，兴，思免厥愆。"孔传："言常悚惧惟危，夜半以起，思所以免其过悔。"

⑨虫豸（zhì）：小虫的通称。

⑩春晖之煦，非寸草所能答：唐孟郊《游子吟》："谁言寸草心，报得三春晖！"

⑪犬马之诚：比喻诚心实意。一般谦称自己的诚意。晋陈寿《三国志·魏志·陈思王植传》："臣伏以为犬马之诚不能动人，譬人之诚不能动天。"

⑫乌鸟之私：用"乌鸦反哺"之典。乌雏长成，衔食喂养其母。后比喻报答亲恩。晋成公绥《乌赋》："雏既壮而能飞兮，乃衔食而反哺。"

⑬箴：古代一种文体，以告诫规劝为主。

⑭座右：座位的右边。古人常把所珍视的文、书、字、画放置于此。

济济群工①，盈盈朝列②。独臣卑微，瞻天近日③。缀衣趣马④，俾之供职。长杨五柞⑤，豹尾龙脊。晷刻无离⑥，时呼在侧。尔发尔肤，咸帝之德。尔食尔衣，咸帝之泽。恩之渥矣，真同罔极。葵思倾阳[7]，马思竭力。曾是有知，不共朝夕。脰踵可捐[8]，敬勤无忒[9]。

右忠箴

【笺注】

①群工：群臣。唐崔沔《应封神岳举对贤良方正策》："明主昧旦丕显，每叹才难；而群工扬於王庭，反忧多士。"

②朝列：犹朝班。泛指朝廷官员。

③瞻天：仰望帝王。

④缀衣：周代官名。掌管衣服，为天子近臣。《书·立政》："用咸戒于王曰：'王左右常伯、常任、准人、缀衣、虎贲。'"孔传："缀衣，掌衣服；虎贲，以武力事王。皆左右近臣，宜得其人。"趣马：古官名，掌管王马。《书·立政》："虎贲、缀衣、趣马、小尹。"孔传："趣马，掌马之官。"

⑤长杨：长杨宫的省称。秦汉宫名。故址在今陕西省周至县东南。《三辅黄图·秦宫》："长杨宫在今盩厔县东南三十里，本秦旧宫，至汉修饰之以备行幸。宫中有垂杨数亩，因为宫名；门曰射熊馆。秦汉游猎之所。"五柞：五柞宫的省称。汉离宫名。故址在今陕西省周至县东南。《汉书·武帝纪》："二月，行幸盩厔五柞宫。"颜师古注引张晏曰："有五柞树，因以名宫也。"

⑥晷刻：日晷与刻漏。古代的计时仪器。这里指时刻，时间。

⑦葵思倾阳：犹葵藿倾阳。葵花和豆类植物的叶子倾向太

阳。比喻臣对君的忠心。三国魏曹植《求通亲亲表》："若葵藿之倾叶太阳，虽不为之回光，然终向之者，诚也。"

⑧脰（dòu）：颈项。《左传·襄公十八年》："射殖绰，中肩，两矢夹脰。"杨伯峻注："脰音豆，颈项。"脰踵可捐，谓捐躯，牺牲。

⑨敬勤：谨慎勤奋。无忒：没有差谬。《管子·内业》："敬慎无忒，日新其德，遍知天下，穷于四极，敬发其充，是谓内得。"尹知章注："忒，差也。"

高门悬薄①，孰不有亲。藐予小子②，独异等伦③。有怙有恃④，玉叶金茎⑤。鞠我育我，早被华缨⑥。程母画荻⑦，韦相传经⑧。延师就塾⑨，望尔有成。箕裘之业⑩，庶几克承。婉兮娈兮⑪，突弁如星⑫。有玉勿琢，恐坠家声。先师垂训，显亲扬名⑬。敢不黾勉⑭，无忝所生。

右孝箴

【笺注】

①高门悬薄：《庄子·达生》："有张毅者，高门悬薄，无不走也。"成玄英疏："高门，富贵之门也。"高门，即显贵之家。魏晋南北朝时重门第，有高门、寒门之分。悬薄：垂帘。《庄子·达生》："高门县薄，无不走也。"成玄英疏："县薄，垂帘也。"

②小子：旧时自称谦辞。

③等伦：同辈；同类。

④有怙有恃：《诗·小雅·蓼莪》："无父何怙，无母何恃。"后因此以"恃怙"为母亲、父亲的代称。

⑤玉叶金茎：犹"金枝玉叶"。原形容花木枝叶美好。后多指皇族子孙。亦喻出身高贵或娇嫩柔弱的人。

⑥华缨：彩色的冠缨。古代仕宦者的冠带。《文选·鲍照〈咏史〉》："仕子彰华缨，游客竦轻辔。"李善注："《七启》曰：'华组之缨。'"

⑦程母：应为欧母。画荻：宋欧阳修四岁而孤，家贫，母郑氏以荻管画地写字，教其读书。见《宋史·欧阳修传》。后为称颂母教之典。

⑧韦相传经：汉代韦贤通晓经书，被称为大儒。四个儿子亦通晓经籍，仕宦显达，其家乡一带流传：留给后代黄金满箱，不如传授他一部经书。指靠诗书传家，家风清雅。《汉书·韦贤传》。

⑨延师：聘请老师。

⑩箕裘：比喻祖上的事业。《礼记·学记》："良冶之子，必学为裘，良弓之子，必学为箕。"孔颖达疏："积世善冶之家，其子弟见其父兄世业鋈铸金铁，使之柔合以补治破器，皆令全好，故此子弟仍能学为袍裘，补续兽皮，片片相合，以至完全也……善为弓之家，使干角挠屈调和成其弓，故其子弟亦睹其父兄世业，仍学取柳和软挠之成箕也。"良冶、良弓，指善于冶金、造弓的人。意谓子弟由于耳濡目染，往往继承父兄之业。

⑪婉兮娈兮：美貌。《诗·齐风·甫田》："婉兮娈兮，总角丱兮。"郑玄笺："婉娈，少好貌。"

⑫突弁：形容人长大迅速。《诗·齐风·甫田》：“未几见兮，突而弁兮。”孔颖达疏：“未经几时而更见之，突然已加冠弁为成人。”

⑬显亲扬名：使父母宗族显耀；张扬自己的声誉。指中举、立功、做官的荣耀。

⑭黽（mǐn）勉：勉励，尽力。

易九六爻大衍数辨

《易》言理也，而数有不通则无以明理，何先儒亦似有昧于数以昧于理者乎？他不具论，即如每卦六爻，必分冠之曰九曰六[1]，先儒曰九为老阳[2]，六为老阴，君子欲抑阴而扶阳，故阳用极数，阴用中数[3]。是说也，予窃疑之。

夫阴阳天道，岂徒用数而能抑之扶之哉？尝深思而得之，曰：此无他，天地之正数，不过一二三四五之正数[4]，至六七八九十之成数[5]，则各有所配，非正数矣。作《易》者每用正数，故孔子曰参天两地而倚数[6]。其参天不过一也三也五也，而一与三与五非九乎？其两地不过二也四也，而二与四非六乎？此九、六为天地正数，故可分冠于各爻。若曰扶阳抑阴，于分爻之义无取，其昧于数者一也。又如“大衍之数五十，其用四十有九[7]”，先儒曰数所赖者五十[8]，又曰非数而数以之成。是说也，予尤疑之。夫数贵一定，而曰所赖五十，非数而数，不大诞缪哉？尝深思而断之曰此脱文也。天一地二、天三地四、天五地六、天七地八、天九地十，数正五十有五，故乾坤之策，始终此数。《系辞》明曰："天数二十有五，地数三十。"五十有五，岂不显然？而何独于此减其五数以另为起例哉[9]？至于所用之数，或曰除六虚言之，引揲蓍为证[10]，亦非也。盖数始于一，终于五，天道每秘其始终，以神其消长，故虚一与五，以退藏于密，则其用四十有九而已，此后世遁甲之术所由出也[11]。若曰除六虚，于始终之义未明，其昧于数者二也。虽然，亦谓其理当如是耳。有不信者，试为焚香静坐以深探之。

【笺注】

①曰九、曰六：《易·乾》"初九"唐孔颖达疏："七为少阳，八为少阴，质而不变，为爻之本体；九为老阳，六为老阴，文而从变，故为爻之别名。"因以"九六"泛指阴阳及柔刚等属性。

②老阳：《易》四象之一。《朱子语类》卷一百三十七："《易》中只有阴阳奇耦，便有四象，如春为少阳，夏为老阳，秋为少阴，冬为老阴。"或谓九为老阳。

③中数：居中、折中之数。

④正数：古称天数二十五，地数三十，合天地之数五十五谓之正数。

⑤成数：整数。

⑥参天两地：为《易》卦立数之义。《易·说卦》："参天两地而倚数。"孔颖达疏："倚，立也。既用蓍求卦，其揲蓍所得，取奇数于天，取耦数于地。"

⑦"大衍之数"两句：《易·系辞上》："大衍之数五十，其用四十有九。"

⑧数所赖者五十：三国曹魏王弼曰："演天地之数所赖者五十也。其用四十有九，则其一不用，不用而用以之通，非数而数以之成，斯易之太极也。"

⑨起例：定出体例；创立凡例。

⑩揲（shé）蓍（shī）：数蓍草。古代问卜的一种方式，用手抽点蓍草茎的数目，以决定吉凶祸福。

⑪遁甲：古代方士术数之一。起于《易纬乾凿度》太乙行九宫法，盛于南北朝。神其说者，以为出自黄帝、风后及九天玄女，皆妄诞。其法以十干的乙、丙、丁为三奇，以戊、己、庚、辛、壬、癸为六仪。三奇六仪，分置九宫，而以甲统之，视其加临吉凶，以为趋避，故称"遁甲"。《后汉书·方术传序》："其流又有风角、遁甲、七政、元气、六日七分、逢占、日者、挺专、须臾、孤虚之术，及望云省气、推处祥妖，时亦有以效于事也。"李贤注："遁甲，推六甲之阴而隐遁也。今书《七志》有《遁甲经》。"

诗名物驺虞辨

身为大儒，则毋务为新奇之论。如《诗》驺虞之为仁兽[1]，其说旧矣。独贾谊《新书》本《韩诗章句》[2]，谓驺为文王之囿[3]名，虞乃司兽之官，后儒竟无有从之者。

欧阳文忠学博才鸿，常力诋先儒穿凿附会之非，其立论不诐[4]，固粹然大儒也，乃独于《新书》有取焉，谓毛、郑未出之前，说者不闻以驺虞为兽，汉人侈称祥瑞，亦无有以为言，不知其何物也，于是直断以无此义。噫，误矣。按《山海经》云："林氏国有珍兽，大若虎，五彩毕具，名曰驺牙。"即《诗》所谓驺虞也。《太公六韬》《淮南鸿烈》皆云[5]散宜生曾得驺虞以献纣[6]，相如《封禅书》曰："囿驺虞之珍禽，徼麋鹿之怪兽。"又一见于《瑞应图》，一见于《王会图》，皆是物也。张平子《东京赋》则曰："圃林氏之驺虞。"何平叔《景福殿赋》则曰："驺虞承兽，素质仁形。"晋安帝时，新野有驺虞见，又罗愿《尔雅翼》以为似马[7]，一物也。然则确证甚多，安得谓无是物乎？其他纵不可信，而太公在毛、郑之前，淮南、相如、《山海经》与毛同时，比郑为先，尚亦不足信乎？乃知毛、郑之说不为无据，而欧公此论特未之详考耳。吁，是诗词旨与序义相合，较更明白，似无待辨。而吾独惜文忠大儒，乃有此误也，或亦其好新奇之过与？

【笺注】

①驺虞：古代神话传说中的仁兽，虎身狮头，白毛黑纹，尾巴很长。据说生性仁慈，连青草也不忍心践踏，不是自然死亡的生物不吃。《诗·召南·驺虞》："彼茁者葭，壹发五豝，于嗟乎驺虞。"毛传："驺虞，义兽也。白虎，黑文，不食生物，有至信之德则应之。"

②《新书》：亦称《贾子》，西汉贾谊的政论著作，共十卷，包括《过秦论》等五十八篇。《韩诗章句》，指汉初燕人韩婴所传授的《诗经》。

③驺：古代掌管鸟兽的官吏。《野客丛书·欧公论驺虞》：

“欧阳文忠公《诗义》引贾谊《新书》，谓驺虞非兽，以证毛、郑之失。‘驺乃文王之囿，而虞者，囿之司兽者也。’”

④诐（bì）：偏颇；不正。《说文·言部》：“詖，古文以为颇字。”

⑤《太公六韬》：又称《六韬》《太公兵法》，古代道家兵书。《淮南鸿烈》：又称《淮南子》《刘安子》。西汉淮南王刘安及其门客等著。

⑥散宜生：西周初大臣。与闳夭、太颠等共同辅佐周文王。文王被纣王囚禁，他们以有莘氏女、骊戎文马等献纣王，使文王获释。《尚书大传·西伯戡耆》：“太公之羑里，见文王。散宜生遂之犬戎氏取美马，駮身、朱鬣、鸡目；之西海之滨取白狐、青翰；之于陵取怪兽，尾倍其身，名曰驺虞。”

⑦《尔雅翼》：训诂书。宋代罗愿撰，三十二卷。王伯厚以为驺吾、驺牙、驺虞。王伯厚：南宋学者王应麟，字伯厚。对经史百家、天文地理等都有研究，长于考证。

赋　论

诗有六义[1]，赋居其一。《记》曰："登高能赋，可为大夫。"诗一变而为骚[2]，骚一变而为赋。屈原作赋二十五篇，其原皆出于《诗》，故《离骚》名经，以其所出之本同也。于时景差、唐勒、宋玉之徒相继而作[3]，而原之同时大儒荀卿亦始著赋五篇[4]。原激乎忠爱，故其辞缠绵而悱恻；卿纯乎道德，故其辞简洁而朴茂[5]。要之皆以羽翼乎经[6]，而与三百篇相为表里者也[7]。

【笺注】

①诗有六义：《诗·大序》："故诗有六义焉：一曰风，二曰赋，三曰比，四曰兴，五曰雅，六曰颂。"一般认为风、雅、颂是诗的分类；赋、比、兴是诗的表现手法。

②骚：指中国屈原的《离骚》，后泛指诗文。

③景差：战国楚辞赋家，后于屈原，和宋玉同时。唐勒：

战国辞赋家。后于屈原，和宋玉同时。宋玉：战国楚辞赋家。后于屈原。东汉王逸说他是屈原弟子，未知所据。

④荀卿：荀子，战国末思想家、教育家。名况，时人尊而号为“卿”。著赋五篇：分别叙写“礼”“知”“云”“蚕”“箴”。

⑤朴茂：质朴厚重。

⑥要之：总之。羽翼：辅佐，维护。

⑦相为表里：指与《诗经》相互间配合为外表和内里。

汉之兴也，名儒则有董仲舒、贾谊、兒宽、司马迁、萧望之、扬雄、刘向、歆父子，东京则有班固、崔骃、崔寔、张衡、蔡邕之徒，多者至数十篇，少者亦数篇，而其最著者曰司马相如。相如之词，虽称侈丽闳衍①，失讽谕之义，然考之佚传，相如尝受经于胡安②，蜀人多传其业，其功至与文翁等③，故曰：“文翁倡其教，相如为之师。”《地理志》语。后世以俳优目相如之词者④，非也。班固书称枚皋善为赋⑤，特以皋不通经术，为赋颂好嫚戏，以故得媟黷贵幸，仅比东方朔、郭舍人⑥，而皋亦自言为赋不如相如。由此观之，则知相如之赋之所以独工于千古者，以其能本于经术故也。其言曰：“赋家之心，包括宇宙，总览人物，斯乃得之于内，不可得而传。”推相如之意，盖真有所谓不可传者哉。其可传者，侈丽闳衍之词，而不可传者，其赋之心也。若能原本经术，以上溯其所为不传之赋之心，则所可传者出矣。

【笺注】

①侈丽闳衍：文辞华丽繁富。

②胡安：《益都耆旧传》：“胡安，临邛人，聚徒于白鹤山，司马相如从之受经。白鹤山，在邛州城西八里。据言司马相如从胡安授易于白鹤山。”

③文翁：西汉人。景帝末，为蜀郡守。以蜀地偏远，教学不兴，因派小吏至长安，授业于博士，或学律令，学成后皆蜀要职。又在成都市设学校，入学得免除徭役，并以成绩优良者为郡县吏。数年之后，风气大变，蜀地受学京师的与齐、鲁相同。《三国志》卷三十八注引《蜀书秦宓传》载，秦宓在致蜀郡太守王商的书信中说：“蜀本无学士，文翁遣相如东受七经，还教吏民，于是蜀学比于齐、鲁。故《地里志》曰：‘文翁倡其教，相如为之师。’”

④俳优：古代以乐舞谐戏为业的艺人。

⑤枚皋：西汉辞赋家，字少孺，淮阴人，辞赋家枚乘之子。有赋一百数十篇，多为“谩笑嫚戏”之作，今不传。

⑥媟（xiè）黷：亵狎，轻慢。《汉书·枚皋传》：“（枚皋）为赋颂，好嫚戏，以故得媟黷贵幸。”颜师古注：“媟，狎也。黷，垢浊也。”郭舍人：汉武帝时倡优，颇受宠信。

经术之要，莫过于三百篇，以三百篇为赋者，屈原、荀卿而下，至于相如之徒是也。以三百篇为诗者，苏、李而下[①]，至于晋、魏、六朝、三唐以及于今之作者皆是也。《艺文志》曰："自孝武立乐府而采歌谣，于是有代赵之讴，秦楚之风，皆感于哀乐，缘事而发，亦可以观风俗，知厚薄云。"则乐府者，又赋之变也。诗变而为骚，骚变而为赋，赋变而乐府，乐府之流漫浸淫而为词曲[②]，而其变穷矣。穷则必复之于经，故能以六经持万世文章之变，即诗赋一道，犹可以见贤人君子之用心。若遂薄之为雕虫末技[③]，吾未见扬雄之《法言》《太玄》谓可直驾《离骚》而上之。天下万世可无《法言》《太玄》，决不可无《离骚》。《法言》《太玄》或有时可泯没[④]，《离骚》决不可泯没也。

【笺注】

①苏李：西汉苏武、李陵二人诗体的合称。托名西汉苏武、李陵赠答的若干首五言古诗，今存十多首。其中李陵《与

苏武三首》、苏武诗四首最早见于《文选》“杂诗”类，列次《古诗十九首》之后，是较完整的一组，通常举为“苏李诗”的代表作。

②流漫：犹流僈。放纵，放荡。浸淫：引申为浸染，濡染。《墨子·大取》：“故浸淫之辞，其类在鼓栗。”孙诒让间诂：“《文选·洞箫赋》李注云：‘浸淫，犹渐冉，相亲附之意也。’”

③雕虫末技：犹言雕虫小技。比喻微小的技能。这里用来称写诗文。虫，指秦书中的“虫书”。扬雄《法言·吾子》：“或问：‘吾子少而好赋？’曰：‘然，童子雕虫篆刻。’俄而曰：‘壮夫不为也。’”《隋书·李德林传》：“经国大体，是贾生、晁初之俦；雕虫小技，殆相如、子云之辈。”

④泯没：埋没；掩盖。

愚按赋之心本一原，而其体制递换，亦可缕数①。骚一也，两京之浑融博奥一也②。黄初以还③，及乎晋、宋之初，潘、陆、孙、许以隽雅为宗④。南北朝以降，颜、鲍、三谢以繁丽为主⑤。萧氏之君臣⑥，争工月露⑦；徐庾之排调⑧，竞美宫奁。至唐，例用试士，而骈四俪六之习⑨，风雅之道于斯尽丧。中世杜牧之辈始推陈出新，更为奇肆⑩，实以开宋人漶漫无纪极之风⑪，而赋之体又穷矣。本赋之心，正赋之体，吾谓非尽出于三百篇不可也。

【笺注】

①缕数：一一细数；一一述说。

②浑融：浑合，融合，谓融会不显露。博奥：博大精深；广博深奥。

③黄初：魏文帝曹丕年号（220—226）。

④潘、陆：西晋太康诗人潘岳和陆机的并称。孙、许：晋人孙绰和许询的并称。四人皆为东晋玄学诗人。隽雅：谓高雅脱俗。

⑤颜、鲍、三谢：颜延之、鲍照、谢灵运、谢惠连、谢朓。

⑥萧氏：指南北朝时期梁代萧帝家族，其中主要是四萧——萧衍、萧统、萧纲、萧绎。萧氏诗上承两晋各派诗风以至建安风骨，虽为贵族之诗，文风柔弱，词彩华美。

⑦月露：比喻无用、华而不实的文字。《隋书·李谔传》："连篇累牍，不出月露之形。"

⑧徐庾：南朝陈徐陵和北周庾信的并称。

⑨骈四俪六：指骈体文。因其多用四言六言的句子对偶排比，故称。唐柳宗元《乞巧文》："骈四俪六，锦心绣口。"骈，并列，对偶。俪，成双，成对。

⑩奇肆：奇特奔放。

⑪漶漫：散乱，散漫。纪极：终极；限度。

原　诗

世道江河，动成积习[1]，风雅之道，而有高髻广额之忧[2]。十年前之诗人，皆唐之诗人也，必嗤点夫宋[3]。近年来之诗人，皆宋之诗人也，必嗤点夫唐。万户同声，千车一辙，其始亦因一二聪明才智之士深恶积习，欲辟新机[4]，意见孤行，排众独出。而一时附和之家吠声四起[5]，善者为新丰之鸡犬[6]，不善者为鲍老之衣冠[7]。向之意见孤行、排众独出者，又成积习矣。盖俗学无基，迎风欲仆，随踵而立。故其于诗也，如矮子观场[8]，随人喜怒，而不知自有之面目，宁不悲哉。有客问诗于予者曰："学唐优乎，学宋优乎?"予曰：子无问唐也宋也，亦问子之诗安在耳。书曰："诗言志。"挚虞曰："诗发乎情，止乎礼义。"此为诗之本也，未闻有临摹仿效之习也。古诗称陶谢[9]，而陶自有陶之诗，谢自有谢之诗；唐诗称李杜，而李自有李之诗，杜自有杜之诗。人必有好奇缒险、伐出通道之事[10]，而后有谢诗；人必有北窗高卧、不肯折腰乡里小儿之意[11]，而后有陶诗；人必有流离道路、每饭不忘君之心[12]，而后有杜诗；人必有放浪江湖、骑鲸捉月之气[13]，而后有李诗。近时龙眠钱饮光以能诗称[14]，有人誉其诗为剑南，饮光怒；复誉之为香山，饮光愈怒；人知其意不慊，竟誉之为浣花[15]，饮光更大怒。曰："我自为钱饮光之诗耳，何浣花为？"此虽狂言，然不可谓不知诗之理也。客曰："然则诗可无师承乎？"曰：何可无也。杜老不云乎："别裁伪体亲风雅，转益多师是汝师[16]。"凡骚雅以来，皆汝师也。今之为唐为宋者，皆伪体也。能别裁之而勿为所误，则师承得矣。作诗原。

【笺注】

①积习：长期形成的习气。

②高髻广额：《后汉书·马廖传》："城中好高髻，四方高一尺；城中好广眉，四方且半额。"城中流行什么风习，四方就跟着学起来。

③嗤点：讥笑指摘，嘲笑挑剔。

④新机：新的生机；新的精神。

⑤吠声：一条狗叫，群犬闻声跟着叫。喻盲从，随声附和。

⑥新丰：县名。汉高祖七年置，唐废。治所在今陕西省临潼县西北。本秦骊邑。汉高祖定都关中，其父太上皇居长安宫中，思乡心切，郁郁不乐。高祖乃依故乡丰邑街里房舍格局改筑骊邑，并迁来丰民，改称新丰。据说士女老幼各知其室，从迁的犬羊鸡鸭亦竟识其家。太上皇居新丰，日与故人饮酒高会，心情愉快。后乃用作新兴贵族游宴作乐及富贵后与故人聚饮叙旧之典。

⑦鲍老：古代戏剧角色名。宋无名氏《张协状元》戏文第五三出："好似傀儡棚前，一个鲍老。"钱南扬校注："鲍老，古剧脚色名。《后山诗话》载杨大年《傀儡诗》云：'鲍老当筵笑郭郎，笑他舞袖太郎当。若教鲍老当筵舞，转更郎当舞袖长。'郭郎也是角色名，盖即引戏，见《乐府杂录》'傀儡'条。《武林旧事》卷二'舞队、大小全棚傀儡'有'《大小斫刀鲍老》《交衮鲍老》。鲍老似乎与傀儡戏关系特别密切，故上句云云。'"

⑧矮子观场：矮个子挤在人群中看戏，什么也看不见，只能随着别人评论戏的好坏。喻己无所见而随声附和。

⑨陶谢：东晋末年、南朝初的诗人陶渊明、谢灵运的并称。

⑩缒险：犹探险。通道：开辟道路。

⑪北窗高卧：比喻悠闲自得。晋陶渊明《与子俨等书》："常言五六月中，北窗下卧，遇凉风暂至，自谓是羲皇上人。"不肯折腰乡里小儿：比喻为人清高，有骨气，不为利禄所动。《晋书陶潜传》："吾不能为五斗米折腰，拳拳事乡里小人邪。"

⑫流离道路：杜甫生活于唐朝由盛转衰的历史时期，随着唐玄宗后期政治越来越腐败，杜甫也渐渐陷入困境，生活在颠沛流离中。每饭不忘君：《杜少陵集详注》附明陈文烛《重修瀼西草堂记》："史称先生挺节不污，所为诗歌，善陈时事，千汇万状，兼而有之，忠君忧国，每饭不忘。"清袁枚《随园诗话》卷十四："人但知杜少陵每饭不忘君，而不知其于友朋、弟妹、夫妻、儿女间，何在不一往情深耶？"

⑬放浪江湖：在江湖各地无拘无束地生活。放浪，放纵，不受任何约束。唐玄宗天宝元年，李白受赏识，召至长安任职翰林，后因得罪高力士离开京师，放浪江湖。骑鲸捉月：形容诗人文士纵情诗酒，潇洒豪放。骑鲸，唐杜甫《送孔巢父谢病归游江东兼呈李白》诗"几岁寄我空中书，南寻禹穴见李白"。清仇兆鳌注："南寻句，一作'若逢李白骑鲸鱼'。按：骑鲸鱼，出《羽猎赋》。俗传太白醉骑鲸鱼，溺死浔阳，皆缘此句而附会之耳。"后用为咏李白之典。捉月，传说唐李白酒醉泛舟当涂采石，俯捉江中月影而溺死。宋洪迈《容斋随笔·李太白》："世俗多言李太白在当涂采石，因醉泛舟于江，见月影俯而取之，遂溺死，故其地有捉月台。予按：李阳冰作太白《草堂集序》云：'阳冰试弦歌于当涂，公疾亟，草稿万卷，手集未修，枕上授简，俾为序。'又李邕作《太白墓志》，亦云：'赋《临终歌》而卒。'乃知俗传良不足信，盖与谓杜子美因食白酒牛炙而死者同也。"

⑭钱饮光：明末清初文学家、学者钱澄之，字饮光，一字

幼光，晚号田间老人、西顽道人，桐城（今属安徽）人。桐城有龙眠山，故以之代称桐城。

⑮剑南、香山、浣花：分别指诗人陆游（诗集为《剑南诗稿》）、白居易（晚年号香山居士）和杜甫（浣花溪旁有杜甫故居）。

⑯别裁伪体亲风雅，转益多师是汝师：唐杜甫《戏为六绝句》。别裁伪体，区别和裁减、淘汰那些形式内容都不好的诗。亲风雅，学习《诗经》以来风、雅的传统。转益多师，多方面寻找老师。

原　书

予笃好书，每谓书有天分，而非尽关乎仿效；书有兴会[1]，而不必出乎矜持。传云："人心不同，有如其面。"桓温欲似刘琨[2]，而琨婢以为甚似而非。予谓惟书亦然；聚千百能书之人于此，其笔迹无一同。聚千百不能书之人于此，其笔迹亦无一同。使必出于同，则千古书法，止一右军足矣。即如右军学卫夫人[3]，而究之卫自卫、王自王。临兰亭者，亦各自见笔意也。若铢而较、寸而合，岂复有真面目耶？王绍宗曰："我书每精心空思，率意而成。闻虞世南不临摹，但被中画肚，我亦如之。"坡公云："我书意造本无法。"盖古人绝技，必有神明所寓，兴会所触，动与天随而不自知。予每当笔砚精良时，或无意中有得意之笔，否则不但掣肘迫书[4]，即稍一勉强，而愈作愈不佳。程子所云作字须敬，此亦儒者持心语，而书法岂关此哉？古之能书者，或观剑器，或听江声，或见蛇斗，此岂有书之事哉？然而会心有在矣。予尝谓熟读蒙庄[5]，即可悟作书之理。悠悠千古，解吾语者谁也？予恐书家之涉仿效矜持者，有鹦哥骄秦吉了之诮[6]，故作书原。

【笺注】

①兴会：意趣，兴致。

②桓温欲似刘琨：《晋书·王敦桓温列传》。大司马桓温自认为雄姿英发，是司马懿、刘琨一类的人物，却被人比作大将军王敦，很不高兴。桓温北伐归来，带回来一个老婢女。这老婢曾是刘琨家伎。老婢一见桓温，潸然泪下："公甚似刘司空。"桓温大喜，整冠问哪里像。老婢答："面甚似，恨薄；眼甚似，恨小；须甚似，恨赤；形甚似，恨短；声甚似，恨雌。"桓温大为扫兴，抑郁了好几天。

③右军：王羲之。早年从卫夫人学书法。卫夫人：卫铄，东晋女书法家。汝阴太守李矩妻，人称卫夫人。

④掣肘迫书：犹掣肘难书。在别人做事时拉扯别人的胳膊肘。比喻干扰和阻挠别人做事。《吕氏春秋·审应览·具备》："宓子贱治亶父，恐鲁君之听谗人而令己不得行其术也，将辞而行，请近吏二人于鲁君，与之俱。至于亶父，邑吏皆朝。宓

子贱令吏二人书。吏方将书，宓子贱从旁时掣摇其肘。吏书之不善，则宓子贱为之怒。吏甚患之，辞而请归。”

⑤蒙庄：指庄周。庄周，宋国蒙（今河南商丘市东北）人，故称。

⑥秦吉了：又称吉了、了哥、八哥，智商很高，能学人语。因产于秦中，故名秦吉了。

拟设东宫官属谢表

康熙十五年月日，臣等恭遇皇上册立宫，特设詹事府、左右春坊、司经局等官，以资辅导。臣等谨奉表称谢者。伏以宫悬银榜[1]，长男题青石之书；门启铜扉[2]，元良居白鹤之禁[3]。正重离之位[4]，玉册金文[5]；命洊震之官[6]，银章紫绶[7]。爰求博望之多才，允入瀛洲之妙选[8]。庆流宗祏[9]，欢洽舆图[10]。窃惟冢嫡所以系人心[11]，储闱所以贰宸极[12]。是以帝王大典，豫教为先[13]；辅导得人，宫僚为重[14]。承华斯建[15]，必资羽翼之功[16]；崇贤既开，即勤师傅之任[17]。不登嗜鲍[18]，引礼惟严[19]；旋赋钓鳌[20]，绳愆特峻[21]。晋重贺循之儒宗[22]，亲受太子之拜；汉尚桓荣之稽古[24]，群看博士之尊。温峤上侍臣补益之箴[25]，伯药献赞导嬉游之讽。未有九旗初建[25]，四友即宾[26]，五胜夙娴[27]，三长咸集[28]，如今日者也。

【笺注】

①银榜：官殿或庙宇门端所悬的辉煌华丽的匾额。

②扉：门扇。

③元良：太子的代称。白鹤之禁：太子所居之处。

④重离：《易·离》："明两作离，大人以继明照于四方。"孔颖达疏："明两作离者，离为日，日为明。"《离》卦为离上离下相重，故以"重离"指太阳。

⑤玉册：旧谓天书玉册，为天子受命的瑞征。金文：指皇帝诏告的贵重文字。

⑥洊震：《易·震》："洊雷震。君子以恐惧脩省。"孔颖达疏："洊者，重也，因仍也。雷相因仍，乃为威震也。"

⑦银章：银印。其文曰章。汉制，凡吏秩比两千石以上皆银印。隋唐以后官不佩印，只有随身鱼袋。金银鱼袋等谓之章服，亦简称银章。紫绶：紫色丝带。古代高级官员用作印绶，或做服饰。《汉书·百官公卿表上》："相国、丞相，皆秦官，金印紫绶。"

⑧瀛洲：《新唐书·褚亮传》载，唐太宗为网罗人才，设置文学馆，任命杜如晦、房玄龄等十八名文官为学士，轮流宿于馆中，暇日，访以政事，讨论典籍。又命阎立本画像，褚亮作赞，题名字爵里，号"十八学士"。时人慕之，谓"登瀛洲"。后来的诗文中常用"登瀛洲""瀛洲"比喻士人获得殊荣，如入仙境。

⑨宗祏：宗庙中藏神主的石室。亦借指宗庙，宗祠。《左

传·庄公十四年》："（原繁）对曰：'先君桓公，命我先人，典司宗祏。'"杜预注："宗祏，宗庙中藏主石室。"孔颖达疏："宗祏者，虑有非常火灾，于庙之北壁内为石室以藏木主，有事则出而祭之，既祭纳于石室。"

⑩欢洽：欢乐和洽。舆图：疆土，土地。

⑪冢嫡：嫡长子。

⑫储闱：太子所居之宫。借指太子。宸极：北极星。比喻帝位。《文选·刘琨〈劝进表〉》："宸极失御，登遐丑裔。"李善注："宸极，喻帝位。"

⑬豫教：《礼记·经解》："故礼之教化也微。"唐孔颖达疏："微者言礼之教人豫前事微之时，豫教化之。"后指豫为教育、感化。

⑭宫僚：谓太子属官。

⑮承华：太子宫门名。《文选·陆机》："阊阖既辟，承华再建。"李善注引《洛阳记》："太子宫在太宫东薄室门外，中有承华门。"

⑯羽翼：比喻辅佐的人或力量。

⑰师傅：太师、太傅或少师、少傅的合称。《史记·儒林列传》："自孔子卒后，七十子之徒散游诸侯，大者为师傅卿相，小者友教士大夫。"

⑱不登嗜鲍：《新书·礼》卷六："昔周文王使太公望傅太子发，太子嗜鲍鱼，而太公弗与，太公曰：'礼，鲍鱼不登於俎，岂有非礼而可以养太子哉？'"

⑲引礼：引导行礼。

⑳钓鳌：《列子·汤问》："（勃海之东有五山）而五山之根，无所连着，常随潮波上下往还，不得蹔峙焉。仙圣毒之，诉之于帝。帝恐流于西极，失群圣之居，乃命禺强使巨鳌十五

举首而戴之，迭为三番，六万岁一交焉，五山始峙。而龙伯之国有大人，举足不盈数步而暨五山之所，一钓而连六鳌，合负而趣归其国，灼其骨以数焉。于是岱舆、员峤二山流于北极，沈于大海。”后因以“钓鳌”喻抱负远大或举止豪迈。

㉑绳愆：纠正过失。

㉒贺循：晋会稽山阴人，字彦先。《晋书·贺循传》：“朝廷疑滞皆谘之于循，循辄依经礼而对，为当世儒宗。……帝以循体德率物，有不言之益，敦厉备至，期于不许，命皇太子亲往拜焉。……太子亲临者三焉，往还皆拜，儒者以为荣。”

㉓桓荣：东汉大臣、名儒，字春卿。桓荣六十多岁时方为光武帝刘秀所赏识，被任命为议郎，入宫教授太子刘庄，后被授任为博士。稽古：稽考古道。《后汉书·桓荣列传》：“（建武）二十八年，大会百官，诏问谁可傅太子者，群臣承望上意，皆言太子舅执金吾原鹿侯阴识可。博士张佚正色曰：‘今陛下立太子，为阴氏乎？为天下乎？即为阴氏，则阴侯可；为天下，则固宜用天下之贤才。’帝称善，曰：‘欲置傅者，以辅太子也。今博士不难正朕，况太子乎？’即拜佚为太子太傅，而以荣为少傅，赐以辎车、乘马。荣大会诸生，陈其车马、印绶，曰：‘今日所蒙，稽古之力也，可不勉哉！’”

㉔温峤：东晋太原人，字太真。任太子中庶子。曾多次上表规谏，献《侍臣箴》，深得太子司马绍器重，引为布衣之交。《晋书·温峤传》：“后历骠骑王导长史，迁太子中庶子。及在东宫，深见宠遇，太子与为布衣之交。数陈规讽，又献《侍臣箴》，甚有弘益。时太子起西池楼观，颇为劳费，峤上疏以为朝廷草创，巨寇未灭，宜应俭以率下，务农重兵，太子纳焉。”

㉕九旗：以不同徽号表示不同等级和用途的常、旂、旃、

物、旗、旟、旐、旞、旌九种旗帜。《周礼·春官·司常》："司常掌九旗之物名，各有属以待国事。日月为常，交龙为旂，通帛为旃，杂帛为物，熊虎为旗，鸟隼为旟，龟蛇为旐，全羽为旞，析羽为旌。"

㉖四友：指周文王四个亲信大臣南宫括、散宜生、闳夭、太颠。《诗·大雅·文王序》孔颖达疏引《殷传》云："西伯得四友献宝，免于虎口而克者。"

㉗五胜：五行相胜。言水胜火、火胜金、金胜木、木胜土、土胜水。《鹖冠子·度万》："形燥则地不生火，水火不生则……五胜无以成埶。"陆佃注："五胜，五行之胜。"

㉘三长：北魏中后期开始实行的一种基层政权组织制度，分党长、里长、邻长的合称。《魏书·高祖纪下》："初立党、里、邻三长，安民户籍。"

陛下太室呈祥①，尧门启瑞②，幼敏等于漢幄，孝德迈于周門。胥臣之答文公③，端俟贤良之赞；贾生之规汉帝④，快瞻有道之长。将君我而齿让之惟先⑤，自长世而慈保之无尽⑥。亦有山涛作傅⑦，小辇称荣⑧；刘寔为师⑨，行高致誉。于是斟酌隋唐之制，增设辅导之员。一宫弹肃⑩，荅于王珉之书⑪；一时才贤，让诸王恭之表⑫。萧傅风高于杜曲⑬，殊宠攸加；窦婴戚重于西京⑭，清秩斯显。遂使龙楼应制⑮，瞻驰道而从容⑯；凤阁登英[17]，向苍旂而赓拜。五礼六乐[18]，无非毓性之方；三德九功[19]，并是储精之具[20]。岂直处瑶山而作咏[21]，见诸山海之经；吹铜律以迎和[22]，得之太师之户[23]。臣等愧家丞之秋实[24]，鲜庶子之春华[25]。藻思难窥[26]，本乏卞兰泉涌之赞[27]；盛德靡际，惟矢乐人海润之歌。伏愿天姿玉裕[28]，茂德川沈[29]，得保傅若二疏[30]，有宾客如四皓[31]。问安视膳，克尽两宫之欢；继体重轮[32]，大慰兆民之望[33]。则千年少海之波[34]，光浮若镜；五色前星之曜[35]，气蔚成珠矣。

【笺注】

①太室：太庙中央之室，亦指太庙。《书·洛诰》："王入太室祼。"孔传："太室，清庙。"孔颖达疏："太室，室之大者，故为清庙。庙有五室，中央曰太室。"

②尧门启瑞：南朝陈徐陵《劝进梁元帝表》："非惟太室之祥，图谍斯归，何止尧门之瑞。"

③胥臣：晋将。早年曾追随晋文公重耳流亡，力劝重耳接纳秦穆公之女怀嬴，《晋语》："胥臣曰：'质将善而贤良赞之，则济可俟。'"

④贾生：贾谊。诸法令所更定，及列侯就国，其说皆谊发

之。贾谊《治安策》："夏、殷、周为天子皆数十世，秦为天子二世而亡。人性不甚相远也，何三代之君有道之长而秦无道之暴也？其故可知也。"

⑤齿让：以年岁大小相让，示长幼有序。《礼记·文王世子》："将君我，而与我齿让，何也？"

⑥长世：历世久远；永存。慈保：慈爱保养。《国语·周语上》："精意以享，禋也；慈保庶民，亲也。"韦昭注："慈，爱也；保，养也。"

⑦山涛：西晋人，"竹林七贤"之一。选用官吏，亲作评论，当时号为"山公启事"。

⑧小辇：人力挽行的轻车，汉以后为帝王专乘。《汉书·张敞传》："国辅大臣未褒，而昌邑小辇先迁，此过之大者也。"

⑨刘寔（shí）：西晋重臣、学者。博晓古今，品行高洁。《晋书》列传十一载，有人谓寔曰："君行高一世，而诸子不能遵。何不旦夕切磋，使知过而自改邪！"

⑩弹肃：犹整饬。晋王珉《答徐邈书》："詹事弹肃一官，如尚书令中丞矣。"

⑪王珉：晋代学者，字季琰，小字僧弥。据《晋书》载，珉为珣弟。少有才艺，善行书，名出珣右。时人为之语曰："法护非不佳，僧弥难为兄。"代王献之为长，兼中书令。二人素齐名，世谓献之为大令，珉为小令。赠太常。自导至珉三世善书，时方之杜、卫二氏。尝书四疋素，自朝操笔，至暮便竟。首尾如一，又无误字。子敬（献之）戏云："弟书如骑骡，骎骎欲度骅骝前。"

⑫王恭：东晋大臣。光禄大夫蕴子，定皇后之兄。武帝以恭后兄，深相钦重。时陈郡袁悦之以倾巧事会稽王道子，恭言

之于帝，遂诛之。

⑬萧傅：萧望之，字长倩，萧何六世孙。西汉宣帝、元帝倚重的大臣，字长倩，东海兰陵人也，徙杜陵。

⑭窦婴：西汉大臣。窦太后之侄。以反对梁孝王继嗣帝位，为太后所恨，不得朝请。西京：西安市古称。

⑮龙楼：汉代太子宫门名。《汉书·成帝纪》："上尝急召，太子出龙楼门，不敢绝驰道，西至直城门，得绝乃度，还入作室门。"颜师古注引张晏曰："门楼上有铜龙，若白鹤、飞廉之为名也。"借指太子。

⑯驰道：中国最早的"国道"，始于秦朝。前221年秦始皇统一六国，秦始皇统一全国后第二年（前220），就下令修筑以咸阳为中心的、通往全国各地的驰道。《史记·秦始皇本纪》载："二十七年，始皇巡陇西、北地，出鸡头山，过回中。焉作信宫渭南，已更命信宫为极庙，象天极。自极庙道通郦山（骊山），作甘泉前殿。筑甬道，自咸阳属之。是岁，赐爵一级。治驰道。"

⑰凤阁：华丽的楼阁。多指皇宫内的楼阁。

⑱五礼：指公、侯、伯、子、男五等诸侯朝聘之礼。《书·皋陶谟》："天秩有礼，自我五礼，有庸哉。"孔传："天次秩有礼，当用我公、侯、伯、子、男五等之礼以接之，使有常。"王引之《经义述闻·尚书上》："所谓五礼者，正谓公、侯、伯、子、男朝聘之礼也。"六乐：谓黄帝、尧、舜、禹、汤、周武王六代的古乐。《周礼·地官·大司徒》："以六乐防万民之情，而教之和。"郑玄注引郑司农曰："六乐，谓《云门》《咸池》《大韶》《大夏》《大濩》《大武》。"

⑲三德：三种品德。随文而异。《书·洪范》："三德，一曰正直，二曰刚克，三曰柔克。"孔颖达疏："此三德者，人

君之德，张弛有三也。一曰正直，言能正人之曲使直；二曰刚克，言刚强而能立事；三曰柔克，言和柔而能治。”《周礼·地官·师氏》：“以三德教国子，一曰至德，以为道本；二曰敏德，以为行本；三曰孝德，以知逆恶。”《国语·晋语四》：“晋公子善人也，而卫亲也，君不礼焉，弃三德矣。”韦昭注：“三德，谓礼宾、亲亲、善善也。”九功：古谓六府三事为九功。《左传·文公七年》：“六府、三事，谓之九功。水、火、金、木、土、谷，谓之六府。正德、利用、厚生，谓之三事。”

⑳储精：蓄积精灵之气。

㉑瑶山：传说中的仙山。南朝梁简文帝《南郊颂序》：“宛若千仞，状悬流之仙馆；焕如五彩；同瑶山之帝坛。”

㉒铜律：铜制的定音、候气的仪器。《新唐书·礼乐志十一》：“文收既定乐，复铸铜律三百六十、铜斛二、铜秤二、铜瓯十四、秤尺一。”

㉓太师：古代乐官之长。

㉔秋实：秋季成熟的谷物及果实。比喻人的德行成就。

㉕春华、秋实：春天开花，秋天结果。喻文采和品行学问，或事物的因果关系。晋陈寿《三国志·魏志·邢颙传》：“采庶子之春华，忘家丞之秋实。”

㉖藻思：做文章的才思。

㉗卞兰：三国曹魏散骑常侍，曾献赋赞述太子德美。泉涌：泉水喷涌。比喻事物源源不断，滔滔不绝。

㉘玉裕：美玉似的姿容。常用以形容皇太子。《文选·陆机〈皇太子宴玄圃宣猷堂有令赋诗〉》：“茂德渊冲，天姿玉裕。”李善注引《广雅》：“裕，容也。”张铣注：“天然之姿容如玉也。”

㉙茂德：盛德。晋陆机《皇太子宴玄圃宣猷堂有令赋

诗》："茂德渊冲，天姿玉裕。"

㉚保傅：古代保育、教导太子等贵族子弟及未成年帝王、诸侯的男女官员，统称为保傅。《大戴礼·保傅》："保，保其身体；傅，傅其德义。"二疏：指汉宣帝时名臣疏广与兄子受。广为太傅，受为少傅，同时以年老乞致仕，时人贤之。归日，送者车数百辆，设祖道，供张东都门外。汉宣帝时，选疏广为太子太傅。疏广的侄子疏受，当时亦以贤明被选为太子家令，后升为太子少傅。疏广、疏受在任职期间，曾多次受到皇帝的赏赐。并称之为朝廷中的"二疏"。

㉛四皓：商山四皓，分别是苏州太湖甪里先生周术，河南商丘东园公唐秉，湖北通城绮里季吴实，浙江宁波夏黄公崔广。秦汉时隐士，居住在陕西商山深处，德高望众、品行高洁。宋人王禹偁《四皓庙碑》："先生避秦，知亡也；安刘，知存也；应孝惠王之聘知进也；拒高祖之命，知退也。四者俱备，而正在其中矣。先生危则助之，安则去之，其来也，致公于万民；其往也，无私乎一身。此所谓进退存亡不失其正者，千古四贤而已！"

㉜继体：嫡子继承帝位。《史记·外戚世家》："自古受命帝王及继体守文之君，非独内德茂也，盖亦有外戚之助焉。"司马贞索隐："继体谓非创业之主，而是嫡子继先帝之正体而立者也。"重轮：重毂。日、月周围光线经云层冰晶的折射而形成的光圈。古代以为祥瑞之象。

㉝兆民：古称天子之民，后泛指众民，百姓。

㉞少海：指渤海。也称幼海。《山海经·东山经》"南望幼海"晋郭璞注："即少海也。"比喻太子。宋叶廷珪《海录碎事·帝王》："天子比大海，太子比少海。"

㉟五色：指青、黄、赤、白、黑五色，也泛指各种色彩。

古代以此五者为正色。《书·益稷》："以五采彰施于五色，作服，汝明。"孙星衍疏："五色，东方谓之青，南方谓之赤，西方谓之白，北方谓之黑，天谓之玄，地谓之黄，玄出于黑，故六者有黄无玄为五也。"前星：《汉书·五行志下之下》："心，大星，天王也。其前星，太子；后星，庶子也。"后因以前星指太子。

拟御制大德景福颂贺表

康熙十六年月日，臣等恭遇皇上御制大德景福颂[1]，恭祝太皇太后万寿。臣等谨奉表称贺者。伏以瑶池高宴[2]，白云飞长乐之宫[3]；骞树清歌[4]，玉霞映濯龙之殿[5]。青瞳白发，下金母于西池[6]；琼珮仙琚[7]，联婺光于南极。集九重之庆[8]，君子惟祺[9]；进万年之觞，天颜有喜。窃惟大电绕斗[10]，统辟寿丘[11]；瑶光贯虹[12]，庆流华渚[13]。吞神珠而诞禹[14]，晕璧月而生汤[15]，仰圣哲之降祥，实隆慈之载育。他若汉皇提三尺剑[16]，瑞启昭灵[17]；唐宗成一统功，美钟神武。各本让善于天之义，以展事亲如帝之思。然上和熹圣德之颂，著述徒出史官；尊文明崇化之宫；徽号空加文母[18]。未有兼禄位寿名之德，致显扬祝嘏之休[19]，焕彩兰宫[20]，增华桂殿如今日者也[21]。

【笺注】

①大德景福颂：康熙十六年（1677）丁巳四月，圣祖制《大德景福颂》，书锦屏，进太皇太后。成德撰《拟御制大德景福颂贺表》。

②瑶池：传说中西王母所居之地。

③长乐宫：西汉高帝时，就秦兴乐宫改建而成。汉初皇帝在此视朝。惠帝后，为太后居地。故址在今陕西省西安市西北郊汉长安故城东南隅。

④蓌树：犹蓌林。传说中的月中树林。《云笈七签》卷二十三："（月晖圜）有七宝浴池，八蓌之林……比十七日至二十九日，于蓌林树下，采三气之华，拂日月之光也。"

⑤濯龙：汉代宫苑名。在洛阳西南角。《后汉书·皇后纪上·明德马皇后》："帝幸濯龙中，并召诸才人。"借指皇室。

⑥西池金母：王母娘娘。明贾仲名《金安寿》第四折："俺西池金母，为金童玉女思凡，谪生下方为人。"

⑦琼珮：玉制的佩饰。仙琚：衣袖之美称。

⑧九重：指帝王居处。唐钱起《汉武出猎》："汉家无事乐时雍，羽猎年年出九重。"

⑨祺：幸福；吉祥。《诗·大雅·行苇》："寿考维祺，以介景福。"郑玄注："祺，吉也。"

⑩大电：用"黄帝出生"之典。相传黄帝之母曰附宝，见大电光绕北斗枢星，附宝感而怀孕，二十四月而生黄帝。见《书序》孔颖达疏引《帝王世纪》。

⑪寿丘：古地名。在今山东省曲阜县东。晋皇甫谧《帝王

世纪》："（附宝）孕二十五月，生黄帝于寿邱。"

⑫瑶光：北斗七星的第七星名。象征祥瑞。

⑬华渚：古代传说中的地名。《宋书·符瑞志上》："帝挚少昊氏，母曰女节，见星如虹，下流华渚，既而梦接意感，生少昊。登帝位，有凤皇之瑞。"

⑭吞神珠：《三家注史记·夏本纪》帝王纪云："父鲧妻修己，见流星贯昴，梦接意感，又吞神珠薏苡，胸坼而生禹。"

⑮璧月：对月亮的美称。

⑯三尺剑：古剑长凡三尺，故称。《史记·高祖本纪》："吾以布衣提三尺剑取天下，此非天命乎？"

⑰昭灵：汉代宫馆名。《汉书·霍光传》："起三出阙，筑神道，北临昭灵，南出承恩。"颜师古注引服虔曰："昭灵、承恩，皆馆名也。"

⑱徽号：褒扬赞美的称号。旧时专指加给帝王及皇后的尊号。每逢庆典，可以屡次加上，每次通常加两个字，尽是歌功颂德之词。

⑲祝嘏（gǔ）：祭祀时祝祷和所传达的言辞。《礼记·礼运》："脩以降上神与其先祖。"郑玄注："祝，祝为主人飨神辞也；嘏，祝为尸致福于主人之辞也。"

⑳兰宫：椒兰宫。后妃居住处。亦代指后妃。这里借指太后。

㉑桂殿：指后妃所住的深宫。

陛下仁孝性成，尊养备至[1]。两宫定省[2]，奉太任太姒之欢[3]；一德趋承[4]，竭文子文孙之力[5]。钦惟太皇太后福懋三朝，

恩昭九有[6]。诚周方甸，非止崇曳练之风[7]；机协圆灵[8]，不仅恃观图之识。诒谋恭俭[9]，上掩汉京[10]；缔造艰难[11]，争光邰室[12]。犹念非景福咸备[13]，曷瞻四海之母仪；惟大德在躬，斯表九重之茀禄[14]。维时当阳春布泽之辰[15]，正宝婺腾辉之日[16]玉舆随侍，翟服齐班[17]。八千岁为春秋[18]，孰比大椿之遐算[19]；三千年一花实，谁似蟠桃之植根。

【笺注】

①尊养：尊奉侍养。备至：细致全面；周全。

②两宫：指太后和皇帝或皇帝和皇后。亦指太上皇和皇帝或两后。因其各居一宫，故称两宫。定省：《礼记·曲礼上》："凡为人子之礼，冬温而夏凊，昏定而晨省。"郑玄注："定，安其床衽也；省，问其安否何如。"后因称子女早晚向亲长问安为"定省"。

③太任：任姓，又称大任。商朝时期西伯侯季历之正妃。周文王姬昌之母。太姒：亦作"大姒"。有莘氏之女，周文王妻，武王母。《诗·大雅·思齐》："大姒嗣徽音，则百斯男。"毛传："大姒，文王之妃也。"《史记·管蔡世家》："武王同母兄弟十人，母曰太姒，文王正妃也。"后用为贤母的典实。

④趋承：侍奉；侍候。

⑤文子文孙：周文王子孙。泛用为对他人之孙的美称。《书·立政》："继自今文子文孙。"孔传："文子文孙，文王之子孙。"

⑥九有：九州。《诗·商颂·玄鸟》："方命厥后，奄有九有。"毛传有，九州也。"

⑦曳练：铺开的白绢。常用以比喻白色的云气或江水。

⑧圆灵：天。《文选·谢庄》："柔祇雪凝，圆灵水镜。"李善注："圆灵，天也。"

⑨诒谋：犹诒燕。为子孙妥善谋划，使子孙安乐。《诗·大雅·文王有声》："诒厥孙谋，以燕翼子。"郑玄笺："传其所以顺天下之谋，以安敬事之子孙。"恭俭：恭敬俭约。《汉书·河间献王刘德传》："王身端行治，温仁恭俭，笃敬爱下，明知深察。"

⑩汉京：指汉朝都城长安或洛阳。这里借指京城。

⑪缔造：经营创建。

⑫争光：争着承受光明。邰室：《诗经·大雅·生民》："实颖实粟，即有邰家室。"

⑬景福：大福。《诗·小雅·小明》："以介景福。"毛传："介、景，皆大也。"

⑭茀（fú）禄：犹福禄。福运，福气。茀，通"福"。《诗·大雅·卷阿》："茀禄尔康矣。"郑玄笺："茀，福也。"

⑮阳春：春天；温暖的春天。比喻恩泽。

⑯宝婺（wù）：婺女星。星宿名，即女宿。又名须女，务女。二十八宿之一，玄武七宿之第三宿，有星四颗。《礼记·月令》："（孟夏之月）日在毕，昏翼中，旦婺女中。"《史记·天官书》："婺女，其北织女。"司马贞索隐："务女。《广雅》云'须女谓之务女，是也。一作"婺"'。"用为妇女的美喻。

腾辉：闪耀光辉。

⑰翟（dí）服：中国古代后妃命妇的最高级别礼服，包括“袆衣、揄翟、阙翟”三种，合称“三翟”，与男子礼服的“六冕”相对应。齐班：并列。

⑱春秋：岁月，人生。

⑲大椿：木名。庄子《逍遥游》云：“上古有大椿者，以八千岁为春，以八千为秋，而彭祖乃今以久特闻。”后以“大椿”为男寿的祝词。遐算：高龄，高寿。

亲制卿云晨露之词①，恭上南山万寿之颂。奏霓裳于大内②，如聆侍女之笙；庆长宁之永年，应送上元之酒。乌飞可祝③，引彼虎贲之弓；鸽放未央④，纪以金笼之数。岂止奚斯颂鲁⑤，燕喜来寿母之诗⑥；文考歌风⑦，思媚及周姜之妇⑧。臣等内则粗窥⑨，阴教未谙⑩。学惭博物⑪，讵进张华女史之箴⑫；才谢天人，敢效陈思姜嫄之颂⑬。伏愿道洽彤庭⑭，范垂椒寝⑮。启贤启圣，龙栋盘于亿龄⑯；母地母天，燕玺宝于百世。法宋家圣后，号尧舜于女中⑰；追汉代贤妃，习经典为博士⑱。不须泰山进长生之枕⑲，授术神仙；新垣刻延寿之杯⑳，迓休人主矣㉑。

【笺注】

①卿云：歌名。传说虞舜将禅位给禹时和百官一起唱的歌。《尚书大传》卷二："舜为宾客而禹为主人……于时卿云聚，俊乂集，百工相和而歌《卿云》，帝乃倡之曰：'卿云烂兮，糺缦缦兮，日月光华，旦复旦兮。'"郑玄注："卿，当为'庆'。"晨露：商汤时乐歌名。《吕氏春秋·古乐》："汤乃命伊尹作为《大护》，歌《晨露》，修《九招》《六列》，以见其善。"高诱注："《大护》《晨露》《九招》《六列》皆乐名。"

②霓裳：《霓裳羽衣曲》的略称。

③乌飞：古代传说日中有三足乌，故称太阳为金乌。汉王充《论衡·说日》："儒者曰：日中有三足乌，月中有兔、蟾蜍。"唐韩琮《春愁》："金乌长飞玉兔走，青鬓长青古无有。"

④未央：未央宫。宫殿名。故址在今陕西西安市西北长安故城内西南隅。汉高帝七年建，常为朝见之处。新莽末毁。东汉末董卓复葺未央殿。唐未央宫在禁苑中，至唐末毁。《史记·高祖本纪》："萧丞相营作未央宫，立东阙、北阙、前殿、武库、太仓。"

⑤奚斯颂鲁：班固《两都赋序》："昔皋陶歌虞，奚斯颂鲁，皆见于孔氏，列于《诗》《书》，其义一也。"鲁颂是《诗经》中《颂》的一部分，共4篇。

⑥燕喜：宴饮喜乐。《诗·小雅·六月》："吉甫燕喜，既多受祉。"集传："此言吉甫燕饮喜乐，多受福祉。"

⑦文考：周文王死后，武王颂之为文考。《书·泰誓下》："予克受，非予武，惟朕文考无罪。"孔传："言文王无罪于天下。"

⑧周姜：周太王的妃子周姜。《诗经·大雅·思齐》："思

媚周姜，京室之女。”

⑨粗窥：略见。

⑩阴教：女子的教化。《周礼·天官·内宰》：“以阴礼教六宫，以阴礼教九嫔。”

⑪博物：通晓众物。

⑫女史之箴：晋文人张华以历代贤记事迹撰文。

⑬姜嫄：传说中周族始祖后稷之母。有邰氏之女。

⑭道洽：某种学说和教义得到普及。彤庭：汉代宫廷。因以朱漆涂饰，故称。泛指皇宫。

⑮椒寝：后妃所居的宫寝。指皇后。

⑯亿龄：亿年。

⑰尧舜于女中：女中尧舜。尧舜，传说中的上古贤明君主。女中尧舜，妇女中的贤明人物。古代多称颂执政的女王。于《宋史·英宗宣仁圣烈高皇后传》：“临政九年，朝廷清明，华夏绥定……人以为女中尧舜。”

⑱汉代贤妃，习经典为博士：《后汉书·和熹邓皇后纪》：“和熹邓皇讳绥，太付禹之孙也。……六岁能《史书》，十二通《诗》《论语》。诸兄每读经传，辄下意难问。志在典籍，不问居家之事，母常非之，曰：‘汝不习女工以供衣服，乃更务学，宁当举博士邪？’后重违母言，昼修妇业，暮诵经典。家人号曰‘诸生’。”汉和帝邓皇后从小喜欢读书，颇具文才。后遂以“女博士”为才女之美称。

⑲泰山进长生之枕：指泰山父枕。葛洪《神仙传》，文曰：“泰山父者，时汉武帝东巡，见父锄于道，头上白光高数尺。呼问之，对曰：有道士教臣作神枕……臣行之，转少，齿生。”南朝梁元帝谈及药枕起源时说：“泰山之药，既使延龄；长生之枕，能令益寿。”

⑳新垣：新垣平。汉文帝时的方士，骗取汉文帝信任。叫人在一只玉杯上刻上“人主延寿”四个字，诡称是仙人所送。

㉑迓（yà）休：迎接。

书昌谷集后

尝读吕汲公《杜诗年谱》[1]，少陵诗首见于冬日雒城谒老子庙[2]，时为开元辛巳[3]，杜年已三十，盖晚成者也。李长吉未及三十[4]，已应玉楼之召[5]。若比少陵，则毕生无一诗矣。然破锦囊中[6]，石破天惊[7]，卒与少陵同寿。千百年大名之垂，彭殇一也[8]。优昙之华，刹那一现[9]，灵椿之树[10]，八千岁为春秋，岂计修短哉[11]。

【笺注】

①吕汲公：北宋大臣吕大防，字微仲，皇祐进士，封汲郡公。

②冬日雒城谒老子庙：《冬日洛城北谒玄元皇帝庙》。

③开元：唐玄宗年号（713—741）。开元辛巳为741年。

④李长吉：唐诗人。一生愁苦抑郁，体弱多病，只做过三年奉礼郎。27岁卒。

⑤玉楼之召：犹玉楼赴召。文人早死的婉辞。唐李商隐

《李贺小传》："长吉将死时，忽昼见一绯衣人，驾赤虬，持一板书，若太古篆或霹雳石文者……绯衣人笑曰：'帝成白玉楼，立召君为记。'"

⑥锦囊：借指诗作。唐李商隐《李长吉小传》："恒从小奚奴，骑巨驴背一古破锦囊，遇有所得，即书投囊中。及暮归，太夫人使婢受囊出之，见所书多，辄曰：'是儿要当呕出心乃已尔！'上灯，与食，长吉从婢取书，研墨叠纸足成之，投他囊中。"

⑦石破天惊：原形容箜篌的声音，忽而高亢，忽而低沉，出人意外，有难以形容的奇境。后多比喻文章议论新奇惊人。

⑧彭殇：犹言寿夭。彭，彭祖，指高寿；殇，未成年而死。《庄子·齐物论》："莫寿于殇子，而彭祖为夭。"

⑨优昙之华，刹那一现：昙花一现。开放时间很短。比喻美好的事物或景象出现了一下，很快就消失。《妙法莲华经·方便品》："佛告舍利佛，如是妙法，诸佛如来，时乃说之，如优昙钵花，时一现耳。"

⑩灵椿：《庄子集释·逍遥游》："上古有大椿者，以八千岁为春，八千岁为秋。"后遂以"灵椿"指古代传说中的长寿之树，喻年高德劭的人。

⑪修短：长短。指人的寿命。

题米元章方圆庵碑

探河源者于星宿，寻地脉者于昆岭[1]。书家之有钟王[2]，诗家之有李杜，其昆岭星宿也。书至南宫[3]，而书之能事毕矣，然南宫书从钟王来。诗至东坡，而诗之能事毕矣，然东坡诗从李杜出。山谷云[4]："老杜之诗，昌黎之文，无一字无来历处。"书犹是矣。见近时学苏诗米字者，不知其来历而径学苏米，且并不见苏米而学。夫学苏米者之点画与唇吻[5]，每况愈下，久而弥失其真。吁，可慨也。近有人自龙井得米元章方圆庵碑初拓示予，其笔法瘦劲，全学《圣教序》[6]，与俗所摹痴肥一种迥异[7]。学米者见之，当知老颠来历，必不专专为《天马赋》伎俩矣[8]。

【笺注】

①昆岭：昆仑山，《淮南子·原道训》："经纪山川，蹈腾

昆仑。”高诱注：“昆仑，山名。在西北，其高万九千里。”

②钟王：钟繇、王羲之。钟繇，字原常，颍川长社（今河南长葛东北）人，三国魏大臣、书法家。书作形成由隶入楷的新貌，与王羲之并称“钟王”。

③南宫：北宋书画家米芾，字元章，号襄阳漫士、海岳外史等。世居太原，迁襄阳，定居润州（今江苏镇江）。徽宗召为书画学博士，曾官礼部员外郎，人称米南宫。行止倜傥不羁，冠服效唐人，风神萧散，音吐清畅，所至人聚观之。好洁成癖，曾释奇丑巨石为兄，故有“米颠”之称。

④山谷：黄庭坚，字鲁直，号山谷道人。涪翁，洪州分宁（今江西修水县）人，为“苏门四学士”之一。

⑤唇吻：议论、口才。

⑥《圣教序》：全称《大唐三藏圣教序》。唐碑刻。唐太宗制此序，表彰唐僧玄奘至印度取经，回长安后翻译佛教三藏要籍事，冠诸经之首。这里特指弘福寺怀仁集王羲之行书，通称《集王书圣教序》，相传王羲之的行书字迹，大都集摹于此碑。

⑦痴肥：形容书法作品字体凝重而不够劲健有力。

⑧《天马赋》：米芾的行书作。具其“沉名著痛快，如乘骏马，进退裕如”之风。

题董文敏秋林书屋图

世之目文敏者[1]，动于巨然、北苑内求之[2]，非是辄云伪。此如画竹林诸贤，必写其沈湎潦倒、科头袒胸之状[3]，而不知山公启事[4]，叔夜挥弦[5]，彼自有正笏端绅[6]、目送飞鸿时也[7]。此卷红树绿莎[8]，朱阑石砌，颇极雅丽，是文敏少年得意之笔。以为赝者，乃见橐驼谓马肿背也[9]，识者辨之。

【笺注】

①文敏：明书画家董其昌，字玄宰，号思白、香光居士，谥号文敏。

②巨然：五代、宋画家。开元寺僧。入宋，随李后主至汴京。工画山水，师法董源。董源：五代南唐画家。中主时任北苑副使，人称董北苑。与巨然并称“董巨”。

③科头：谓不戴帽子。

④山公启事：晋山涛为吏部尚书，凡选用人才，亲做评

论，然后公奏，时称“山公启事”。比喻公开选拔人才，知人能鉴，荐才举贤。《晋书·山涛列传》：“涛再居选职十有余年，每一官缺，辄启拟数人，诏旨有所向，然后显奏，随帝意所欲为先。故帝之所用，或非举首，众情不察，以涛轻重任意。或谮之于帝，故帝手诏戒涛曰：‘夫用人惟才，不遗疏远单贱，天下便化矣。’而涛行之自若，一年之后众情乃寝。涛所奏甄拔人物，各为题目，时称山公启事。”

⑤叔夜：三国魏文学家、思想家、音乐家嵇康，字叔夜，“竹林七贤”之一。嵇康为曹魏宗室的女婿，官曹魏中散大夫，世称嵇中散。善弹琴，以弹《广陵散》著名。弹琴咏诗，自足于怀。

⑥正笏端绅：犹垂绅正笏。垂下大带的末端，双手端正地拿着朝笏。形容朝廷大臣庄重严肃的样子。《礼记·玉藻》：“凡侍于君，绅垂。”孔颖达疏：“绅，大带也。身直则带倚，磬折则带垂。”言臣下侍君必恭。后借指在朝为臣。笏（hù）：古代臣朝见君时所执的狭长板子，用玉、象牙、竹木制成。也叫手板。后世唯品官执之。《礼记·玉藻》：“凡有指画于君前，用笏；造受命于君前，则书于笏。”

⑦目送飞鸿：三国嵇康《四言赠兄秀才入军诗》：“目送归鸿，手挥五弦。”双目远眺送走飞鸿，依依不舍。

⑧绿莎：绿色的莎草。

⑨橐（tuó）驼：骆驼。《山海经·北山经》：“其兽多橐驼，其鸟多寓。”

题文与可墨竹

读东坡《筼筜谷记》[1]，便如有兔跗蛇腹之幹凌霄汉而出，以为与可之竹在是也[2]。观与可之竹，亦如见掀髯扪腹、兔起鹘落之笔拂拂在丛篠间[3]。两者俱有神遇[4]，知笔墨外别有事在矣。京师苦无竹，得此幅挂壁，恍身在潇湘淇澳间也[5]。王子猷曰[6]："何可一日无此君。"知言哉。

【笺注】

①《筼筜谷记》：苏轼为好友兼表兄文同撰写的题记——《文与可画筼筜谷偃竹记》。

②与可：文同，字与可，号笑笑先生，人称石室先生，梓州永泰（今四川盐亭东）人。善诗文书画，尤擅墨竹。画竹叶创深墨为面，淡墨为背之法，主张画竹必先胸有成竹。梓州有筼筜谷，多竹，时往观察，因而画竹益神。

③掀髯：笑时启口张须貌；激动貌。扪腹：抚摸腹部。多形容饱食后怡然自得的样子。兔起鹘落：谓兔子刚出窝，鹘立

即降落捕捉。极言动作敏捷。比喻作书画或写文章下笔迅捷。语本苏轼《文与可画云当谷偃竹记》："振笔直遂，以追其所见，如兔起鹘落，少纵即逝矣。"丛篠（xiǎo）：茂密的小竹林。

④神遇：谓从精神上去感知事物或事理。语本《庄子·养生主》："臣以神遇，而不以目视。"陆德明释文引向秀曰："暗与理会谓之神遇。"

⑤潇湘：指湘江。淇（qí）澳（yù）：淇水弯曲处。

⑥王子猷：王徽之，字子猷，王羲之之子。初为桓温参军，官至黄门侍郎。性爱竹，寄居空宅中，便令种竹，说"何可一日无此君"。居会稽时有雪夜访戴的美谈。

元旦帖子

黍谷阳回[1]，葭灰气动[2]。车迎三素[3]，斗转七星[4]。晓莺传第一新声，早识上林树色；江鲤破千层冻浪，遥连太液波光。句芒始届东郊[5]，青帝旋居左个[6]。销沉寒漏[7]，胥归爆竹声中；绽泄春光，先到梅花影里。于时青袍朝士[8]，金谷名流[9]，并簇辛盘[10]，争烧甲煎[11]。举尊前柏叶[12]，夸盛事于年年；传胜里金花[13]，览物华于处处[14]。达夫常侍，怀故乡客鬓之篇[15]；摩诘词臣，赋元旦早朝之什[16]。莫不惊心岁腊[17]，属望书云[18]。至于鸟卜年丰[19]，蚕烧岁稔[20]，燕裁双尾，鸡画重睛[21]。当门并贴桃符[22]，委巷竞称椒颂[23]。尔乃对景物之更新，伤华年之易逝。醉屠苏而耳热[24]，拔商陆而心寒[25]。噫嘻，庭除拥篲[26]，漫陈崔寔之书[27]；旃厦横经[28]，空梦戴凭之席[29]。傥化工假我以岁月[30]，花鸟助我以文章，庶几日丽嘤鸣[31]，即待寸珠之照，当此冰开鱼曝，可无尺素之移[32]？

【笺注】

①黍谷：山谷名，又称寒谷、燕谷山。《太平御览》卷八百四十二引汉刘向《别录》："传言邹衍在燕，有谷地美而寒，不生五谷。邹子居之，吹律而温至生黍，到今名黍谷焉。"

②葭（jiā）灰：葭莩之灰。古人烧苇膜成灰，置于律管中，放密室内，以占气候。某一节候到，某律管中葭灰即飞出，示该节候已到。《后汉书·律历志上》："候气之法，为室三重，户闭，涂衅必周，密布缇缦。室中以木为案，每律各一，内庳外高，从其方位，加律其上，以葭莩灰抑其内端，案历而候之。气至者灰动。"

③三素：道教指三元君。《艺文类聚》卷七十八引南朝梁陶弘景《水仙赋》："迎九玄于金阙，谒三素于玉清。"

④斗转七星：星斗变动位置。指季节或时间的变化。

⑤句芒：古代传说中的主木之官。又为木神名。《吕氏春秋·孟春》："帝太皞，其神句芒。"高诱注："太皞，伏羲氏，以木德王天下之号，死祀于东方，为木德之帝。句芒，少皞氏之裔子曰重，佐木德之帝，死为木官之神。"东郊：泛指国都或城市以东的郊外。《礼记·月令》："（孟春之月）立春之日，天子亲帅三公、九卿、诸侯、大夫以迎春于东郊。"

⑥青帝：我国古代神话中的五天帝之一，是位于东方的司

春之神，又称苍帝、木帝。

⑦销沉：消逝，消失。寒漏：借指寒夜。

⑧青袍：汉以后贱者穿青色衣服。因指贱者之服。唐杜甫《徒步归行》："青袍朝士最困者，白头拾遗徒步归。"仇兆鳌注："公往行在，麻鞋谒帝，有青袍而无朝服。"

⑨金谷：指仕宦文人游宴饯别的场所。南朝梁何逊《车中见新林分别甚盛》："金谷宾游盛，青门冠盖多。"

⑩辛盘：旧俗农历正月初一，用葱韭等五种味道辛辣的菜蔬置盘中供食，取迎新之意。《太平御览》卷二十九引晋周处《风土记》："元日造五辛盘，正元日五熏炼形。"注："五辛所以发五脏气。"

⑪甲煎：香料名。以甲香和沉麝诸药花物制成，可做口脂及焚爇，也可入药。唐李商隐《隋宫守岁》："沉香甲煎为庭燎，玉液琼苏作寿杯。"燃起名贵的香，祝贺新的一岁之开始。

⑫柏叶：指柏叶酒。唐杜甫《人日》诗之二："樽前柏叶休随酒，胜里金花巧耐寒。"仇兆鳌注："崔寔《四民月令》：元旦进椒、柏酒。椒是玉树星精，服之令人却老。柏是仙药，能驻年却病。"

⑬金花：指器物衣履上雕刻、绣制的花饰。唐杜甫《陪柏中丞观宴将士》诗之二："绣段装檐额，金花帖鼓腰。"

⑭物华：自然景物。唐杜甫《曲江陪郑南史饮》："自知白发非春事，且尽芳樽恋物华。"

⑮达夫常侍：唐诗人高适，字达夫，官至散骑常侍。所作边塞诗，对当时的边地形势和士兵疾苦均有反映。曾作《除夜作》："旅馆寒灯独不眠，客心何事转凄然？故乡今夜思千里，霜鬓明朝又一年。"写除夕之夜，游子家人两地相思之苦。

⑯摩诘：唐代诗人王维，字摩诘，号摩诘居士，世称"王

右丞”。苏轼评价其：“味摩诘之诗，诗中有画；观摩诘之画，画中有诗。”

⑰岁腊：年终。宋王柏《酹江月》：“今岁腊前，苦无多寒色，梅花先白。”

⑱属望：期望。

⑲鸟卜：剖鸟占卜。古代西域的一种习俗。《隋书·西域传·女国》：“俗事阿修罗神，又有树神，岁初以人祭，或用猕猴。祭毕，入山祝之，有一鸟如雌雉，来集掌上，破其腹而视之，有粟则年丰，沙石则有灾，谓之鸟卜。”

⑳蚕烧：烧田蚕。江南一带的民间祈年习俗。腊月二十五将绑缚火炬的长竿立在田野中，用火焰来占卜新年，火焰旺则预兆来年丰收。有些地方在年三十举行这一活动。

㉑鸡画重睛：指重明鸟，中国古代神话传说中的神鸟。其形似鸡，鸣声如凤，两目有两眼珠，亦称“重睛鸟”。重睛鸟气力很大，能辟除猛兽妖物等灾害。在汉族民间新年风俗中，在门窗上贴画鸡，即重睛鸟之遗意，用以辟邪。晋王嘉《拾遗记》卷一：“尧在位七十年……有掘支之国，献重明之鸟，一名双睛，言又眼在目。状如鸡，鸣似凤。时解落毛羽，肉翮而飞。能搏逐猛兽虎狼，使妖灾群恶不能为害。贻以琼膏，或一岁数来，或数岁不至。国人莫不洒扫门户，以望重明之集。其未至之时，国人或刻木，或铸金，为此鸟之状。置于门户之间，则魑魅丑类，自然退伏。今人每岁元日，或刻木铸金，或图画为鸡于牖上，此其遗象也。”

㉒桃符：古代挂在大门上的两块画着神荼、郁垒二神的桃木板，以为能压邪。南朝梁宗懔《荆楚岁时记》：“正月一日……帖画鸡户上，悬苇索于其上，插桃符其旁，百鬼畏之。”

㉓委巷：谓僻陋曲折的小巷。借指民间。《礼记·檀弓

上》："小功不为位也者，是委巷之礼也。"郑玄注："委巷，犹街里，委曲所为也。"椒颂：椒花颂。《晋书·列女传·刘臻妻陈氏》："刘臻妻陈氏者，亦聪辨能属文，尝正旦献《椒花颂》。其词曰：'旋穹周回，三朝肇建。青阳散辉，澄景载焕，标美灵葩，爰采爰献，圣容映之，永寿于万。'"后遂用为典实，指新年祝词。

㉔屠苏：酒名。古俗，夏历正月初一，家人先幼后长，饮屠苏酒。

㉕商陆：商陆科。多年生粗壮草本。根入药，俗称"章柳根"，性寒、味苦，有毒。

㉖拥篲（huì）：执帚。帚用以扫除清道，古人迎候宾客，常拥篲以示敬意。《史记·孟子荀卿列传》："（驺子）如燕，昭王拥彗先驱，请列弟子之座而受业。"

㉗崔寔：东汉政论家。抨击当时"政令垢玩，上下怠懈，风俗雅敝，人庶巧伪"。反对俗儒必称尧舜，"济时拯世之术，岂必体尧蹈舜然后乃治哉"。

㉘旃（zhān）厦：帝王读书学习之所。《汉书·王吉传》："夫广夏之下，细旃之上，明师居前，劝诵在后，上论唐虞之际，下及殷周之盛，考仁圣之风，习治国之道……其乐岂徒衔橛之间哉！"横经：横陈经籍。指受业或读书。

㉙戴凭：东汉经学家。因替太尉蒋遵辩冤，遭光武帝申斥，自系狱中。后赦出，以侍中兼领虎贲中郎将，光武帝令群臣能说经者互相诘难，凭议论恢宏，击败所有对手，名扬远近，京城语曰"解经不穷戴侍中"。

㉚化工：指自然的造化者。汉贾谊《鹏鸟赋》："且夫天地为炉兮，造化为工。"

㉛嘤鸣：比喻朋友同气相求。《诗经·小雅·伐木》："嘤

其鸣矣，求其友声。相彼鸟矣，犹求友声；矧伊人矣，不求友生。”

㉜尺素：小幅的绢帛。古人多用以写信或文章。《文选·古乐府〈饮马长城窟行〉》：“客从远方来，遗我双鲤鱼。呼儿烹鲤鱼，中有尺素书。”吕向注：“尺素，绢也。古人为书，多书于绢。”《文选·陆机〈文赋〉》：“函绵邈于尺素，吐滂沛乎寸心。”刘良注：“素，帛也。古人用以书也。”

端午帖子

节自天中[1]，时当夏仲。五花施帐[2]，争歌长命之词；重碧盈尊[3]，叠和延年之颂[4]。钗名玉燕[5]，两两斜飞；臂绕朱丝[6]，双双并结。捕鸱枭而作供[7]，惜鸲鹆之能言[8]。草是宜男[9]，共斗五时之胜[10]；镜呼天子[11]，相传百炼之金。团扇鲛绡，画凤文而绕户[12]；赤符神印[13]，穿金镂以垂门。采术浴兰[14]，俗传万井[15]；觞蒲簪艾[16]，胜极千秋。水跃丹鱼[17]，广泽鼓青龙之舰[18]；风高黄雀[19]，灵飙回彩鹚之帆[20]。哭曹女于婆娑[21]，吊屈平于湘汉[22]。既望古而增慨，遂即事以兴怀[23]。于是接景光，睹云物，可以处台榭而居高[24]，相与升山陵而眺远。翩跹羽扇[25]，挹清飚以俱来；缥缈仙舟，泛绿波而竟去。我之怀矣，眷言念之。嗟乎！胜事常存，良辰难再。孟尝不作，空余木梗之悲[26]；胡广既生[27]，乃有葫芦之弃。回思往昔之陈陈，勿使今兹之寂寂。情有同乎，乐可知矣。

【笺注】

①天中：端午节。古人认为，五月五日时，阳重人中天，故又称“天中节”。

②五花施帐：指把五彩丝或五色丝系在蚊帐上，可避除兵鬼、不染病瘟。《荆楚岁时记》：“五月五日，谓之浴兰节。采艾以为人，悬门户上，以禳毒气。……以五彩丝系臂名曰辟兵，令人不病瘟。”周处《风土记》谓：“角黍，人并以新竹为筒粽。楝叶插头，五采系臂，谓为长命缕。”五色代表五行，汉代信仰五行阴阳之说，五色代表了五方位，相生相克，具有驱邪避瘟的作用。青色属木，代表东方，赤色属火，代表南方，黄色属土，代表中央，白色属金，代表西方，黑色属水，代表北方。

③重碧：宋代叙州（故治为今四川省宜宾市翠屏区）酒名。宋费衮《梁溪漫志·二州酒名》：“叙州本戎州也。老杜《戎州诗》云：‘重碧倾春酒，轻红擘荔枝。’今叙州公酝，遂名以‘重碧’。”

④叠和：指相互以诗词酬答。

⑤玉燕钗：《洞冥记》卷二：“神女留玉钗以赠帝，帝以赐赵婕妤。至昭帝元凤中，宫人犹见此钗。黄琳欲之。明日示之，既发匣，有白燕飞升天。后宫人学作此钗，因名玉燕钗，

言吉祥也。”

⑥朱丝：红色的丝绳。宋余靖的《端午日事》：“江上何人吊屈平，但闻风俗彩舟轻。空斋无事同儿戏，学系朱丝辟五兵。”五兵即弓、矛、戟、剑、戈，代表战乱，系朱丝避之。

⑦鸱（chī）枭（xiāo）：鸟名，俗称猫头鹰。在早期，五月因五与“忤逆”的“忤”同音，被人们称为“恶月”。在汉代，人们把猫头鹰看作害母的恶鸟，为了彰显孝道，每到五月五这一天，皇帝会和大臣们一起喝猫头鹰肉汤，地方上也举办相应的喝汤仪式。

⑧鸲（qú）鹆（yù）：鸟名。俗称八哥。明庄元臣《叔苴子》：“鸲鹆之鸟出于南方，南人罗而调其舌，久之，能效人言；但能效数声而已，终日所唱，惟数声也。”

⑨宜男草：萱草的别名。古代迷信，认为孕妇佩之则生男。

⑩五时：谓春、夏、季夏、秋、冬五个时令。泛指一年四季。《吕氏春秋·任地》：“五时见生而树生，见死而获死。”高诱注：“五时，五行生杀之时也。”陈奇猷校释：“五时者，春、夏、秋、冬、季夏也。本书《十二纪》，春属木，夏属火，秋属金，冬属水，而于《季夏》之末别出中央土一节，是以木、火、金、水、土五行配属春、夏、秋、冬四季，即所谓五时也。”

⑪天子镜：盘龙纹镜。龙是帝王的象征，故名。在唐代，专于五月五日午时于扬州扬子江心铸铜镜，以进贡皇帝，称为“天子镜”。

⑫凤文：绘有凤凰的图饰。

⑬赤符：赤伏符的简称。新莽末年谶纬家所造符箓，谓刘秀上应天命，当继汉统为帝。泛指帝王受命的符瑞。《后汉

书·光武帝纪上》："光武先在长安时同舍生强华自关中奉赤伏符，曰'刘秀发兵捕不道，四夷云集龙斗野，四七之际火为主'。群臣因复奏曰：'受命之符，人应为大，万里合信，不议同情，周之白鱼，曷足比焉？今上无天子，海内淆乱，符瑞之应，昭然着闻，宜答天神，以塞群望。'"

⑭浴兰：浴兰汤。浴于兰汤，即用香草水洗澡。古人认为兰草避不祥，故以兰汤洁斋祭祀。《大戴礼记·夏小正》："五月……蓄兰，为集浴也。"

⑮万井：古代以地方一里为一井，万井即一万平方里。《汉书·刑法志》："地方一里为井……一同百里，提封万井。"指千家万户。

⑯觞蒲：菖蒲酒。端午节这天，人们为了辟邪、除恶、解毒，有饮菖蒲酒、雄黄酒的习俗。唐殷尧藩《端午日》："不效艾符趋习俗，但祈蒲酒话升平。"簪艾：少女多于端午节簪艾。

⑰丹鱼：传说中丹水所出的赤色鱼。北魏郦道元《水经注·丹水》："水出丹鱼。先夏至十日，夜伺之，鱼浮水侧，赤光上照如火，网而取之。割其血以涂足，可以步行水上，长居渊中。"

⑱青龙舰：古代战舰名。相传为三国吴孙权在青浦所造。这里指端午节赛龙舟。唐张建封《竞渡歌》："五月五日天晴明，杨花绕江啼晓莺。……鼓声三下红旗开，两龙跃出浮水来。棹影斡波飞万剑，鼓声劈浪鸣千雷。"

⑲风高黄雀：指黄雀风。盛夏强劲持久的东南风。《初学记》卷一引晋周处《风土记》："五月风发，六日乃止。黄雀风，是时海鱼变为黄雀，因以名之。"

⑳灵飙：指巨风。彩鹢：古代常在船头上画鹢，着以彩

色，因亦借指船。

㉑曹女：曹娥。《后汉书·列女传》："孝女曹娥者，会稽上虞人也。父旴，能弦歌，为巫祝。汉安二年五月五日，于县江溯涛婆娑迎神，溺死，不得尸骸。娥年十四，乃沿江号哭，昼夜不绝声，旬有七日，遂投江而死。至元嘉元年，县长度尚改葬娥于江南道傍，为立碑焉。"婆娑：亦作"槃娑"。舞貌。明沈德符《野获编·女神名号》："按《曹娥碑》中所云槃娑，盖言巫降神时，按节而歌，比其舞貌也。"

㉒屈平：屈原，名正则，字灵均，一名平，字原。据《史记·屈原传》载，屈原是春秋楚怀王的大臣。倡导举贤任能，富国强兵，力主联齐抗秦，遭到贵族子兰等人反对，被流放到了沅、湘流域。前278年，楚都城被秦军攻破，屈原内心幽愤，于五月五日写下《怀沙》后，抱石投汨罗江而死。楚国百姓听说屈原死后，哀痛异常，纷纷到汨罗江凭吊屈原。

㉓即事：面对眼前事物。兴怀：引起感触。

㉔台榭：台和榭。亦泛指楼台等建筑物。《书·泰誓上》："惟宫室台榭，陂池侈服，以残害于尔万姓。"孔颖达疏引李巡曰："台，积土为之，所以观望也。台上有屋谓之榭。"

㉕羽扇：用长羽毛制成的扇子。特指天子仪仗中的掌扇。

㉖木梗之悲：犹木梗之患。喻客死他乡，不得复归故里。汉刘向《说苑·正谏》载，孟尝君将西入秦，宾客谏之百通，则不听也。曰："以人事谏我，我尽知之，若以鬼道谏我，我则杀之。"谒者入曰："有客以鬼道闻。"曰："请客入。"客曰："臣之来也，过淄水上，见一土耦人方与木梗人语，木梗谓土耦人曰：'子先，土也，埏子以为耦人，遇天大雨，水潦并至，予必沮坏。'应曰：'我沮乃反吾真耳。今子东园之桃也，刻予以为梗，遇天大雨，水潦并至，必浮子，泛泛乎不知

所止。’今秦四塞之国也，有虎狼之心，恐其有木梗之患。”于是孟尝君逡巡而退而无以应，卒不敢西向秦。

㉗胡广：东汉名臣。《山堂肆考》引《小说》：“胡广本姓黄，以五月五日生，父母恶之，藏之葫芦，弃之河流。岸侧居人收养，及长，有盛名。父母欲取之归，广以为背其所生则害义，背其所养则忘恩，两无所归，托葫芦而生也，乃姓胡名广。后登三司，有中庸之号。”

祭吴汉槎文[1]

呜呼，我与子昔，爰居爰处[2]。谁料倏忽，死生异路。自我别子，子病虽遽。款款话言[3]，历历衷素[4]。初谓奄旬，尚可聚首。俄然物化[5]，杨生左肘。青溪落月，台城衰柳[6]。哀讣惊闻，未知是否。畴昔之夜[7]，玄冕垂缨[8]。呼我永别，号痛就醒。非子也耶，彷佛精灵。我归不闻，子笑语声。子信死矣，传言是矣。帷堂而哭[9]，寡妻弱子。七十之母，远在故里。返蜺何日[10]，倚闾何俟[11]。嗟嗟苍天，何厚其才。而啬其遇，亦孔艰哉[12]。弱龄克赋[13]，左马右枚[14]。未题雁塔[15]，先泣龙堆[16]。中郎朔方[17]，亭伯辽海[18]。萧萧寒吹，荒荒破垒。子穷过此，二十四载。凌云欲奏，狗监安在[19]。自我昔年，邂逅梁溪[20]。子有死友，非此而谁。金缕一章，声与泣随。我誓返子，实由此词。

【笺注】

①吴汉槎：吴兆骞。江苏吴江人，纳兰好友。顺治十四年（1657）举人。因科场案被流放宁古塔。康熙二十三年（1684）十月在北京去世，当时纳兰正在随扈南巡，十一月初在江宁闻此噩耗，撰写此文遥寄哀思。

②爰居爰处：《诗经·邶风·击鼓》："爰居爰处？爰丧其马？于以求之？于林之下。"意为"身在何方，身处何地"。

③款款：诚恳。

④衷素：内心真情。

⑤物化：去世；死亡。《庄子·刻意》："圣人之生也天行，其死也物化。"

⑥肘生柳：典出《庄子集释》卷六下《外篇·至乐》："支离叔与滑介叔观于冥伯之丘，昆仑之虚，黄帝之所休。俄而柳生其左肘，其意蹶蹶然恶之。"王先谦集解："瘤作柳，声转借字。"后比喻生死、疾病等意外的变化。

⑦畴昔：往昔，以前。

⑧垂缨：垂下冠带。古代臣下朝见君王时的装束。后常借指出任官职。《管子·小匡》："管仲诎缨插衽，使人操斧而立其后。公辞斧三，然后退之。公曰：'垂缨下衽，寡人将见。'"

⑨帷堂：古代丧礼，小殓前设帷幕于堂上。《礼记·檀弓上》："曾子曰：'尸未设饰，故帷堂，小敛而彻帷。'仲梁子曰：'夫妇方乱，故帷堂，小敛而彻帷。'"

⑩蜺：通"霓"。宋无名氏《导引》："七星授辔骖鸾种，人不见、恨难平。何以返霓旌。一天风露苦凄清。"

⑪倚闾：谓父母望子归来之心殷切。《战国策·齐策六》：

“王孙贾年十五，事闵王。王出走，失王之处。其母曰：‘女朝出而晚来，则吾倚门而望；女暮出而不还，则吾倚闾而望。’”

⑫孔艰：很难知；很艰难。《诗·小雅·何人斯》：“彼何人斯，其心孔艰。”郑玄笺：“孔，甚；艰，难。”孔颖达疏：“其持心甚难知也。”

⑬弱龄：弱冠之年。泛指幼年、青少年。晋陶潜《始作镇军参军经曲阿》诗：“弱龄寄事外，委怀在琴书。”逯钦立注：“弱龄，弱年，少年。”

⑭左马右枚：西汉文学家司马相如和枚乘二人的并称。

⑮未题雁塔：唐朝新中进士，均在大雁塔内提名。故以“雁塔题名”代称进士及第。雁塔即大雁塔，在陕西西安的慈恩寺中，唐玄奘所建。五代王定保《唐摭言》卷三：“进士题名，自神龙之后，过关宴后，率皆期集于慈恩塔下题名。”

⑯龙堆：白龙堆的略称。这里指吴兆骞流放之地——宁古塔。

⑰中郎：官名。秦置，汉沿用。担任宫中护卫、侍从。属郎中令。分五官、左、右三中郎署。各署长官称中郎将，省称中郎。汉苏武、蔡邕曾任中郎将，后世均以中郎称之。

⑱亭伯：东汉文学家崔骃，字亭伯。涿郡安平人。曾流放辽海。

⑲狗监：汉代内官名。主管皇帝的猎犬。《史记·司马相如列传》：“蜀人杨得意为狗监，侍上。上读《子虚赋》而善之曰：‘朕独不得与此人同时哉！’得意曰：‘臣邑人司马相如自言为此赋。’”裴骃集解引郭璞曰：“主猎犬也。”司马相如因狗监荐引而名显，故后常用以为典。

⑳梁溪：流经无锡市的一条重要河流。元王仁辅《无锡

志》载："古溪极狭，南北朝时梁大同重浚，故号梁溪，南北长三十里。"历史上梁溪为无锡之别称。

皇恩荡荡，磅礴无垠[1]。皂帽归来[2]，呜咽沾巾[3]。我喜得子，如骖之靳[4]。花间草堂，月夕霜辰[5]。未几思母，翩然南棹[6]。凭舻发咏，临流垂钓。舟还巨壑[7]，鹤归华表[8]。朋旧全非，容颜乍老。中得子讯，卧疴累月[9]。数寄尺书，趣子遄发[10]。授馆甫尔[11]，遂苦下泄[12]。两月之间，便成永诀。自古才人，易夭而贫。黄金突兀，白玉嶙峋。以彼一日，易我千春[13]。知子不愿，卓哉斯文。子志未竟，子劳已息。有子与女，块然苫席[14]。言念交期，慰尔营魄[15]。灵兮鉴之，无嗟远客。尚飨[16]。

【笺注】

①磅礴：盛大广大。

②皂帽：黑色帽子。《三国志·魏志·管宁传》："宁常著皂帽、布褥袴、布裙，随时单复。"

③沾巾：泪水沾湿手巾，形容落泪之多。

④如骖之靳：骖靳，喻前后相随。《左传·定公九年》：

“吾从子，如骖之有靳。”杜预注：“靳，车中马也。猛不敢与书争，言己从书如骖马之随靳也。”

⑤月夕：月夜。霜辰：寒天。

⑥南棹：犹南航。

⑦巨壑：指大海。

⑧鹤归华表：喻久别重归而叹世事变迁。晋陶潜《搜神后记》：“丁令威，本辽东人，学道于灵虚山。后化鹤归辽，集城门华表柱。”

⑨卧疴（kē）：卧病。

⑩趣（cù）：督促；催促。

⑪授馆：当塾师。甫尔：初始。尔，语末助词。

⑫下泄：下泻。明高启《答余新郑》：“丹中感疠得下泄，刃搅肠腹闻咿嚶。”

⑬千春：千年。形容岁月长久。

⑭块然：木然无知貌。苫席：居丧时，用草所织的寝席。《文选·潘岳〈寡妇赋〉》：“易锦茵以苫席兮，代罗帱以素帷。”刘良注：“居丧者，寝苫张素帷。言居夫丧，故以苫席易锦褥；以素帷代罗帱。帱，帐也。”

⑮营魄：魂魄。

⑯尚飨：旧时用作祭文的结语，表示希望死者来享用祭品的意思。《仪礼·士虞礼》：“卒辞曰：哀子某，来日某隮祔尔于尔皇祖某甫。尚飨！”郑玄注：“尚，庶几也。”

募建普同塔引

盖闻惠必旁敷，史著泽枯之德[1]；慈当下逮，礼垂掩骼之文[2]。烟横古冢，骚人以此徘徊[3]；月隐北邙[4]，词客缘斯愀怆[5]。讵必过桥公之墓[6]，始解回车；奚须上董相之坟[7]，方图渍酒[8]。蛇犹思报，愿酬魏颗于他年[9]；蚁尚衔恩，敢让宋郊于异日[10]。因尘不谬，果报非虚。

【笺注】

①泽枯：恩泽施及死去的人。形容恩情深厚。唐陆龟蒙《招野龙对》："赋吾之职，抑骄而泽枯。"

②掩骼：掩埋暴露的尸骨。为古代的恤民之政。汉赵咨《遗书敕子胤》："但以生者之情，不忍见形之毁，乃有掩骼埋窆之制。"

③骚人：诗人，文士。

④北邙：山名。即邙山。因在洛阳之北，故名。东汉、魏、晋的王侯公卿多葬于此。借指墓地或坟墓。

⑤愀怆：忧伤。

⑥桥公：桥玄。东汉人。曹操尚未出名时，曾拜会桥玄。桥玄评价曹操为“命世之才”。后曹操途经桥玄墓，亲自撰文缅怀。

⑦董相之坟：西汉儒士董仲舒之墓。据说汉武帝每次经过董仲舒的陵园时，三十丈之外，便下马步行，随从臣子也是如此。

⑧渍酒：东汉徐穉常于家预先炙鸡一只，并以一两绵絮渍酒中，曝干以裹鸡。遇有丧事，则径携墓前，以水渍绵使有酒气，祭毕即去，不见丧主。见《后汉书·徐稚传》及李贤注引谢承《后汉书》。后因以“渍酒”为朋友间吊丧墓祭的典故。

⑨魏颗：姬姓，令狐氏，名颗。因令狐氏出于魏氏，故多称魏颗，史称令狐文子。春秋晋魏武子之子，为人明礼敦厚，任晋国将军。《左传·宣公十五年》：“初，魏武子有嬖妾，无子。武子疾，命颗曰：‘必嫁是。’疾病，则曰：‘必以为殉！’及卒，颗嫁之，曰：‘疾病则乱，吾从其治也。’及辅氏之役，颗见老人结草以亢杜回。杜回踬而颠，故获之。夜梦之曰：‘余，而所嫁妇人之父也。尔用先人之治命，余是以报。’”后遂以“酬魏颗”为报恩的典实。

⑩宋郊于异日：宋庠、宋祁，皆北宋大臣。有文名，时称“二宋”。《应山县志》载，二宋少年时随父颐寓应山法兴寺读书，见蚁为雨所溺，即以竹代桥渡之。

旧有普同塔者[1]，屡经缔构，多历岁年。敛万骨以同埋，聚千骸而并坎。人天共鉴，庶免荒榛[2]蔓草之悲；魂魄咸依，可无怪雨盲风之恨[3]。然而运逢历劫，积蜕何多；人比恒沙[4]，陈根不少[5]。叹瓶罍之已满[6]，舍此安之；嗟泉壤以难容[7]，逝将不免。纵使付咸阳之烈焰，灰烬堪怜；假令投白马之洪流[8]，漂浮足惜。爰有沙门[9]，弘斯善愿。拟买松楸之隙地[10]，充彼牛眠[11]；欲求虞芮之闲田[12]，封兹马鬣[13]。然而画饼奚裨[14]，望梅曷补[15]？定藉檀施之乐助[16]，共成震旦之良因[17]。不揣刍荛[18]，为之乘韦[19]。

【笺注】

①普同塔：南宋宁宗嘉定十五年（1222），由甘子荆及其妻王氏所建。

②荒榛：杂乱丛生的草木。引申为荒芜。蔓草：泛指蔓生的野草。《诗·郑风·野有蔓草》：“野有蔓草，零露漙兮。”

③雨盲风之恨：同“盲风怪雨”。谓非常急骤凶猛的风雨。

④恒沙：恒河沙数。比喻数量多到像恒河的沙子一样无法计算。语本《金刚经·无为福胜分第十一》：“以七宝满尔所恒河沙数三千大世界，以用布施。”

⑤陈根：逾年的宿草。《礼记·檀引上》：“曾子曰：‘朋友之墓，有宿草而不哭焉。’”汉郑玄注：“宿草，谓陈根也。”借指亡友。

⑥瓶罍（léi）：泛指小口大腹的陶瓷容器。

⑦泉壤：犹泉下，地下。指墓穴。

⑧白马：古代以乘白马表示有凶事。唐陈子昂《祭孙府君文》："白马故人，青鸟送往。"

⑨沙门：指佛门。

⑩松楸：松树与楸树。墓地多植，因以代称坟墓。

⑪牛眠：牛眠地。指卜葬的吉地。典出《晋书·周访传》："初，陶侃微时，丁艰，将葬，家中忽失牛而不知所在。遇一老父，谓曰：'前岗见一牛眠山污中，其地若葬，位极人臣矣。'又指一山云：'此亦其次，当世出二千石。'言讫不见。侃寻牛得之，因葬其处，以所指别山与访。访父死，葬焉，果为刺史，著称宁益，自访以下，三世为益州四十一年，如其所言云。"

⑫虞芮：周初二国名。相传两国有人曾因争地兴讼，到周求西伯姬昌评断。《诗·大典·緜》："虞芮质厥成，文王蹶厥生。"《史记·周本纪》："于是虞芮之人有狱不能决，乃如周。入界，耕者皆让畔，民俗皆让长。虞芮之人未见西伯，皆慙，相谓曰：'吾所争，周人所耻，何往为，祇取辱耳。'遂还，俱让而去。"后因以"虞芮"指能谦让息讼者。

⑬马鬣：坟墓封土的一种形状。亦指坟墓。

⑭画饼奚裨：犹画饼充饥。《三国志·魏志·卢毓传》："选举莫取有名，名如画地作饼，不可啖也。"后以"画饼充饥"比喻用空想来安慰自己。

⑮望梅曷补：犹望梅止渴。比喻以空想安慰自己。典出南朝宋刘义庆《世说新语·假谲》："魏武行役失汲道，军皆渴，乃令曰：'前有大梅林，饶子，甘酸可以解渴。'士卒闻之，口皆出水，乘此得及前源。"

⑯檀施：布施。唐李邕《大照禅师塔铭》："慈摄云奔，檀施山积。"

⑰震旦：古代印度称中国为震旦。《佛说灌顶经》卷六："阎浮界内有震旦国。"良因：佛教语。好因缘。

⑱刍（chú）荛（ráo）：本义为割草打柴之人。《诗经·大雅·板》："先民有言，询于刍荛。"这里引申为浅陋的见解。多用作自谦之词。

⑲乘韦：四张熟牛皮。《左传·僖公三十三年》："（秦师）及滑，郑商人弦高将市于周，遇之，以乘韦先牛十二犒师。"杜预注："乘，四韦。先韦乃入牛。古者将献遗于人，必有以先之。"孔颖达疏："遗人之物，必以轻先重后，故先韦乃入牛。"后用以比喻先送的薄礼。

嗟乎，丹丘不到①，人间少换骨之方②；绿字无名③，海上乏返魂之术④。嬴政之鲍鱼空载⑤，园寝同归；茂陵之鹤驾终荒⑥，辒辌共尽⑦。茫茫绝壑，难禁幽独之宵啼；窅窅穷尘⑧，忍听黎丘之夜哭⑨。但获少施涓滴⑩，千秋郁原氏之阡⑪；第令共损锱铢⑫，万鬼安滕公之室⑬。敢邀花雨⑭，仰庇慈云⑮。

【笺注】

①丹丘：传说中神仙所居之地。《楚辞·远游》："仍羽人

于丹丘兮，留不死之旧乡。”王逸注：“丹丘昼夜常明也。”

②换骨：道家谓服食仙酒、金丹等使之化骨升仙。

③绿字：古代石碑上刻字，填色漆，故称绿字。梁简文帝《大法颂》：“芸香馥兰，绿字摛章；文功既被，武迹斯彰。”

④海上乏返魂之术：犹返魂乏术。返魂，还魂，有起死回生之意；乏术，缺少方法。比喻人死无法救活，不能死而复生。

⑤嬴政：秦始皇。秦始皇去世时，丞相李斯秘不发丧，利用一石鲍鱼以乱其臭。《史记·秦始皇本纪》：“七月丙寅，始皇崩于沙丘平台。……棺载辒凉车中……抵九原。会暑，上辒车臭，乃诏从官令车载一石鲍鱼，以乱其臭。”

⑥茂陵：西汉武帝刘彻的陵墓。鹤驾：死的讳称。

⑦辒（wēn）辌（liáng）：古代可以卧的车，也用作丧车。有窗牖《史记·李斯列传》：“李斯以为上在外崩，无真太子，故秘之。置始皇居辒辌车中，百官奏事上食如故。”裴骃集解引孟康曰：“如衣车，有窗牖，闭之则温，开之则凉，故名之‘辒辌车’也。”

⑧窅窅（yǎo）：隐晦貌，幽暗貌。《鹖冠子·天则》：“举善不以窅窅，拾过不以冥冥。”陆佃注：“不以潜晦举人之善。”

⑨黎丘：黎丘丈人。《吕氏春秋·慎行·疑似》：“梁北有黎丘部，有奇鬼焉，喜效人之子侄，昆弟之状。邑丈人有之市而醉归者，黎丘之鬼效其子之状，扶而道苦之。丈人归，酒醒而诮其子，曰：‘吾为女父也，岂谓不慈哉！我醉，汝道苦我，何故？’其子泣而触地曰：‘孽矣！无此事也。昔也往责于东邑人，可问也。’其父信之，曰：‘嘻！是必夫奇鬼也，我固尝闻之矣！’明日端复饮于市，欲遇而刺杀之。明旦之市而醉，其真子恐其父之不能反也，遂逝迎之。丈人望见其子，拔剑而

刺之。丈人智惑于似其子者，而杀其真子。夫惑于似士者，而失于真士，此黎丘丈人之智也。疑似之迹，不可不察，察之必于其人也。夫李子之相似者，其母常识之，知之审也。”比喻困于假象、不察真情而陷入错误的人。

⑩涓滴：水点，极少的水。比喻极小或极少的事物。

⑪原氏之阡：指原氏阡，亦称京兆阡。《汉书·原涉传》：“（原）涉自以为前让南阳赙送，身得其名，而令先人坟墓俭约，非孝也。乃大治起冢舍，周阁重门。初，武帝时，京兆尹曹氏葬茂陵，民谓其道为京兆仟，涉慕之，乃买地开道，立表署曰南阳仟，人不肯从，谓之原氏仟。”

⑫锱铢：锱和铢。比喻微小的数量。

⑬滕公之室：指汉滕公夏侯婴墓。《史记·樊郦滕灌列传》“八岁卒，谥为文侯”唐司马贞索隐：“《三辅故事》曰：‘滕文公墓在饮马桥东大道南，俗谓之马冢。’《博物志》曰：‘公卿送婴葬，至东都门外，马不行，踣地悲鸣，得石椁，有铭曰：“佳城郁郁，三千年见白日，吁嗟滕公居此室。”乃葬之。’”

⑭花雨：佛教语。诸天为赞叹佛说法之功德而散花如雨。

⑮慈云：比喻佛之慈心广大，犹如大云覆盖世界众生。